Bianca,
l'âme damnée des Médicis

De Patrick de Carolis

ENTRETIEN :

Conversation, avec Bernadette Chirac, Plon, 2001.

ESSAI :

Les Ailes intérieures, Plon, 2016.

ROMANS :

Les Demoiselles de Provence, Plon, 2005 ; Pocket, 2006.

La Dame du Palatin, Plon, 2011 ; Pocket, 2014.

Letizia R. Bonaparte. La mère de toutes les douleurs, Plon, 2014 ; Pocket, 2015.

POÉSIE :

Refuge pour temps d'orage, Plon, 2009.

En Arles, avec Lucien Clergue et Christian Lacroix, Le Renard Pâle, 2011.

THÉÂTRE :

L'enfance est un refuge pour temps d'orage, Éditions du Rocher, 2012 (adaptation Bérengère Dautun).

De Carol Ann de Carolis

Chienne de vie, je t'aime, avec Monique Brossard-le-Grand, Bayard Éditions-Centurion, 1981 ; Le Livre de poche, 1992.

Les Oubliées de l'amour, avec Luce Maire-Delcusy, Desclée de Brouwer, 1987.

Les soucis me vont si bien, avec Monique Brossard-Legrand, Michel Lafon, 1989.

La Gaïjine, avec Françoise Morechand-Nagataki, Robert Laffont, 1990.

Carol Ann et Patrick de Carolis

Bianca, l'âme damnée des Médicis

Éditions de
L'Observatoire

ISBN : 979-10-329-0156-4
Dépôt légal : 2021, octobre

170 *bis*, boulevard du Montparnasse, 75014 Paris

À toutes celles que l'Histoire
a volontairement oubliées.

À Rose, Alistair et Albane.

« Quand je ne vivrai plus, qui recevra la gloire
Que je dois exiger de la postérité ? »

Madame de Lauvergne,
Recueil de poésies, 1680

Prologue

Plaintes d'outre-tombe

Vous qui entrez ici, abandonnez toute espérance.

Dante Alighieri, *La Divine Comédie.*

Pourquoi tant de ressentiments ? Qu'ai-je fait de mon vivant pour susciter cette rage qui les a animés contre ma personne ? *Pessima*[1] *Bianca*, ce surnom dérisoire dont les Médicis m'ont affublée, fut mon ultime épitaphe. Sans le moindre respect, ni pour mon titre ni pour ma mémoire, ils lancèrent ce terme infamant sur les places publiques pour qu'il s'ancre à jamais dans la légende populaire.

Je suis morte depuis si longtemps... Je pourrais lâcher prise mais je m'y refuse. Impossible de leur pardonner. Ni aux yeux des hommes ni même devant Dieu. Je les voue aux Enfers - tous -, ceux d'avant et ceux d'après. Mon manque de compassion m'impose une divine errance. Le purgatoire de Dante ressemble au mien. Point de douceur ni d'abandon céleste, mais un univers aride, dénué de tendresse. J'en ai pris mon parti, j'attends mon heure, celle qui marquera définitivement le sceau de ma vengeance. Patience, j'ai l'éternité pour moi.

1. « Infâme, maléfique ».

Depuis des siècles, je rumine mon humiliation, lorsque mon corps à peine éviscéré fut jeté dans une fosse commune. Point de funérailles, pas de bénédiction. Je n'existais plus. Mon cadavre décomposé n'a pas rassasié leur rancune. Ils voulaient me soustraire à l'affliction de mes proches, éliminer la moindre trace, m'effacer de l'histoire. Vivante, je portais ombrage à leurs ambitions ; morte, je pesais sur leur destinée. Broyer mon image, la bannir de leurs souvenirs, tel était leur vil dessein. Mes portraits, mes biens, ma descendance, tout devait être supprimé, occulté, radié... Ils ont ordonné de marteler mes initiales sur le fronton de mon palais.

Me traiter avec tant d'impudeur, moi, Bianca Capello, « fille véritable et particulière de la république de Venise », issue d'une illustre famille dont la lignée compte tant de procurateurs et de sénateurs. Lorsque mes aïeux accédaient au cercle prestigieux du *Maggior Consiglio*[1], leurs noms inscrits sur le vénérable livre d'or de la Sérénissime, les Médicis se présentaient comme de vulgaires marchands de laine ! Comment ont-ils osé parler de mésalliance quand j'ai épousé l'un des leurs, Francesco Ier, grand-duc de Toscane ? Nous, les Vénitiens, nous dominions les mers, nous étions les ordonnateurs de l'économie du monde, tandis que ces Florentins, si fiers et arrogants, n'étaient que les vassaux de l'Espagne, les obligés du pape. Je me gausse de leurs prétentions. Combien de leurs contemporains les considéraient comme des usurpateurs, prêts à avilir leur propre république pour s'installer sur un trône drapé d'intrigues et de trahisons ?

On fit courir les bruits les plus scandaleux à mon égard. J'étais dépeinte comme une favorite sans scrupule, une

1. « Grand conseil », organe politique majeur de la République vénitienne, ses pouvoirs, parmi lesquels celui d'élire le doge, étaient très étendus. Seuls les membres des familles patriciennes inscrites sur le « livre d'or » de la noblesse vénitienne pouvaient y accéder.

intrigante cupide. On prétendit que je m'adonnais à la sorcellerie en jetant des sorts mortifères sur toute personne cherchant à m'éloigner des marches du pouvoir. Mensonges ! Mon titre de grande-duchesse, aussi flatteur qu'exigeant, ne m'a pas rendue hautaine. Je n'étais qu'une femme victime de son destin. Élevée pour tenir mon rang et valoriser ma beauté, je ne m'intéressais guère à la politique. Sans être volage, j'aimais les fêtes, le théâtre, la musique et les jeux. Je m'efforçais d'égayer l'existence d'un conjoint dont le caractère souffrait d'un excès de mélancolie.

Mon couple connut des vicissitudes. Atteinte de différentes affections, j'éprouvais des difficultés à enfanter. Une faute inexcusable en ces temps anciens. Entretenir les sentiments de mon époux m'imposait une vigilance quotidienne. Le servir et le divertir furent mon unique obsession. Je me suis défendue avec des armes bien douces pour me protéger des attaques d'un entourage prompt à la médisance. Rien ne saurait expliquer la haine inextinguible que me vouait cette fratrie médicéenne avide de puissance et d'argent. Rétablir la vérité, voilà mon droit, mon suprême espoir... Ceux qui m'ont vilipendée n'ont jamais payé pour leurs crimes. Le ciel s'est vengé en les privant de descendance. Les Médicis ne sont plus, leur dynastie s'est éteinte mais moi, Bianca Capello, au nom de cette tombe qui m'a été refusée, je vais enfin renaître dans la mémoire des hommes.

Chapitre 1

Pour la plus grande gloire de Venise

Il est d'un sage d'avoir souci de son propre avoir sans rien faire de contraire aux coutumes, aux lois et aux institutions en vigueur.

Cicéron, *De officiis.*

Venise, janvier 1563,

La piazza *San Marco bruissait de mille rumeurs en ce début d'année 1563. Les décennies précédentes avaient bouleversé l'ordre immuable de la Sérénissime. Son économie souffrait des découvertes portugaises. En doublant le cap de Bonne-Espérance en 1488 pour se diriger non plus vers le sud mais vers l'est, les navigateurs lusitaniens avaient ouvert des routes maritimes insoupçonnées. Celles qui menaient aux Indes déstabilisaient la nation vénitienne qui s'était elle-même, en toute modestie, surnommée « la Dominante ». Le passage au nouveau siècle avait été douloureux. Tous s'étaient ligués contre elle : la France, l'Espagne, sans compter le Saint-Empire romain germanique et les cités de Milan, de Florence, ainsi que les États pontificaux. Le pape Jules II, irrité par les prétentions vénitiennes, n'avait pas hésité à émettre une bulle d'excommunication en avril 1509 pour châtier cette arrogance. La messe devait être bannie de la lagune et ses habitants voués aux Enfers ! Un anathème qui n'avait pas ému le* « Stato del mar[1] » *au-delà du raisonnable : la cité lacustre s'était toujours montrée tolérante quant aux choses de la religion. Depuis, les alliances avaient changé de camp. La ligue de Cambrai avait cédé la place à la Ligue catholique : une union sacrée entre la papauté et les sages de la République pour s'opposer aux envahisseurs français. Parallèlement à ces conflits situés sur la péninsule italienne, la percée ottomane en Méditerranée s'annonçait menaçante. Repousser les infidèles pesait lourdement sur les finances publiques. En ce milieu du* XVIe *siècle, les forces de la « cité triomphante » s'amenuisaient. Elle perdait de sa superbe. Un lent déclin se profilait.*

– Bartolomeo, où vas-tu d'un pas si pressé ?
– Je suis espéré au Sénat !
– Attends-moi et devisons le long du canal. La *piazza* San Marco est tellement encombrée, on ne peut parler librement.
– Qu'as-tu donc à me dire, cher cousin, pour me retenir de la sorte ?
– Il s'agit de ta fille...
– Bianca ? Elle s'est mal comportée ?
– Comment le pourrait-elle, la pauvre enfant ? Tu l'enfermes en ton palais comme une nonne dans un couvent.
– C'est la norme, Carlo, tes longs séjours en terre ferme[2] ont dû te pervertir l'esprit. Ici, les jeunes filles vivent cloîtrées avant d'être mariées.
– Il est vrai que notre belle nation, à force de fréquenter les pays du Levant, s'est inspirée de leurs traditions

1. « État de la mer », dénomination en usage pour qualifier la république de Venise.
2. Territoires appartenant à la république de Venise sur le continent.

au point d'imposer à la gent féminine une réclusion d'un autre âge. Heureusement, nous avons nos courtisanes...

– Trêve de libertinage, que me reproche-t-on ?

– Les mauvaises langues laissent entendre que ta femme retient Bianca prisonnière au-delà du nécessaire.

– Elle agit pour son bien !

– Ou pour celui de sa dot...

– Écoute, si tu tiens à notre amitié, n'aborde plus jamais ce sujet.

– Bartolomeo ! Je ne te savais pas si irascible.

– Désolé, ces affaires de femmes m'exaspèrent. J'ai d'autres préoccupations en ce moment. Toutes ces fonctions que la République me confie sont devenues trop lourdes pour mes épaules... et pour ma bourse.

– Je pensais qu'en épousant Lucrezia Grimani, nièce d'un doge et sœur d'un patriarche d'Aquilée, ton avenir était assuré !

– Certes, mais ma bourse risque de se vider sous le poids de mes charges.

– Ne crains rien, les Grimani ont de telles connexions au sein de la *Signoria*[1], tu obtiendras des positions plus lucratives.

– Les titres honorifiques coûtent plus cher qu'ils ne rapportent. Les affaires sont mauvaises. Ce Nouveau Monde dont chacun se gargarise, ces routes de navigation dominées par les Portugais et les Espagnols affaiblissent notre commerce, sans compter la flotte turque qui attaque nos comptoirs et limite nos gains.

– Te voilà bien pessimiste. Je te laisse, mais n'oublie pas... les rumeurs enflent vite le long de la lagune ! Le nom des Capello risque d'en souffrir...

1. *Signoria* ou Seigneurie : instance suprême de la république de Venise, cette institution domine toutes les autres magistratures de la République vénitienne, dont le Sénat, le Grand Conseil (*Maggior Consiglio*) et le Conseil des Dix.

– Cousin ! Plus un mot sur ma fille, ou quiconque se mêle de ma vie privée sera sévèrement jugé. Comme tu le dis toi-même, j'ai de solides relations.

Le front soucieux, Bartolomeo Capello ralentit le pas. Bien que le quotidien de sa fille ne soit pas sa priorité, l'inquiétude le gagne. La cité des doges fourmille d'espions et de petites gens à la solde des membres du Conseil des Dix, l'un des organismes les plus puissants de l'administration vénitienne. Les décisions de ce conseil restreint frappent sévèrement. Les aristocrates, malgré leurs titres, ne sont pas à l'abri d'une amende ou, pire, d'un bannissement. Les citoyens de Venise appartiennent corps et âme à la République. Le collectif prime sur l'individu, la grandeur de Venise sur celle de sa noblesse. *Ad majorem gloriam Venetiae* : « pour la plus grande gloire de Venise », chacun doit se plier au joug de ses institutions.

Bartolomeo frémit en se remémorant ce tragique incident, lorsqu'un membre de son clan, Bernardo Capello, voulut défier les Dix. Les exilés florentins anti-médicéens lui avaient échauffé l'esprit avec leurs chimères de liberté. Le jeune homme à l'époque cherchait à desserrer l'étau de l'oligarchie vénitienne qui étouffait toute possibilité d'évolution. Cette timide rébellion se solda par une condamnation sans appel : un exil à perpétuité en Dalmatie. S'il put se soustraire à cette dure sentence et se réfugier à Rome, l'interdiction de revenir dans sa mère patrie ne fut jamais levée. C'était il y a plus de vingt ans, mais les tenants du pouvoir demeuraient les mêmes : repliés sur leurs prérogatives et peu enclins à la clémence.

Chassant d'un hochement de tête vigoureux ce pénible souvenir, Bartolomeo s'engage dans les ruelles du Rialto. Préoccupé par son image et fier de son ascendance, il soupèse les suites à donner aux interrogations de son cousin. Toute médisance colportée en haut lieu peut avoir des conséquences néfastes. La façon dont il élève sa fille offre peu d'intérêt, mais son remariage avec Lucrezia suscite des jalousies. À travers Bianca, ses détracteurs espèrent-ils atteindre son épouse et sa propre réputation ? Pétri d'orgueil et de certitudes, il croit se moquer des critiques. Néanmoins, les difficultés financières subies ces dernières années le rendent plus vulnérable à la malveillance. Comme nombre de grandes maisons vénitiennes, ses revenus déclinent tandis que les garanties pour tenir son rang s'avèrent ruineuses.

Les Capello comptent parmi les plus anciennes lignées de la contrée. Leurs ancêtres sont inscrits sur le livre d'or de la Sérénissime. Depuis 1297, cet illustre document fige pour les siècles à venir le nom des familles patriciennes pouvant prétendre aux plus hautes fonctions de la République. Mais cet honneur indicible n'est pas sans sacrifices. Certains de ces *nobili* n'ont pu résister aux dépenses que leur statut impose. Surnommés les *barnabotti*, vivant des subsides que le Sénat daigne leur allouer, monnayant leurs voix au Grand Conseil, ils bénéficient de petites maisons que l'État en sa grande mansuétude leur concède aux alentours de la *piazza* San Barnaba, d'où cette appellation peu glorieuse...

L'indigence de ces nobles déchus horrifie Bartolomeo. L'idée qu'il puisse un jour subir cette décadence le fait frissonner. Effaçant ces sombres visions, estimant que son absence aux débats de ses pairs ne lui sera pas préjudiciable, il rebrousse chemin. Le Sénat peut attendre. Toutes ces réunions où l'on palabre à l'infini respirent un tel ennui ! Avant de traverser le *ponte* Storto pour atteindre l'entrée de sa demeure, il s'arrête soudain, admirant la façade de la *ca'*Capello[1] avec ses fenêtres bien alignées entourées de gracieuses colonnes et ses balcons ouverts

1. Le terme « *ca'* » est la contraction en dialecte vénitien du mot *casa* (« maison »).

sur le *rio* di Sant'Aponal. Bien sûr, elle ne possède pas la magnificence du *palazzo* Grimani, mais elle a de l'allure et une élégance discrète. Une pointe d'envie trouble sa joie quand il revoit les travaux que son beau-frère Giovanni a commandés à Federico Zuccari et les fresques majestueuses qui parent ses salons. Un jour, lui aussi pourra accéder à ce luxe. Sa femme en aura bientôt les moyens. Seul le futur de sa fille fragilise ses rêves de grandeur.

Il enjambe la petite passerelle en bois sur laquelle s'ouvre un porche de belle ampleur. En passant, il s'aperçoit que les piliers des fondations s'affaissent légèrement. En soupirant, il pénètre dans le vestibule à pas comptés. Les murs suintent d'humidité ; la peinture se craquelle par endroits ; des taches de moisissure maculent le sol, créant une mosaïque naturelle dont il se serait volontiers passé. La proximité du canal, les épisodes récurrents d'*acqua alta* - la plaie de la cité lacustre - ont provoqué des dégâts que sa bourse est bien en peine de réparer. De nouveau, le message sibyllin de son cousin lui rappelle la nécessité de se pencher sur le devenir de sa fille.

Il se souvient de cette époque déjà lointaine où il l'emmenait en gondole assister aux fêtes nautiques. Elle n'était encore qu'une enfant, et toutes ces embarcations empanachées de soie et de brocarts multicolores qui voguaient majestueusement sur le Grand Canal la subjuguaient. Un spectacle féerique dont la splendeur aiguisait la fierté des Vénitiens !

Confus de se laisser distraire par ces rêveries sentimentales, Bartolomeo s'efforce de se concentrer sur son devoir de père. Assurer l'avenir de Bianca devient une priorité. À l'orée de sa seizième année, sa beauté irradie. De sa mère, la charmante Pellegrina Morosini, elle a hérité ce teint de nacre et ces lèvres vermeilles tant prisés par son entourage. De son père, elle tient ce regard d'un vert indéfinissable aussi mouvant que les reflets de la lagune. Clair et transparent à l'éclat de l'été, il s'embrume avec la pesanteur de l'hiver pour se fondre dans le bronze. Ses traits d'une finesse altière, rehaussés par un front large et bombé, perdent de leur sévérité grâce à une chevelure abondante d'un blond fauve. Sa stature plus haute que la moyenne et son port majestueux mettent en valeur des formes idéalement dessinées. Malgré son extrême jeunesse et la modestie de son comportement, on devine un tempérament ardent dont la charge voluptueuse suscitera à sa maturité l'admiration des hommes et l'inimitié des épouses. À ces atouts physiques indéniables s'ajoutent des qualités de cœur et d'intelligence développées dès son plus jeune âge. Malgré le décès prématuré de Pellegrina en 1558, Bianca a poursuivi son instruction par la lecture, glanant quelques conseils auprès de ses proches. Esseulée au sein d'une domesticité trop occupée à sa tâche, elle enrichit sa culture en suivant les cours de son frère cadet, Vettore. Comme tout garçon bien né, il a acquis une formation raffinée auprès d'un précepteur issu du continent.

Conscient de la valeur de sa fille, le cœur de Bartolomeo se serre à l'idée de voir une rose si épanouie s'étioler dans ce palais. Hormis l'obligation sociale de la soustraire aux regards masculins, il admet qu'elle subit une réclusion d'une excessive sévérité. Lucrezia Grimani déteste sa belle-fille et ne s'en cache pas. Elle l'a recluse au dernier étage de la maison, où Bianca est surveillée par une duègne guindée et acariâtre. Face à une décision aussi inique, il n'est pas intervenu, si ce n'est pour plaider la cause de Marietta. L'ancienne nourrice de sa fille a reçu le droit de la suivre et de lui servir de femme de chambre.

Tandis que son père se débat dans une confusion de sentiments, Bianca brode sans conviction. Ces travaux de couture dont on l'afflige l'ennuient et concourent à sa frustration. Certes, les demoiselles de la noblesse se doivent d'y exceller, mais ses penchants vont vers d'autres passions ; la lecture est une de ses activités de prédilection.

Or, on lui interdit désormais l'accès à la bibliothèque du salon. Une femme trop cultivée serait, paraît-il, assommante à courtiser ! Assise à contre-jour, baignant dans un halo mordoré, elle délaisse son ouvrage pour fixer un horizon incertain. Un long soupir s'échappe de ses lèvres, quelques larmes roulent le long de ses joues. Elle refuse le mouchoir de dentelle que lui tend Marietta. À quoi bon ? Pourquoi chercherait-elle à cacher une affliction dont nul ne se soucie ? Son père est devenu si indifférent, froid et distant. La mort de sa première épouse l'avait dévasté. Bianca, bien que très jeune, lui servait de confidente. Il l'attirait auprès de lui pour évoquer la défunte, partageant avec sa fille les doux moments de ce passé familial, Bianca sur ses genoux, Pellegrina bavardant gaiement, le petit Vettore jouant à leurs pieds.

Que de rapports affectueux pendant ces quelques années de deuil... Bartolomeo ne pouvait se passer de Bianca et l'emmenait dans tous ses déplacements au cœur de la cité. À pied, en gondole, il aimait l'avoir près de lui et se plaisait à lui confier l'histoire des palais et des églises qu'ils croisaient sur leur chemin. Cette complicité était décriée par ses pairs. Un homme de bien ne devait s'abaisser à s'occuper de l'éducation d'un enfant, qui plus est d'une fille ! Ce temps est hélas révolu... Depuis son remariage, le maître de maison s'est transformé en cerbère. Plus de gestes tendres, ni même d'échanges courtois. Il a donné son aval pour la claustration de sa fille, lui refusant toute visite, évitant sa présence au point de la contraindre à prendre son repas, seule dans sa chambre. Bianca devine que cet acharnement est le fruit de sa soumission aux exigences de sa belle-mère. Une faiblesse qu'elle ne peut concevoir. Le cœur déchiré par cet abandon, elle s'accroche désespérément aux réminiscences des jours heureux de son enfance. Père et fille souffrent de cette situation indigne. Aucun des deux n'a la force ni le pouvoir d'y remédier.

Comme la plupart des hommes, Bartolomeo manque de courage pour affronter les querelles domestiques, d'autant plus qu'un autre motif l'empêche d'affirmer son autorité : il entend profiter des biens de son épouse. Certes, la loi lui en accorde l'usufruit, mais les Grimani sont assez puissants pour surveiller l'usage de cet apport familial. Le jour des noces, un contrat a été signé, permettant à sa femme de détenir en propre des actifs immobiliers dont elle surveille jalousement les revenus. Dépendant de son bon vouloir pour améliorer son ordinaire, il lorgne l'héritage de sa fille. Avant de s'éteindre, Pellegrina Morosini a rédigé un testament. Issue d'une famille légendaire qui compte plusieurs doges et hommes politiques de renom, elle disposait d'une fortune non négligeable. En prévision du mariage de Bianca, elle lui a légué la somme de 6 000 ducats ainsi qu'une opulente cassette de bijoux.

En ces temps fort peu amènes pour les femmes, particulièrement à Venise en raison de coutumes figées depuis des générations, marier une demoiselle de la noblesse s'apparente à une affaire d'État. La famille des futurs époux a la responsabilité d'obtenir l'aval du doge. Une enquête minutieuse est menée pour s'assurer que les parentèles appartiennent au même degré de lignage. Celles inscrites au livre d'or, les *nobili antici*, ont interdiction de se lier aux plus récentes, les *nobili novi.* Si cette règle n'est pas respectée, les contrevenants sont relégués à un statut social inférieur. Les *antici* perdent dès lors les avantages de leurs ancêtres, dont le droit de prétendre aux fonctions honorifiques pourvues par les administrations de la Sérénissime. La rigidité de ce diktat pour une noblesse désargentée s'avère douloureuse. Elle contemple avec avidité la richesse affichée par les marchands et banquiers récemment installés dans la lagune. Épouser les filles de ces roturiers aurait pu redorer leur blason, un tel acte les aurait, en revanche, définitivement excommuniés de leur milieu.

À ces restrictions d'ordre social s'ajoute la nécessité de garantir aux futures épousées une dot substantielle et d'assumer des festivités particulièrement onéreuses. Banquets et bals se succèdent pendant plusieurs jours. Nonobstant les lois somptuaires qui, depuis le Moyen Âge, s'efforcent de réduire la démesure lors des fêtes ou cérémonies, le luxe s'infiltre dans tous les pores de la société vénitienne. Dans la cité transite ce qui existe de plus recherché : gemmes délicates, vases et objets finement ciselés d'or, vaisselle dont la préciosité jouit du savoir-faire ancestral des artisans byzantins. Les merveilleux tissus importés d'Orient s'enrichissent de pierres précieuses et s'ornent de perles fines. Hommes ou femmes rivalisent d'élégance et de vanité. Patriciens des *case vecchie* ou des *case nuove*, bourgeois et marchands de tous types participent à une compétition ruineuse qui s'amplifie au fil des ans, la valeur outrancière de ces folies vestimentaires se doublant d'un goût pour les mets les plus fins et coûteux.

La dynastie Capello ne peut s'exclure de la ronde infernale du paraître. Bartolomeo a l'impression que la cité tout entière s'abandonne à une bacchanale diabolique dont l'issue lui sera fatale. Témoin impuissant d'une lente érosion du statut auquel ses pairs se raccrochent avec entêtement, il se sent prisonnier des principes qu'il aimerait condamner. La frivolité ostentatoire qui anime sa caste se répercute sur les plus démunis. Il n'ignore pas qu'un mariage grèvera lourdement ses ressources. Combien de familles forcent leurs filles à prononcer des vœux faute d'avoir des subsides suffisants pour les unir selon les règles imposées ? En visitant Venise, les étrangers s'étonnent de cette inflation de vocations féminines et du nombre de couvents où des nonnes bien nées s'adonnent à des plaisirs très éloignés de la prière. Que Bianca puisse être victime d'une telle avanie le scandalise.

Prompt à l'indignation mais rarement à l'action, Bartolomeo hésite devant le dilemme posé par l'avenir de cette enfant. À quel destin va-t-elle prétendre ?

Sa beauté pourrait être un passeport pour une union éclatante, or les considérations esthétiques et sentimentales n'ont aucune part dans les tractations matrimoniales. La raison du cœur ne prime pas sur la lagune. Seul l'argent compte et si possible dans de bonnes proportions. Les vertus de sa fille ne lui seront d'aucune utilité. Bien au contraire, elles suscitent l'envie. La jalousie de sa marâtre ne s'apaisera pas. Contre une telle animosité, son père n'a pas les armes en main pour protéger Bianca. Respectueux des coutumes de sa classe et de ses intérêts, il est prêt à la sacrifier sur le bûcher de sa vanité.

Chapitre 2

Un homme sans scrupule

Le médiocre et le commun, le sort se plaît à les créer souvent ; mais il confère aux chefs-d'œuvre le mérite de la rareté.

Sénèque, *Lettres à Lucilius.*

Pietro di Zanobio Bonaventuri, mine renfrognée, se contorsionne derrière son pupitre. Il déteste cette tâche ingrate qui l'oblige à recopier des chiffres sur les grands livres de comptes de son employeur. Ses gages de petit employé rognent ses prétentions. Ne pouvant compter sur le moindre legs, obligé de travailler pour assurer sa subsistance, il enrage d'être réduit à passer ses journées enfermé dans une échoppe, fût-elle la filiale vénitienne de l'auguste banque Salviati. Il n'éprouve aucune reconnaissance envers son oncle, qui a dû manœuvrer des mois durant pour défendre sa candidature. Obtenir un tel poste dans une maison puissante et révérée est un privilège qui excite les convoitises. Giambattista Bonaventuri, grâce à l'excellence de son travail et la confiance absolue que le directeur lui accorde, a réussi l'année précédente à décrocher le laissez-passer nécessaire pour que son neveu le rejoigne à Venise. Ce dernier aurait préféré poursuivre à

Florence une existence frivole vouée au jeu de *calcio*[1] et à ses nombreuses conquêtes.

Issu d'une famille florentine de petite noblesse qui a fait l'erreur deux siècles auparavant de choisir la cause des gibelins[2], il souffre de son statut de clerc. Il en veut à ses ancêtres d'avoir misé sur une mauvaise cause, qui leur a coûté l'exil et la confiscation de leurs biens. La guerre ayant déchiré, au XIIIe siècle, les Florentins entre partisans du Saint-Empire et les défenseurs de la papauté a ruiné les siens. Malgré un retour en grâce qui leur a permis de se rétablir à Florence, ils n'ont pas recouvré leur rang d'origine. Une grande partie de leurs richesses a été dispersée. En guise d'héritage, son père a reçu une petite maison non loin des rives de l'Arno et quelques arpents de terres dans le *contado*[3]. Cet avantage et les émoluments de sa profession de notaire suffisent à placer ses proches à l'abri du besoin. Une piètre consolation pour son fils de vingt ans qui rêve de grandeur et se flatte d'avoir servi de modèle au grand maître Giorgio Vasari. Le garçon, il est vrai, jouit d'un physique engageant : un port de tête élégant et un corps élancé qui lui confèrent une allure aristocratique dont il se sert pour pénétrer des cercles mondains inaccessibles. Sa chevelure brune et dense contraste avec le bleu de ses yeux d'une limpidité désarmante. Ses traits fins et sa peau veloutée prêtent à son visage une douceur trompeuse. Doté d'un sourire lumineux, il possède de surcroît

1. Sport collectif inspiré du jeu de balle et de la lutte romaine pratiqué à Florence à la Renaissance. Disparu au XVIIIe siècle, il sera relancé dans les années 1930.

2. Aux XIIIe et XIVe siècles, les cités marchandes, dont Florence, sont déchirées par les conflits entre les partisans de l'empereur (le parti gibelin ou *parte Ghibellina*) et ses adversaires, qui ont généralement l'appui du pape (le parti guelfe ou *parte Guelfa*).

3. Étendue territoriale sur laquelle une cité exerce, au moins théoriquement, son contrôle politique et économique.

une voix envoûtante. Ces charmes naturels se complètent par des manières courtoises acquises à force de fréquenter de jeunes patriciens en quête de bonne fortune.

Ses frasques l'ayant mis en délicatesse avec la police locale, son père craignait un scandale susceptible de mettre en péril la réputation de son étude et lui avait intimé l'ordre d'accepter l'offre des Salviati, espérant qu'au contact de son oncle et dans un emploi sérieux, son fils se ressaisirait. Lourde bévue ! La légèreté de Pietro ne s'accorde pas avec l'austérité de sa charge. Il répugne à se concentrer sur un labeur incompatible, à ses yeux, avec ses aspirations. Ambitieux par vanité, il souhaite grimper les échelons de la bonne société en usant de sa séduction. Ayant une haute opinion de ses qualités naturelles, il entend jouer de sa belle apparence pour atteindre ses buts. Empruntant la célèbre formule prêtée à Nicolas Machiavel selon laquelle la fin peut dans certains cas justifier les moyens, il avance ses pions sur l'échiquier vénitien, en toute immoralité. Courant les aventures et s'acoquinant avec des nobliaux dépourvus de tout scrupule, il s'est en quelques mois créé un réseau de connaissances au sein de toutes les strates de la cité et se prépare à en profiter.

Son intelligence des situations lui permet de deviner où se trouvent ses intérêts. Très rapidement, les autres commis se sont tenus à l'écart du nouveau venu par déférence pour *ser* Giambattista dont ils dépendent. Les manières raffinées de Pietro, ses vêtements de prix éblouissent ses collègues et les retiennent de toute familiarité. Comment parvient-il à se fournir des tenues aussi élégantes et coûteuses ? Nul ne se pose la question. La grâce et la beauté, dans une cité où tout n'est que paraître et futilité, suffisent à le doter de toutes les vertus. Son indolence et le peu de travail effectué ne sont pas de nature à choquer les esprits. La plupart estiment que sa *bella figura* valorise le comptoir. Il se chuchote par ailleurs qu'une telle distinction dissimule l'appartenance à une classe sociale élevée dont la modestie de Pietro refuse de se prévaloir. D'aucuns susurrent sans animosité qu'il doit être l'enfant illégitime d'un Florentin de haute lignée tenu à une discrétion de bon aloi. La rumeur s'est répandue au sein de la clientèle. Patriciens et marchands aiment deviser avec ce garçon bien élevé et avenant. Les premiers se plaisant à échanger avec un pair, les seconds se glorifiant d'une relation de bonne extraction. Le mystère dont on l'entoure avive la morgue du jeune homme. Son imagination le place sur un pied d'égalité avec les fils des plus grandes familles.

À l'approche du carnaval, il se plaît à imaginer les plaisirs qui l'attendent. Dans les semaines à venir, la ville sera prise d'une ivresse collective, jeux et spectacles alterneront avec les joutes et les bals. Une voix forte, qu'il reconnaît comme étant celle de Filippo Gritti, l'arrache à ses rêveries :

– Bonaventuri ! Que fais-tu au fond de cet antre ? Tout est sombre et froid ici, viens te réchauffer à la lumière du jour !

– Filippo, quelle joie de t'entendre ! Comment veux-tu que je m'échappe ? Mon oncle me retient prisonnier.

– Libère-toi de tes chaînes, l'ami, nous sommes attendus à l'auberge *Delle Tre Grazie* !

– Hélas, ce nom enchanteur ne saurait conjurer le sort qui m'attache à ce pupitre. Dante lui-même ne saurait adoucir mon cerbère !

– Maître Giambattista, reprend Filippo d'un ton enjoué. Ouvrez les portes de l'enfer et permettez à ce malheureux de se soustraire à cette torpeur mortelle. Il me plairait de l'entraîner vers des terres plus célestes !

L'oncle de Pietro hésite à répondre. S'opposer au désir d'un Gritti, dynastie vénitienne des plus éminentes, n'est pas sans risques. D'une main tremblante, il lâche sa plume. Une longue traînée brune se répand sur sa page d'écriture. « Mauvais présage », marmonne-t-il entre ses lèvres avant d'afficher un sourire de complaisance pour saluer messire Filippo. Nombre de ses débiteurs appartiennent aux plus hautes sphères de la société vénitienne. La jeunesse dorée de Venise lui est redevable de petits prêts constamment renouvelés. Il revient alors à Giambattista la dure tâche de récupérer les montants alloués. À force de diplomatie et de persévérance, de servilité aussi, il y parvient. La fatuité de ces gens n'a guère de limites, constate-t-il avec amertume. Plus le montant de leurs dettes s'élève, plus ils étalent leur arrogance ! Cette attitude le révolte et le paralyse à la fois. À l'inverse de son neveu, qui navigue avec agilité dans les eaux troubles du pouvoir, *ser* Giambattista Bonaventuri ne s'habituera jamais à frayer avec les plus grands. S'il considère le menu peuple avec mépris, il n'envisage nullement de vivre au-delà de sa condition. Son métier de contremaître lui convient. Son ambition se limite à se dévouer corps et âme à la vénérable firme Salviati.

Sans attendre l'accord verbal que tout clerc doit obtenir de son supérieur, Pietro replie ses affaires, créant dans son sillage le plus grand désordre. Les remontrances viendront plus tard, il le sait et s'en moque. Attrapant sa cape et son béret de velours, il virevolte entre les pupitres où ses compagnons s'acharnent à rédiger de longues colonnes de chiffres. Avant de sauter sur le quai, gage de sa liberté, il honore son mentor d'une profonde révérence dont l'ironie blessante marque aux yeux de tous l'affirmation de son autonomie. Filippo trépigne, prend son compagnon par le bras et tous deux s'enfuient vers l'auberge au nom évocateur pour retrouver un groupe de gentilshommes que l'ébriété rend fort accueillants.

– Amis, soyez les bienvenus ! Ici, on boit, on danse et on court les gueuses, hurle Ernesto Querini, un grand gaillard aux joues rouges et mal rasées. Allons, dépêchez-vous de nous rattraper, nous en sommes déjà à notre dixième godet !

Vins rouges sucrés ou âpres au palais, venus de Grèce ou du Levant ; vins blancs doux et liquoreux, importés de terre ferme, tous les breuvages sont disponibles en quantité moyennant quelques *soldi*. Tous en profitent, dénouant allégrement leurs bourses, interpellant gaiement le tavernier pour qu'il dévoile l'origine de ces trois grâces dont les profils ornent son enseigne.

– Où sont-elles, tes beautés ? Maître Niccolo, tu nous fais rêver avec ces visages de nymphes. Existent-elles au moins ou s'agit-il d'une simple chimère ?

– Allons, messires, ne soyez pas impatients, vous ne serez pas déçus. Les peintres ont des visions de paradis qu'ils retranscrivent sur leurs tableaux, moi j'ai des donzelles à la chair fraîche et savoureuse qui sont prêtes à monnayer leurs talents. Tout dépend de votre générosité.

– J'espère qu'elles en valent le prix. Je les veux jeunes et belles, pas de viande frelatée, s'esclaffe Ugolino Pisani, dont l'élégance et la silhouette gracile contrastent avec la vulgarité des propos.

Des rires gras fusent, l'alcool échauffe les esprits. Tous se préparent aux bacchanales que le carnaval érige joyeusement en institution !

Le prélude à ces festivités qui annonce le début du carême se drape toutefois d'un voile d'honorabilité. Processions et messes se relaient entre différentes églises de la ville pour s'achever dans une magnifique cérémonie à la basilique San Marco présidée par le doge, encadré par les représentants du pape, les ambassadeurs de pays amis et les magistrats les plus illustres de la cité.

Toutes les grandes familles vénitiennes sont conviées à cette grand-messe. Le recueillement est de mise bien que rarement respecté. Le bruissement des conversations se mêle aux litanies des prêtres et aux chants des choristes. Au sein de ce bourdonnement ponctué de silences compassés, Bianca se tient agenouillée, le visage penché sur son missel. Son père lui a octroyé le droit de l'accompagner pour cet événement prestigieux. Une vieille robe de Pellegrina a été ajustée pour l'occasion. Sa tenue, cette fois, n'entraînera pas de dépenses excessives. La cape qui la recouvre et la mantille qui masque son visage suffisent à s'accorder aux convenances imposées. Faussement confite en dévotion, la jeune femme scrute les bancs environnants. La plupart sont occupés par les membres de l'aristocratie qui profitent de ces instants de prière pour parader avec leur progéniture. Les demoiselles bien nées cachent leurs appâts derrière de délicats éventails, tandis que des jouvenceaux, encore imberbes, leur lancent des œillades insistantes, malgré le courroux affiché des duègnes. Bianca s'amuse de ces regards furtifs. Elle sait que certains d'entre eux lui sont adressés. Elle ne souhaite pas y répondre. Son cœur est déjà pris. L'ombre d'une silhouette lui a ravi son âme. Ce secret qu'elle garde au plus profond de son être, né en partie de son imagination, lui sert de consolation. Contrairement aux jeunes nobles de la lagune, elle ne se joindra pas aux fêtes du carnaval. Malgré les suggestions de ses cousins qui se sont proposés pour lui servir de chaperon, son père est resté intraitable. À ses yeux, les excès de ces réjouissances sont préjudiciables à la vertu des femmes. L'outrance devenant la règle, il préfère épargner à sa fille l'humiliation d'un geste déplacé. Bianca ne se révolte pas. Toute rébellion se traduirait par un enfermement encore plus sévère. Acceptant le sort qui lui est réservé, elle se limitera à partager l'effervescence de la rue du haut de son balcon. Un piètre dérivatif dont elle devra se contenter.

Si le choix de Bartolomeo, qui s'érige en fervent défenseur de la pudeur féminine, n'est pas affranchi de calcul, il est certain que la période carnavalesque frise l'indécence. Étrangement, la République, si soucieuse de la moralité de ses concitoyens, prompte à dégainer des lois pour contraindre les habitants à plus de retenue, professe un libéralisme triomphant pendant ces quelques mois de griserie citoyenne. Apparue dès le XIe siècle, cette manifestation joyeuse et festive a pris une telle ampleur qu'elle dépasse largement les frontières vénitiennes.

La *Festa delle Marie*, jour de la purification de la Vierge, attise les désirs et exalte les imaginations et les convoitises. Les personnes mal informées s'attendent à voir les plus belles jeunes filles de Venise former un cortège féerique au cœur de la basilique San Pietro di Castello. Les curieux repartent déçus. Cette tradition vieille de plusieurs siècles a été abandonnée, la démesure du coût des costumes et des festins donnés en l'honneur des heureuses élues ayant calmé l'ardeur des Vénitiens. Ces coutumes anciennes sont remplacées par d'autres, plus récentes et plus spectaculaires. On accourt désormais pour assister au « Vol de l'ange » dont le principe consiste à se jeter à l'aide d'un filin du haut du campanile de San Marco pour atterrir au milieu de la place. Cet exploit, dont les premiers essais datent du milieu des années 1500, a un tel succès qu'il faut refouler avec force bâtons les admirateurs trop empressés. Sans ces interventions musclées, le héros une fois au sol risquerait d'être écrasé !

Pendant ces périodes de grande licence où tout ou presque est permis, l'ivresse est de mise, les actes impudiques la norme. Tous se déguisent avec plus ou moins d'originalité. Le plus classique, la *bauta*, comprend le *tabarro*, longue cape sombre qui couvre la majeure partie du corps et bannit ainsi les compétitions vestimentaires trop ruineuses. Un capuchon de soie ou de dentelle noire enveloppe la chevelure et le cou, un tricorne de même couleur se fixe sur l'ensemble. Les masques, viatiques indispensables pour préserver le secret d'un libertinage par ailleurs bien assumé, sont par contraste d'un blanc immaculé. Fabriqués en papier mâché par des *mascherai* experts dans cet art, ils épousent une forme quadrangulaire dotée d'une proéminence au niveau de la bouche qui présente l'avantage de déformer la voix. Cet artifice judicieux évite à chacune et chacun de se dévoiler pour boire ou s'alimenter : en toutes circonstances, l'anonymat est protégé ! Les femmes mariées, si contraintes habituellement par leurs époux, jouissent, elles aussi, d'une indépendance rare. Le visage caché par une *moretta*[1], elles s'adonnent à des satisfactions inavouables au même titre que les hommes.

La ville entière se vautre dans une agitation frénétique. Une foule compacte serpente de place en place, de ruelle en ruelle pour encourager les comédiens et les musiciens qui, partout dans la cité, sur les ponts ou les gondoles, produisent des spectacles et des concerts. Les chansons reprises en chœur par des spectateurs grisés de liberté évoquent sans complexe les artifices amoureux. Les paroles ne manquent pas d'audace, l'amour courtois cédant la place à un érotisme peu tempéré. Les sens échaudés par ces romances suggestives, les habitants, loin de résister aux tentations, se jettent à corps perdu dans un tourbillon de jouissances qui transforme Venise en un gigantesque lupanar. Le chaos ambiant n'est pas exempt de violence. Sur le *ponte* dei Pugni, des centaines de combattants se retrouvent pour se battre dans le but d'empêcher la partie adverse d'enjamber la rive. La rixe atteindra un tel degré de sauvagerie que le Sénat promulguera une loi pour l'interdire et prohiber le port des armes.

---

1. Masque vénitien réservé aux femmes, de forme ronde et recouvert de velours noir. Sans attaches, il était tenu uniquement par un bouton serré entre les dents, ce qui rendait celles qui le portaient « muettes », d'où l'autre nom de *muta*.

Hormis les quelques drames provoqués par ces rituels et les échauffourées incontournables quand une population en liesse abuse du bon vin, le carnaval symbolise, avant tout et pour tous, le temps de l'amusement. Pour les plus humbles, il signifie l'accès à des avantages dont ils sont habituellement privés ; pour les plus aisés, le droit d'enfreindre tous les interdits que la cité des doges se complaît à leur infliger. Pietro et ses comparses de l'auberge *Delle Tre Grazie*, appartenant à la deuxième catégorie, espèrent avec impatience, comme la plupart de leurs congénères, l'époque magique qui ouvre la voie à une transgression débridée. Si, dans leur quotidien, ils s'écartent aisément de la morale civique, s'ils ne manquent ni d'alcool ni de femmes - les prostituées pullulent à Venise sous le nom charmant de *mammole*[1] -, ils aspirent à des conquêtes féminines d'ordinaire moins accessibles. Les dames de la haute société représentent un gibier de choix pour ces prédateurs assoiffés de sensations fortes. Une chasse bien dangereuse en temps normal. Souiller la vertu d'une épouse peut se solder par un emprisonnement, un bannissement, voire une condamnation à mort si le trophée est d'un rang élevé. Pour ces jeunes hommes, le jeu consiste à repérer les silhouettes notoires et désirables, puis à leur susurrer de tendres compliments avant de les entraîner dans des arcanes propices aux délices amoureuses.

Outre cette distraction, dont ils se lassent vite, au grand dam de leurs victimes, ils recherchent d'autres contentements glanés en des lieux fort peu enclins à la dépravation. L'ordre moral étant bouleversé par l'ambiance dévergondée qui règne sur la lagune, les couvents et les monastères ne sont pas à l'abri d'exubérances. Les religieuses, souvent forcées de prendre le voile, n'ont aucune

1. « Violettes ».

vocation pour la sainteté. Les chasseurs de jeunes nonnes, auxquels appartiennent les fils de famille, se délectent de cet univers conventuel où l'érotisme a plus d'adeptes que les tenants de la chasteté. Cette situation, exacerbée en période de carnaval, scandalise les âmes pieuses et les sages de la République. Des lois châtiant les inconstantes seront votées et rarement appliquées, malgré les rapports des inquisiteurs qui dénoncent régulièrement les abus.

Dans cette foire aux plaisirs, Pietro Bonaventuri tient la course en tête. Ses atouts naturels gagnent tous les cœurs. En amitié comme en amour, il ne s'attache guère. Aimable et complaisant, il séduit les femmes les plus récalcitrantes pour les remettre ensuite aux mains de ses amis. Traînant derrière lui un parfum de scandale, il aurait pu susciter la jalousie de ses pairs. Il n'en est rien. On admire son détachement, on loue ses succès. En retour, le jeune galant ne se vante pas de ses nombreuses conquêtes. Il connaît les faiblesses de son pedigree et l'anémie de sa fortune. Jamais servile mais toujours attentif, il sait se montrer indispensable aux aristocrates de son entourage.

Homme sans scrupule, son amoralité plaide en sa faveur dans une ville où le vice l'emporte sur la vertu. Les appels à la décence, réitérés de loin en loin par les instances dirigeantes, ne l'inquiètent pas. À l'image de ces viveurs qui peuplent la lagune, il jouit de l'instant avec désinvolture. Sa jeunesse, pense-t-il, lui accorde tous les droits : celui de briser l'innocence et d'exploiter la naïveté, celui de manœuvrer ses relations pour atteindre les sommets sans forcer sa peine, celui, enfin, de prétendre à une union qui le placerait à égalité avec les nantis. Son espoir porte un nom. Il a aperçu son visage, un matin, sur le balcon d'un palais proche de la maison Salviati. Ce secret, Pietro ne le partage avec aucun de ses compagnons. Subjugué par cette beauté parfaite découverte au fil de ses errances, il tient à garder ce chef-d'œuvre pour lui. La médiocrité de son état aurait dû le prévenir contre un tel engouement. Aveuglé par une existence dédiée à la luxure et aux faux-semblants, il anticipe son avenir avec une trop courte vue.

Chapitre 3

Les charmes de la décadence

La belle plume ne fait pas l'oiseau.

Ésope, *Le Corbeau et les Paons.*

Aussitôt remise des folles agapes du carnaval, Venise repart dans une envolée de préparatifs. Pietro s'en délecte. Si les libations des mois derniers ont vidé sa bourse, son énergie reste intacte. Avec ses compagnons de débauche, ils aiguisent leur appétit pour d'autres dévergondages. Dans trois semaines, le doux mois de mai et les cérémonies de la *Festa della Sensa* ranimeront la flamme des réjouissances. Dans une ville qui, depuis la défaite d'Agnadel en 1509, a « perdu en un jour ce qu'elle avait mis huit cents ans à arracher[1] », on aurait pu imaginer plus de retenue. Sans doute le goût de l'opulence est-il inscrit dans ses gènes. L'emprise de l'esthétique sur les esprits, loin de prêcher la mesure et l'austérité, crée chez les habitants de la lagune, autochtones ou étrangers, une insatiable soif de nouveauté. Toute l'Europe afflue sur les rives de la cité qui connaît un rayonnement artistique inégalé. L'admirable Titien règne encore en maître, mais d'autres talents émergent. Jacopo Bassano, Jacopo Robusti, dit

1. Nicolas Machiavel, *Le Prince*, chapitre 12.

Tintoretto, Paolo Caliari, dit Veronese développent pour la plus grande gloire de la Sérénissime leur incomparable génie. Influencés par la *maniera* très en vogue dans la péninsule, ils l'ont sublimée en un style unique, imprégné de l'ambiance si particulière de ce territoire soumis à l'emprise de l'eau. L'ombre et la lumière qui conviennent aux grands maîtres de la peinture traduisent une réalité vénitienne dont les qualités et les défauts s'exacerbent dans un contraste saisissant : sensuelle et vertueuse, brutale et raffinée, hypocrite et complaisante.

Cette Gomorrhe aquatique sut attirer dans ses filets tout ce qu'il y a en terre ferme de libres penseurs et de débauchés. Elle a notamment accueilli en son sein le plus impudent d'entre eux, le célèbre et sulfureux Pietro Aretino. Connu sous le pseudonyme de l'Arétin, il avait échappé à la vindicte du pape Clément VII à la fin des années 1520 en se réfugiant à Venise. Érudit aux mœurs dissolues dont la plume alerte était louée par les lettrés, il avait trouvé un port d'attache sur les quais du *Stato del mar*. Le contenu licencieux des écrits de ce poète maudit avait choqué toute la péninsule. Les *Sonetti lussuriosi*, d'une tonalité crue à la limite de l'obscénité, vantaient en vers des plus coquins les dessins érotiques de Giulio Romano qui avait, dans son recueil *I Modi*, illustré les « seize plaisirs » selon des positions plus réelles qu'allusives ! La première édition fut détruite à Rome, la seconde réimprimée à Venise, passant outre la mise à l'index par le courroux papal. Cette tolérance sera saluée d'un éloge de celui qui se nommait sans fausse pudeur le « divin Arétin » : « Depuis que j'ai cherché asile sous l'égide de la grandeur et de la liberté vénitiennes, je n'ai rien à envier à personne ; et le souffle de l'envie, ni le nuage de la malice n'ont pu atteindre ma renommée, ou diminuer le train de ma maison. »

Le parfum de soufre qui envahit sporadiquement la lagune ne s'élèvera pas jusqu'au donjon où Bianca est recluse. Penchée sur un balcon étroit, enserré d'une balustrade en fer forgé joliment ajouré, la jeune fille hume la fraîcheur de l'aurore. Profitant de l'absence de sa duègne qui s'adonne à ses prières matinales dans l'oratoire familial, elle libère sa longue chevelure. La magnifique toison se déroule en suaves saccades, sublime vague aux reflets ambrés qui voile ses épaules et cajole son dos. Une brise légère lui caresse les joues. Le visage tendu vers un ciel affable, elle fredonne doucement, hochant la tête au rythme des mots, mèches frivoles voletant au gré du vent. Le front rosi par le soleil naissant, elle sourit. Ce faible espace de liberté lui offre le loisir d'admirer l'horizon sans subir de remontrances, une faveur rarement accordée. Fragile colombe prisonnière d'une cage trop restreinte pour ses rêves, Bianca soupire, cherchant du regard ce gentilhomme qui semble habiter le *palazzo* Salviati et dont elle a à peine distingué la silhouette du haut de sa prison. Saura-t-elle reconnaître ce jeune noble, si par bonheur elle le croise en allant à l'église ? Perdue dans ses pensées, elle n'aura guère le temps d'y réfléchir. Saisie d'une frayeur soudaine, elle aperçoit l'ombre menaçante de sa gouvernante dont le profil se découpe sur les tentures moirées de son alcôve.

– Mademoiselle, comment osez-vous ! Vous présenter en chemise à la vue de tous, n'avez-vous donc aucune pudeur ? Je vais en référer à votre belle-mère. Vous serez, je le crains, sévèrement punie.

– Dame Magdalena, je vous en prie, ne me dénoncez pas ! Je suis détenue dans ces pièces jour après jour, sans la moindre occasion de respirer l'air du monde. La messe m'est prohibée en dehors des jours de fête, mon frère peut à peine m'approcher, mon père m'évite, de peur que la *signora* Lucrezia ne le réprimande. Je n'ai ni amie, ni confidente. Pourquoi me martyrisez-vous ainsi ?

Les beaux yeux de Bianca s'emplissent de larmes malgré ses efforts pour taire sa détresse. Force-t-elle un peu ce chagrin matinal ? Son statut d'orpheline lui a appris dès sa prime jeunesse à réprimer ses sentiments. L'excès de solitude lui a forgé une carapace qui la préserve de toute mièvrerie. Perspicace, elle sait par instinct que cette femme vieillissante et acariâtre chargée de sa surveillance dissimule un cœur plus tendre qu'il n'y paraît. Originaire d'une noblesse germanique désargentée, dernière fille d'une fratrie nombreuse, le destin de Dame Magdalena était tracé d'avance. La malheureuse troqua la condamnation au couvent contre l'humiliation d'une place de gouvernante. En acceptant de se placer auprès de familles aisées, elle échappait à une misère certaine. Un tel déclassement la mortifiait, d'où ce caractère revêche dont elle use comme d'une armure.
– Je vous pardonne cette fois, reprend-elle d'un ton adouci, mais que je ne vous y reprenne plus. Si par malheur quelqu'un vous apercevait et avertissait vos parents, je serais renvoyée, et vous, cloîtrée chez les religieuses !

Bianca incline la tête en signe de remerciement et refoule le rire qui lui chatouille la gorge. Malgré le contrôle assidu qu'elle endure quotidiennement, elle a appris des choses que son âge aurait dû ignorer. À l'époque où elle vaquait encore ouvertement dans les étages, elle a capté des fragments de conversations portant sur ces nonnes si libres de leurs mouvements et généreuses de leur corps. Ses dispositions naturelles l'attirent vers ces chemins défendus. Curieuse, elle a réussi à glaner, grâce à des livres dont la provenance doit demeurer secrète, quelques connaissances sur les joutes amoureuses. À son insu, sa duègne s'avère la source de son enseignement. Comment imaginer qu'une si docte personne, bridée dans une chasuble de drap noir avec pour seul agrément un fichu de dentelle noué autour du col, masque en réalité une adepte d'écrits libertins ?

Ayant découvert par hasard les penchants inavouables de la digne Magdalena, les nuits où cette dernière dort en ronflant bruyamment, Bianca se faufile vers sa table de chevet pour subtiliser les quelques feuillets tant honnis des bien-pensants. Ce manège aurait scandalisé sa belle-mère, si rigide dans ses principes et si peu ouverte aux mœurs de son temps. Jamais elle ne se serait doutée que la poésie scandaleuse de l'Arétin et de Veronica Franco avait été subrepticement introduite entre ses murs ! Bianca a parcouru les sonnets du premier sans rien y comprendre. Les mots trop vulgaires pour son innocence ne trouvent pas d'écho dans son cœur. Elle préfère de loin les quelques vers qui émanent d'une femme dont la légende commence à se dessiner. Courtisane de renom, la poétesse Veronica Franco a une approche délicate et courtoise de l'érotisme. Sa vie, étonnamment libre, fascinera ses contemporains. À peine nubile, elle épousa un médecin sans grand relief. Refusant une condition qu'elle estime servile, elle quitte le domicile conjugal dès l'âge de dix-huit ans. Elle adhère à la prévention de son ami, le dramaturge et philosophe Sperone Speroni, contre le mariage, qui lui a écrit : *Mari et femme, deux étranges et odieuses paroles par lesquelles les lois stupides transforment les doux noms d'amant et amante, dérivés du mot « amour*[1] ».

Cette remarque, Veronica en fera son mantra. Aucune chaîne nuptiale ne l'entravera plus ! Son corps parfait séduira de nombreux admirateurs, son intelligence lui permettra de fréquenter les cercles littéraires les plus prisés de la lagune. À l'image des autres demi-mondaines, pour maintenir un train de vie exigeant, elle accordera ses faveurs au plus offrant. À la différence de ses consœurs,

1. Sperone Speroni, *Le Dialogue des langues*, Les Belles Lettres, 2001.

elle choisira ses amants pour la valeur de leur érudition. Les heureux élus se précipiteront dans son salon pour deviser autour de thèmes philosophiques ou poétiques. Dans ce cénacle, se retrouveront régulièrement l'humaniste Domenico Venier, l'aimable Tintoretto si casanier, Alde Manuce le Jeune, l'héritier éclairé et respecté d'une dynastie d'imprimeurs connue dans toute l'Europe. La liste est longue de ces personnalités d'envergure, vénitiennes ou de passage, que l'esprit et le talent de Veronica attireront comme un aimant ensorceleur. Alliant charme et éducation, elle ne dépendra sa vie durant ni d'un maître ni d'un amant, avouant sans ambages :

> « La beauté féminine est donnée par le ciel
> Pour que sur terre, soit heureux
> Tout homme qui en goûte la douceur[1]. »

Malgré le confinement imposé par sa geôlière, Bianca obtient des bribes d'information sur cette égérie dont le destin la séduit. Ses vers, bien que leur diffusion soit encore parcimonieuse, lui ont apporté des réponses dont elle compte se servir. D'un esprit clairvoyant, elle devine que son seul atout, pour échapper à sa médiocre existence, se résume à sa beauté. Sans vanité aucune, elle se sait bien faite. Ses cousins lui ont susurré à l'oreille des petits compliments, la félicitant sur sa gracieuse apparence. Le peu de fois où on lui autorise des sorties, il lui semble discerner des prunelles caressantes quand une bourrasque de bon augure soulève le linge blanc qui lui sert de mantille. Ses traits harmonieux ainsi dévoilés jettent un charme magnétique. Le temps de la candeur n'est plus de saison. La jeune fille est avide de prendre son envol. L'apparition guettée du haut de son balcon, si élégante et juvénile, sera

1. Veronica Franco, « Terze rime ».

peut-être son salut ? Elle se rassure, bientôt le cérémonial de la *Sensa* entrouvrira les portes de sa cage. Sa marâtre, malgré son influence, ne pourra pas empêcher son père de la mener à la basilique pour les bénédictions sacrées, puis à l'embarcadère pour assister au rituel du *Sposalizio del Mare*[1].

Ce rituel, qui se déroule en mai et suit d'un mois ou deux les festivités du carnaval, est vécu comme un moment particulièrement solennel par la République vénitienne. L'union symbolique avec la mer a pour ambition de réaffirmer son emprise sur l'Adriatique et la Méditerranée. La tradition remonte à 1176, lorsque le pape Alexandre III remet au doge Sebastian Ziani un anneau d'or en gage de paix. Venise étant souvent en opposition avec Sa Sainteté, cet objet béni consacre les épousailles de la cité lacustre avec la mer et par là même son allégeance à l'Église romaine. Instituées le jour de l'Ascension, les cérémonies qui encadrent ce « mariage » renouvelé d'année en année déploient un faste digne d'une royauté. La dimension religieuse prend le pas sur les orgies païennes. L'élévation du Christ vers les contrées célestes est encensée par une multitude de messes célébrées dans la centaine d'églises qui ornent la cité.

Des processions de toutes les communautés cléricales et laïques défilent le long des rives et des canaux, sur les quais ou en gondole. Les fidèles, soutenant sur leurs épaules de larges tréteaux où trônent de splendides statues et reliquaires, évoquent en psalmodiant l'immensité de la gloire de Dieu. Des tapisseries luxueuses drapent, en l'honneur du Seigneur, les édifices les plus prestigieux ainsi que le *ponte* di Rialto qui assure la jonction entre les quartiers de San Polo et de San Marco. Les dignitaires de la République parés des différents attributs liés

1. « Épousailles avec la mer ».

à leur charge affectent un recueillement de circonstance. La dévotion de la population atteint son paroxysme lorsque le doge, accompagné du représentant du pape, du patriarche de Venise, du grand commandeur de l'Inquisition et de toutes les sommités ecclésiastiques vénitiennes ou étrangères, pénètre dans la basilique San Marco vêtu de ses habits d'apparat.

En l'an 1563, il revient au doge Girolamo Priuli de présider les solennités. La famille Capello, en raison de ses liens de parenté avec cet homme si respecté, a le privilège de prendre part aux différentes étapes des grandioses manifestations. Une invitation des plus flatteuses mais aussi très dispendieuse. Les dames de la société entrent dans une concurrence effrénée pour se pavaner dans des robes d'un luxe extravagant. Les tissus venus des meilleures fabriques sont coupés sur place selon les préceptes vénitiens. Dans ce domaine aussi, les sages veillent aux vertus patriotiques ! Pour éviter d'enfreindre ostensiblement la loi, tailleurs et couturières font mine de s'affranchir de la mode parisienne tout en la copiant par petites touches. Des poupées embellies des dernières créations françaises sont importées en grand secret, ce qui renchérit le coût des toilettes... La *signora* Lucrezia regimbe à l'idée de dépenser des sommes exorbitantes pour sa belle-fille. Le respect des traditions l'emportant sur ses réticences, il lui faut se plier aux codes d'un milieu auquel elle est si fière d'appartenir.

Avec humeur, elle réclame Bianca dans son salon. La jeune fille l'honore d'une révérence plongeante, craignant sa réaction.

– Relevez-vous ! lui intime sa belle-mère d'une voix sifflante. Vous savez sans doute les raisons qui m'obligent à faire appel à vous ?

Bianca soulève la tête timidement.

– Eh bien ! Vous avez perdu votre langue ?

– Dame Magdalena m'a laissée entendre qu'il s'agissait de mon vêtement pour la fête de la *Sensa* ?
– Comme si vous ne l'aviez pas deviné ! Croyez-vous que je n'ai pas intercepté vos manigances quand vous tourniez autour de votre père, exécutant toutes sortes de grâces pour qu'il vous donne la permission de vous joindre à notre cortège ?

Tout en parlant, Lucrezia agite une clochette et, d'une voix excédée, interpelle les couturières. Celles-ci, mètres et aiguilles en main, s'empressent de prendre les mesures nécessaires tandis que de jeunes apprentis portent de lourds rouleaux qu'ils étalent à même le sol. Bianca profite de l'agitation ambiante pour fixer sa marâtre. Son allure hautaine et sa maigreur lui ôtent tout attrait. Avec sa coiffure démodée, tirée vers le haut du crâne, et son corsage étriqué, on pourrait la confondre avec une mère abbesse. Gratifiée d'un visage fin et de grands yeux bruns ombrés de longs cils, on aurait pu lui trouver quelque beauté, mais son profil aquilin et la dureté de son regard lui retirent le peu d'agréments dont elle bénéficie.

L'atmosphère déplaisante qui règne dans l'austère bâtiment accélère les essayages. Bianca, émerveillée par les étoffes alignées sur les dalles de l'immense pièce qui sert de salon, voudrait effleurer de ses doigts ces fibres si douces et brillantes. Un plaisir qui lui est interdit. L'œil de vautour de Lucrezia l'épie sans aménité. Les petites mains qui tournent autour des deux femmes pour pincer la taille ou élargir les encolures ne s'avisent pas d'émettre un commentaire. Elles devinent la frustration de la jeune fille, sa grâce émouvante mériterait une coupe plus attrayante. En silence, dominées par le ton impérieux de la maîtresse des lieux, elles réduisent l'échancrure du décolleté, élargissent les jupons au niveau des hanches. Lucrezia souhaite enlaidir autant que la convenance l'autorise la silhouette de sa belle-fille. D'un geste sec, elle élimine les tissus aux teintes vives et chatoyantes pour une soie couleur ivoire, espérant par cet artifice affadir le teint de celle qu'elle considère étrangement comme une rivale. Ce stratagème fort peu charitable lui sera préjudiciable. La beauté de Bianca irradie dans tout l'éclat de sa jeunesse.

Quand arrive le jour tant espéré de la *Sensa*, Bartolomeo est subjugué à la vue de son enfant. L'expression admirative de son père encourage Bianca à prendre plus d'assurance. Elle descend fièrement les degrés du grand escalier, laissant glisser avec coquetterie la petite traîne qui prolonge sa robe. Le visage rayonnant, les cheveux noués en un savant jeu de torsades maintenues par plusieurs rangées de perles d'une suavité nacrée, elle écarte les pans de sa jupe avec une élégance princière. Sous l'attention extasiée de la maisonnée, elle avance avec précaution, peu habituée à tant de dévotion. Ses pas hésitants lui confèrent une grâce éthérée. Le sol en marqueterie dessine à ses pieds de surprenantes arabesques dont les tonalités luxuriantes contrastent avec l'aspect virginal de sa tenue.

Oubliant sa réserve, Bartolomeo s'avance vers sa fille, dépose un baiser sur son front et s'exclame avec attendrissement :

– Ma chère petite, les nymphes de Botticelli ne sauraient rivaliser avec une si charmante apparence !

Ce compliment si généreux chez cet homme peu prolixe bouleverse son entourage. Dame Magdalena et Marietta, qui accompagnent la descente de leur protégée, ont les yeux embués de larmes. Elles répètent à l'envi que la plus belle jeune fille de Venise se trouve dans ce palais, qu'aucune autre ne saurait réunir autant de perfections.

Enorgueilli d'avoir engendré un être aussi parfait, Bartolomeo se rengorge à l'idée d'éblouir l'aréopage de la noblesse présente à la fête. Prompts à la jalousie et à la critique, tous lui envieront un tel joyau ! Son seul souci consiste à développer un argumentaire subtil afin d'éloigner les jouvenceaux qui n'hésiteront plus à le solliciter pour avoir le droit de courtiser son héritière.

L'imagination enflammée par toutes ces émotions, il en oublie l'aigreur de son épouse qui apparaît sur le palier, sanglée dans une robe violine. Son attitude fermée tandis qu'elle martèle les marches laisse-t-elle présager un orage ? Le personnel, serré en essaim, retient son souffle, baissant les yeux à son passage, par déférence certes, mais aussi de peur que la comparaison peu élogieuse à son égard ne puisse se lire dans leurs regards. À l'inverse de leurs craintes, Lucrezia se montre amène envers tous, rappelant d'un ton détaché que Bianca n'aurait jamais réussi à paraître aussi éblouissante sans son intervention. Bartolomeo ne relève pas l'ironie du propos et la remercie de sa générosité. Puis, la compagnie se trouvant au complet, il prend le bras de son épouse avec componction, fait signe à sa fille de les suivre, et tous trois se dirigent d'une démarche altière vers l'embarcadère.

De loin, ils aperçoivent *Le Bucentaure* arrimé au môle. La hauteur provocatrice du bâtiment porte ombrage à la résidence ducale. La coque de ce navire aux formes ventripotentes lui donne l'aspect d'un cétacé échoué par mégarde sur les berges du bassin de San Marco. Bâtie pour refléter la puissance, sa majestueuse carcasse, couleur fauve, s'impose comme le joyau de l'Arsenal. Conçu pour accueillir plusieurs centaines de passagers de haut rang, il affiche à son bord un luxe ostentatoire si peu en adéquation avec les appels à la discrétion hypocritement réitérés par les sages de la République. À l'étranger, on envie la majesté de ce palais flottant dont le nom provient du buste de centaure fièrement accroché à sa proue. Cette figure mythologique, mi-homme, mi-cheval, provoque l'admiration et l'appréhension. Son profil de démiurge reflète l'omnipotence de la Sérénissime.

L'immense bâtiment possède cependant quelques inconvénients. Doté d'un fond plat et d'un faible tirant d'eau, sans mât ni voile, il n'est guère adapté à la navigation. Le moindre vent contraire risque de le renverser, d'où l'anxiété de l'amiral en charge de le diriger. Répondant sur sa vie de la bonne exécution des manœuvres, il fixe avec effroi la longue file de dignitaires qui se dirige vers la passerelle. Une haie d'honneur, composée de valets empanachés de plumes et de gardes aux casques rutilants, se poste près de l'embarcation. À un rythme moins martial, des musiciens les rejoignent, annonçant à grand renfort de sacqueboutes et de cistres l'arrivée imminente de *monsignor el Doxe*[1], du Sénat, des autorités religieuses ou civiles et des nobles invités appelés à monter sur ce navire légendaire.

Revêtu d'un épais manteau de brocart cramoisi agrémenté de fils d'or et d'argent s'entrecroisant en un remarquable jeu de volutes, d'une cape d'hermine couvrant les épaules et d'une *zoia*, bonnet en forme de corne inspiré de l'Orient, le doge, dans ce costume imposant, mérite son titre de *Serenissimo principe*. Éblouis par tant de faste, ceux qui sont conviés à une telle profusion d'ornements remercient le ciel de partager ces moments de grâce. Bartolomeo, assis avec les membres du Sénat, s'est délesté des dames que les nombreux marins à bord se hâtent d'accompagner vers les bancs qui leur sont destinés. Étroits et peu confortables, ils sont tapissés de coussins de satin, ce qui rend l'assise malaisée. Les places étant prisées, chacun se serre tant et si bien que la distance imposée par la décence se montre rarement respectée. Bianca se retrouve face à un groupe de jeunes gens qui la scrutent avec avidité. Sous le regard sévère de Lucrezia, elle

1. *Doxe* : « doge », en vénitien.

n'ose lever les yeux. De temps à autre, d'un coup d'œil rapide, elle est à l'affût de cette âme sœur qu'elle a repérée du haut de son balcon. Son cœur lui murmure qu'elle le découvrira alors même que son visage lui est inconnu. Son imagination l'entraîne vers des rives peu propices à l'affliction. Songeuse, elle suit avec délice les souples oscillations des eaux de la lagune. Les lourdes amarres enfin démêlées, *Le Bucentaure* quitte son port d'attache et s'aventure laborieusement vers les abords de l'Adriatique.

À peine dépasse-t-il la *punta della dogana* qu'une multitude de radeaux et de gondoles se pressent dans son sillage, glissant allégrement à ses côtés. Tels des bancs de poissons multicolores, ils s'agglutinent autour de ce cachalot monumental qui navigue avec une lente assurance, peu enclin à forcer la cadence. Au-delà du Lido, une goélette plus modeste aborde le bateau ducal. À l'aide d'une passerelle, le patriarche de Venise, dans un déploiement de dentelle et de soie, se hisse sur le pont pour assumer la lourde tâche de soutenir le doge dans son voyage nuptial. Le brouhaha des conversations se tarit, l'heure est à la gravité. Retiré de son coffre de velours et béni par le patriarche, l'anneau d'or est posé entre les mains du doge. Après une série de prières et un recueillement ponctué de soupirs et de larmes discrètes, l'objet de tant de vénération est lancé au-dessus du bastingage. Dans un silence figé de saisissement, les paroles rituelles sont alors prononcées : « *Desponsamus te, mare, in signum veri perpetuique dominii.* » (« Nous t'épousons, ô mer, en signe de véritable et perpétuelle domination. »)

La vénérable légende, localement si respectée, sera moquée par les esprits frondeurs, le plus souvent français, qui jugent cette commémoration saugrenue. Joachim du Bellay n'hésitera pas à rédiger en 1558 ces quelques rimes caustiques :

« Mais ce que l'on en doit le meilleur estimer,
C'est quand ces vieux cocus vont épouser la mer,
Dont ils sont les maris et le Turc l'adultère[1]. »

Comme toujours à Venise, le sérieux se mêle au rire. Ces vers peu déférents n'entament pas la joie de vivre des habitants, l'escapade matrimoniale s'achevant dans une gigantesque foire.

Puisant dans ses deniers personnels, le doge permet à ses concitoyens de festoyer des jours durant. Bianca, en jeune fille bien éduquée, ne peut profiter de ces ripailles. Elle s'arroge cependant le droit de se promener incognito sur la *piazza* San Marco pour admirer la basilique avec ses coupoles arrondies et sa façade byzantine. Le marbre, le porphyre, le jaspe et l'albâtre jaillissent de la pierre en d'étranges compositions insufflées par la magnificence orientale. Sa belle-mère occupée à d'importantes mondanités et son père réclamé par de nombreux solliciteurs n'ont ni le penchant, ni l'envie de l'escorter. Peu habituée à la foule, dissimulant son visage derrière un large éventail, elle cherche fiévreusement celui qu'elle appelle en son for intérieur « le fantôme de San Apollin ». Sa témérité la rapproche d'un comptoir où quelques gentilshommes conversent avec indolence. Cachée derrière un pilier, avide de capter les paroles échangées, elle tend une oreille indiscrète :

– Dommage, Pietro, que tes occupations aient dû te retenir auprès des Salviati, s'esclaffe son comparse Filippo, une chopine de bière à la main. Une perle rare est apparue quand nous étions sur *Le Bucentaure*. Exquise comme une rose de mai, un sourire à faire fondre les cœurs les plus endurcis !

1. *Œuvres complètes*, « Les Regrets », tome 3, CXXXIII, p. 88.

– Mes amis, me voilà très intrigué... Est-elle jeune au moins ?
– La fraîcheur de l'enfance.
– Son visage ?
– Aussi pur qu'un camée.
– Son corps ?
– Dissimulé sous une cape, mais le vent de la mer nous a révélé quelques secrets.
– Dites-moi vite, vous m'échauffez les sens ! s'écrie Pietro qui force sa voix pour ne pas trahir son émoi.
– Une taille fine...
– Mais encore ?
– Une poitrine avenante.
– C'est-à-dire ?
– Son décolleté à peine échancré nous a laissés deviner deux merveilleuses pommes qui mériteraient d'être croquées.

Pietro, atterré par cette description qui coïncide avec l'objet de sa flamme, tente de faire diversion. Quant à Bianca, bien que son nom n'ait pas été divulgué, elle croit se reconnaître dans ce portrait flatteur. Affolée à l'idée d'être découverte, elle s'enfonce plus avant sur la place. Une foule bigarrée, mélange de Levantins et de Vénitiens aux accoutrements les plus disparates, la frôle allégrement, en riant et s'interpellant. Les uns portent des pourpoints serrés à la taille et des hauts-de-chausses tandis que d'autres se contentent de longues toges inspirées de la mode orientale. Emportée par le maelström de ses sentiments, petite tache pâle dans cette marée bariolée, elle demeure indécise. Un détail l'a profondément troublée. Parmi les jeunes hommes dont elle a surpris le court dialogue, il lui a semblé reconnaître la fameuse silhouette qui peuple ses rêves. Poursuivant son chemin, cherchant à localiser ses parents dans ce flot humain, bruyant et facétieux, le nom de Salviati lui revient en mémoire. N'a-t-il pas été prononcé ? Prudemment, Bianca se retourne pour distinguer de loin cet homme gracieux, à la voix si envoûtante ! Sans raison, elle se persuade que son fantôme s'est enfin matérialisé. Aveuglée par cette passion naissante, elle s'abandonne en pensée à cet inconnu. L'espoir de le revoir lui retire toute alarme. Elle est prête à briser les amarres qui la retiennent. Peu lui importent les multiples récifs qui entraveront la vague de ses aspirations.

Chapitre 4

L'audace comme seul viatique

Et tout ce que l'amour peut faire, l'amour ose le tenter...

William Shakespeare, *Roméo et Juliette.*

Il faut que ça cesse ! Fulminant sous son capuchon de bure noire, l'inquisiteur marche à grands pas. Son rendez-vous au comptoir Salviati le rend nerveux. Les enjeux sont élevés, le risque de se voir refuser un prêt sonnerait le glas de ses ambitions. Se frottant les mains pour se réchauffer du froid et de l'humidité, il se rassure. Maître Bonaventuri trouvera une solution. Malgré son air humble et soumis, l'homme est d'une autre trempe que ces flagorneurs de Vénitiens ! Poursuivant son chemin, il tente d'éviter les ornières qui débordent d'une eau saumâtre. Ses bottes crottées par la boue qui envahit les quais et les canaux émettent un son de grenouille éventrée grotesque et exaspérant. « Cette cité est un cloaque », ne cesse-t-il de se répéter tout en évitant les flaques de plus en plus profondes qui maculent le sol. À son passage, le menu peuple se signe, les plus audacieux le saluent avec humilité, disparaissant au plus vite, de peur que ce personnage effrayant ne les marque d'un sceau macabre. Don Alvaro apprécie la terreur qu'il suscite. Le courroux de cet homme éminent, envoyé par Rome pour rétablir la « vraie foi », manifeste sa frustration face à une République trop soucieuse de son indépendance. Pour ce dominicain, raide dans ses principes et ascétique dans ses mœurs, l'allégeance à l'Église catholique romaine va de soi. À la tête de la pyramide chrétienne rayonne le pape, unique représentant de Dieu sur terre. Son pouvoir aux yeux de ce prêtre rigoriste détient la préséance sur celui des nations, dont acte ! Cette vision monolithique de la gloire papale n'est que faiblement partagée par les édiles de la Sérénissime. Ils jugent que les divergences entre autorités religieuse et séculière méritent d'être étudiées selon des spécificités qui leur sont propres.

Ces dernières décennies, sans que les instances dirigeantes s'en préoccupent avec virulence, l'influence du protestantisme s'est répandue sur la lagune. Une partie du milieu patricien s'intéresse à ces nouvelles idées venues du Nord. La tolérance ayant ses limites, face à l'emprise des thèses réformistes sur les esprits, des réactions se sont fait entendre au plus haut niveau de l'État. La crainte d'un débordement social, l'inquiétude de voir ces cénacles férus de disputes philosophiques et religieuses ouvrir la voie à la critique déstabilisent la très conservatrice Sérénissime. À ce souci d'ordre politique, s'ajoute un aspect diplomatique incontournable : le Vatican a une capacité de nuisance à la fois temporelle et spirituelle, avec laquelle le *Stato del mar* doit composer.

Ces considérations sont partagées par don Alvaro qui estime cependant que la mollesse des magistrats incite à l'agnosticisme. Espagnol de naissance, grand admirateur d'Isabelle la Catholique, il plaide pour que toute déviance soit châtiée sans faiblesse. À ses yeux, les tergiversations vénitiennes sont inconcevables. Il faut agir vite et fort, frapper là où la gangrène se propage. Il enrage surtout d'avoir été humilié en apprenant que les personnalités juives et protestantes traînées par ses soins devant le tribunal de l'Inquisition ont été relaxées après quelques mois de cellule. Ce laxisme intolérable le met hors de lui. Il rêve d'un immense autodafé à l'image du bûcher des vanités. Il s'imagine en nouveau Savonarole, forçant les récalcitrants à brûler les ouvrages impies disséminés sur le territoire.

Tout en ruminant son mécontentement, le moine vengeur enjambe les derniers mètres qui le séparent de son lieu de réunion, satisfait de s'entretenir en toute confidentialité avec l'efficace et discret Giambattista Bonaventuri.

La haute silhouette sombre qui se reflète à l'orée du porche fait sursauter le vieux clerc. Affolé, il se précipite vers son hôte. Derrière lui, arrimé à son bureau - une fois n'est pas coutume -, Pietro trace sans enthousiasme des colonnes de noms et de chiffres. Lui, si prompt à fanfaronner auprès des grands de ce monde, se recroqueville sur son banc. Bien qu'il partage le logis de son oncle, travaillant au quotidien à ses côtés, il n'est pas mis dans la confidence de certains agissements secrets. L'apparition de l'inquisiteur le prend donc au dépourvu. Il pense immédiatement qu'il en est la cause. Ses frasques dans les milieux interlopes et certaines folies qu'il a récemment commises en fréquentant des cercles réunissant dissidents politiques et religieux lui font craindre le pire. Son égocentrisme l'aveugle sur sa réelle importance. Petit employé d'une firme certes respectée mais dont il est un très faible maillon, que peut-il représenter aux yeux de don Alvaro ? Ce dernier le croise sans même le regarder, fonçant d'un pas martial vers l'étroit couloir qui mène aux pièces réservées aux gens d'importance. Rassuré de ne pas être la raison de cette visite impromptue, vexé aussi de ne pas avoir été remarqué, Pietro profite de l'absence de son oncle pour s'échapper tandis que Giambattista, tout en courbettes et parchemin à la main, suit le nouvel arrivant. Les ténébreuses tractations qui s'effectuent au rez-de-chaussée offrent un espace de liberté inattendu que le jeune homme s'empresse de combler. Fébrile, il se précipite au troisième étage, d'où il savoure la plus belle apparition qu'il lui fut donné de contempler.

Ayant deviné avec consternation à travers le dialogue échangé le jour de la *Sensa* que ses dévoyés de compagnons avaient repéré celle qui investit ses songes, il n'a qu'une obsession, la séduire et l'enlever. À l'idée de ne pas avoir eu le privilège d'être convié sur *Le Bucentaure*, il se sent terriblement meurtri. Cette humiliation aurait dû le faire réfléchir et analyser la réalité de son statut. Il vit au-dessus de ses moyens, fréquente un milieu qui n'est pas le sien : deux paramètres qui devraient l'inciter à plus de discrétion. Il n'en est rien. Le déni dans lequel il se complaît renforce sa témérité. Il n'ignore pas que la douce nymphe aperçue cheveux au vent sur son balcon est la fille d'un patricien renommé. Il sait que la maison Capello, l'une des plus anciennes et des plus conservatrices, ne côtoiera jamais plus petit qu'elle. Balayant ce constat d'une pensée altière, il ne doute pas que sa jeunesse et son charme forceront toutes les portes. Il lui suffira de bien manœuvrer. Dès que sa dulcinée lui accordera la partie la plus précieuse de son être, il saura en user pour amadouer ses parents si attentifs à leur respectabilité.

Pendant que Pietro échafaude ce plan audacieux, Bianca rêve de celui qu'elle a entraperçu sur la *piazza* San Marco. À l'approche de novembre, une brume inonde la lagune. Un paysage propice aux songes déraisonnables. Rêvant d'un amour sans entraves, elle s'invente un nouveau destin. Sagace, elle sait profiter de la moindre faille de son cachot. Privée de tout contact extérieur, hormis les quelques sorties solennelles imposées, elle s'appuie sur les seules forces de son intelligence et de son imagination. Sa famille, à l'exception de sa défunte mère, ne l'a guère aidée dans son éducation. Il lui a fallu de la persévérance, de la ruse aussi, pour se former et améliorer ses connaissances. Les livres volés en cachette lui ont ouvert un horizon insoupçonné. Elle compte se délivrer du pesant carcan qui la bride. D'un tempérament curieux, Bianca est avide de découvrir ce monde dont elle est si injustement sevrée.

Connaissant les inclinations de sa duègne, spéculant sur la tendresse et l'insouciance de sa chère nourrice, Marietta, elle use avec lucidité des faiblesses de ses vigiles. Depuis ce merveilleux mois de mai où son fantôme a enfin pris consistance, elle se rend sur son balcon au crépuscule, un moment opportun pour un échange silencieux. La banque ferme ses portes, les passants se font rares, ses surveillantes s'affairent aux préparatifs du coucher. Pietro apparaît alors, dans des tenues élégantes, saluant par des gestes précieux la belle évaporée. Miracle de l'amour, sans qu'aucun message soit écrit ni une parole prononcée, leurs rendez-vous mystérieux se sont spontanément institués. Après quelques semaines de ces danses muettes qui excitent leurs sens, ils feront appel à d'autres artifices, tout aussi galants mais nettement plus compromettants.

Derrière les battants qui s'ouvrent sur le canal, Pietro étudie les allers et retours qui rythment la vie de la *ca'*Capello. Marietta, en raison de sa fonction, sort souvent, fredonnant de petits airs un peu lestes. Quand elle revient, ployant sous le poids de ses paniers, il se précipite pour la libérer de sa charge. N'étant guère habituée à de telles attentions, la femme de chambre se confond en remerciements tout en admirant ce bel homme aux mains si soignées. Tacticien habile, Pietro se persuade qu'il en fera une alliée docile. Il lui avoue dans un murmure l'ardeur qui le brûle. La tendresse maternelle que Marietta éprouve pour Bianca et son attirance toute féminine pour les aspirations contrariées affaiblissent ses défenses. Sans précipitation, en homme rompu à la séduction, le prédateur avance ses pions. De jour en jour, de semaine en semaine, il obtient de sa victime consentante des avantages dont l'audace frise l'inconscience.

Au cours des premiers mois, la décence est de mise : quelques billets doux glissés subrepticement dans le couffin à provisions. Puis vient le temps des petits cadeaux achetés auprès des usuriers installés non loin du Rialto. Un collier d'or fin, une perle opalescente et, quand l'argent manque, une bague subtilisée à l'une de ses connaissances ! Le jeune homme ne manque pas d'idées pour s'arroger l'allure d'un grand seigneur. Cette façade trompeuse de gentilhomme bien né égare la crédule Marietta. La malheureuse, d'une sincérité non feinte, présume que ce garçon avenant est un fils de famille, sans nulle ambiguïté l'héritier flamboyant de la constellation Salviati. Masquant la vérité sur son état civil, Pietro entretient le flou sur ses origines, circonvenant non seulement la servante mais sa maîtresse aussi : Bianca est convaincue que son soupirant appartient à cette lignée aristocratique florentine dont la notoriété s'établit bien au-delà des rives de la Sérénissime.

L'audace des deux jouvenceaux s'enhardit au fil du temps. Les mots ne suffisent plus. Impatients de se voir sans qu'un canal s'interpose entre eux, désireux de mélanger leurs souffles dans un doux baiser, ils perdent toute notion de bienséance. Bianca, si prude et réservée, s'affiche au balcon dans une pose alanguie qui dévoile ses charmes. Ni le risque d'être repérée par d'autres yeux que ceux de son aimé, ni la crainte des réactions de sa duègne n'endiguent sa soif de liberté. Se jouant des précautions d'usage, elle se déleste progressivement de ses chaînes. Caressant doucement une bourse de cuir souple, Bianca en desserre les lacets pour y glisser le petit recueil de poèmes de Veronica Franco. Ces écrits censurés la préservent de la vindicte de son chaperon. À la moindre menace de dénonciation, elle brandira ce livret comme un bouclier. Dame Magdalena est à sa merci, Bianca le jour venu n'hésitera pas à le lui rappeler.

Quant à Marietta, tout acquise à sa cause, elle joue les messagers ailés, volant d'un bord à l'autre du canal. Consciente du danger et de la peine qu'elle encourt, elle est prise au piège de son inconséquence. Trop investie dans les intrigues amoureuses qu'elle a favorisées, elle est désormais liée au destin de sa protégée. Inquiète, elle la perçoit fiévreuse, les sens en éveil, le sommeil agité. À la moindre imprudence, toutes deux seront entraînées vers l'abîme. Marietta appréhende des lendemains sans joie, l'avenir lui donnera raison. Pour l'heure, elle tente de contenir les élans de la jeune fille qui donne des signes d'affolement. Bien que méconnaissant l'essentiel des subtilités de l'amour, Bianca devine qu'entretenir une flamme masculine, fût-elle passionnée, nécessite autre chose qu'un baiser volé. Furetant dans les étages, elle se met en quête d'une clef susceptible de fournir à son amant l'accès à ses appartements. Grâce à l'entregent de sa soubrette, elle découvre enfin l'ustensile tant recherché. Glissé hors du trousseau qui sert à l'ensemble de la maisonnée, on le cache dans l'embrasure d'une fenêtre en attendant de le remettre entre les mains de Pietro. Si insignifiant d'aspect, ce minuscule passe-partout symbolise pour ces deux êtres la possibilité de gravir les marches du paradis !

Bien éloigné de toutes ces manigances que son esprit pétri de rationalité n'aurait pu envisager, le seigneur Bartolomeo vogue nonchalamment vers le Fontego dei Tedeschi. La gondole familiale, repeinte en noir, affiche fièrement le blason Capello où le bleu et le blanc se découpent à parts égales, avec en surimpression un chapeau aux formes arrondies. Ce rendez-vous avec les dirigeants du vaste entrepôt assigné par le Sénat à la communauté allemande l'ennuie.

En prenant son temps, Bartolomeo grimpe les quelques marches qui le séparent du débarcadère. Les salutations ne s'éternisent pas. Contrairement aux coutumes locales où les préambules se prolongent indéfiniment, il est immédiatement entraîné vers l'immense cour où les marchandises les plus basiques jouxtent des biens d'une valeur inestimable.

Sur le chemin du retour, il a la désagréable surprise de croiser l'irascible représentant de l'Inquisition. Ce dernier effectue de nombreuses visites à la banque Salviati, et ce manège l'intrigue. Que peut manigancer cet insupportable prêtre avec ces Florentins dont il se méfie ? Suspicieux de nature, il se promet d'en référer au Conseil des Dix. Cet organe a pour mission d'assurer la sécurité de l'État. Les pouvoirs faramineux dont il dispose couvrent, outre la diplomatie et les services de renseignement, les finances, le commandement de l'armée et la surveillance du clergé ! Ses membres, élus parmi les citoyens de haut rang les plus incorruptibles, sont tenus de taire leurs opinions et de vivre dans la discrétion la plus absolue. Honorifiques mais contraignantes, ces charges très briguées se nimbent de mystère, d'où l'irrésistible attirance qu'elles suscitent. Bartolomeo a décrété à son entourage que bientôt il irait grossir leurs rangs. Aucune assurance en ce sens ne lui est pourtant parvenue...

En attendant, il engage la conversation avec don Alvaro, espérant glaner quelques informations qu'il pourrait utilement exploiter :

– Comment allez-vous, monseigneur ? s'exclame-t-il faussement enjoué, que nous vaut le plaisir de vous voir sur ces berges ?

– Ah, messire Capello, répond le dominicain tout en glissant sous sa cape le rouleau de parchemin qu'il tient à la main. Les exigences du Vatican sont de plus en plus complexes. Nous, les guerriers du Christ, avons tant de batailles à mener... Hélas, la foi ne suffit pas, nous dépendons de toutes les bonnes volontés pour nous soutenir dans ce combat. Sa Sainteté le pape éprouve de grandes difficultés à obtenir de ses alliés l'aide indispensable qui nous permettra de terrasser *ad vitam aeternam* l'hérésie protestante.

Sans en être conscient, échauffé par ces propos prononcés avec fougue, don Alvaro s'approche de son interlocuteur d'une manière si menaçante que celui-ci recule, au risque de sombrer dans le canal.

– Il faut éradiquer cette engeance ! Croyez-moi, nous avons défini une stratégie qui calmera ces renégats !

N'osant le contredire, Bartolomeo le retient par le bras, à la fois pour se stabiliser et se rapprocher du document dissimulé.

– Vous me semblez très remonté, don Alvaro, je serais ravi de mettre mes relations au service de votre cause. Je suis bien introduit auprès de la *Serenissima Signoria.*

L'inquisiteur le fixe d'un œil torve. Il n'est pas dupe des manières affables de ce Capello pour lequel il n'éprouve aucune sympathie. Il supporte mal l'hypocrisie de cette noblesse vénitienne qui esquisse des ronds de jambe à son approche tout en se gaussant de ses manières frustes. Face au regard insistant de son interlocuteur dont l'influence au sein de la classe dirigeante n'est pas négligeable, le prélat se force à se montrer plus disert :

– Votre amabilité me touche. Il est vrai que les besoins sont immenses et notre bourse bien maigre pour évincer cette corruption de l'âme qui affaiblit l'Église. À Trente, le concile se prolonge, les débats s'éternisent. La maison Salviati s'est montrée généreuse. Sa proximité avec les Médicis facilite les transactions... Vous connaissez les liens que Sa Sainteté Pie IV entretient avec Cosme Ier ?

– Je n'ignore pas que cette famille a toujours su défendre les intérêts toscans auprès de la Curie.

– Certes, cela étant, je ne vous le cache pas, j'ai peu d'attirance pour les Florentins dont la vertu reste à prouver. Le duc lui-même a animé des confréries aux idées les plus hétérodoxes...

Bartolomeo acquiesce sans ajouter le moindre commentaire. Il préfère éviter une joute diplomatique. Les relations entre Florence et Venise connaissent tant de péripéties ! Les deux cités rivales s'allient ou se déchirent au gré des circonstances. Peu lui importe d'ailleurs. L'essentiel pour lui consiste dans la récolte des renseignements qu'il vient d'engranger. Demain, les Dix lui seront reconnaissants de cette pêche miraculeuse... Ravi de ce conciliabule qu'il considère avoir mené avec doigté, il s'incline pour baiser la main de l'homme d'Église. Don Alvaro, d'un geste brusque, lui concède une bénédiction protocolaire avant de s'évanouir dans l'épais brouillard qui opacifie les ruelles et efface le contour des quais. Avec un sourire sardonique, Bartolomeo se relève et surprend avec effarement une ombre masculine qui le frôle pour se faufiler vers le porche de son palais.

Chapitre 5

Tout perdre sans attendre

La complaisance fait les amis, la vérité engendre la haine.

Térence, *Andria.*

De retour chez lui, Bartolomeo, plus intrigué que fâché, interroge le vieux portier chargé d'observer les déplacements de la maisonnée. Ce dernier n'a rien remarqué de suspect, il se dit prêt à le jurer sur la sainte Bible. La sincérité de son ton et l'ancienneté de sa présence auprès de la famille Capello rassurent le maître de maison. Sans doute a-t-il rêvé. Les citoyens de la lagune sont sujets à des hallucinations. Flotter sur l'eau en permanence provoque d'étranges sensations. Avec l'arrivée de l'hiver et les frimas qui étalent leur ombre glacée sur les berges et les canaux, cette impression d'évanescence s'accentue. Bartolomeo se raisonne, pensant être victime de cette singularité hivernale. Son naturel suspicieux lui suggère cependant de mener son enquête plus avant.

Malgré les dénégations de son valet, il visite le rez-de-chaussée, son domestique sur les talons. Le malheureux se sent coupable d'une faute qu'il n'a pas commise et se plie en deux de peur d'être réprimandé. Se défaisant de sa toge rouge et de son bonnet noir de *pregado*, son maître se cale dans un fauteuil et tend ses jambes pour qu'on puisse lui retirer ses bottes. Glissant ses pieds dans des chaussons de velours brodés à ses armes, il poursuit son chemin, poussant les portes pour s'assurer que nul ne s'est infiltré par les entrées latérales. Il déambule sans précipitation, une torche à la main, scrutant chaque pièce avec lenteur. Aucune ombre ne se dessine sur les murs, aucune silhouette ne se tapit au fond d'une pièce. Sa ronde l'apaise, il pivote vers son portier pour lui intimer l'ordre de retourner à son poste. Le pauvre homme émet un soupir de soulagement sonore dont l'écho se répercute sur les murs de la digne bâtisse.

Tandis que son père mène ses investigations, Bianca s'agite fiévreusement au dernier étage. Son visiteur du soir ne tardera pas à arriver. Elle ressent une exaltation d'une violence extrême. Son cœur explose dans sa poitrine, ses membres tremblent. Elle se retient au dossier d'une chaise, s'assied puis se relève vivement, le visage tendu. Un tourbillon de sentiments s'empare de son être dès que sonne l'heure du rendez-vous. Son amour de jeune fille sage s'est converti en passion éruptive. Son ignorance des choses de l'amour s'étant promptement atténuée, la sensualité innée qui se dégage de son corps s'exprime dans toute sa plénitude entre les mains expertes de Pietro.

En séducteur chevronné, il lui a appris sans empressement les techniques amoureuses que la fréquentation assidue des courtisanes lui a révélées. Au début, il s'est montré patient, soucieux de ne pas brusquer l'innocence de sa bien-aimée. Il lui enseigne la retenue, calme l'impétuosité de ses gestes, canalise ses caresses pour les tendre vers les points de jouissance les plus secrets. En élève attentive, Bianca comble ses lacunes avec dextérité. Maladroite dans leurs premiers ébats, intimidée aussi, sa pudeur se déleste des tabous inculqués par son éducation. Son tendre et merveilleux amant lui ayant ravi sa virginité, il lui offre désormais un embarquement pour Cythère dont elle ne se lasse pas. L'esprit échauffé par l'attente, elle virevolte dans sa chambre, le feu aux joues. Sa chevelure fauve libérée de toute attache et son regard brillant d'une ardeur indomptable lui confèrent l'allure d'une lionne enragée d'être mise en cage.

L'impatience de Bianca est partagée par Pietro. Son cynisme de gandin n'a pas éteint en lui toute émotion. S'il concevait initialement la jeune femme comme une proie désirable, son instinct de chasseur s'est mû en une quête plus subtile. Sa jeunesse ne l'a pas prémuni contre le péril des inclinations sentimentales. Progressivement, ses défenses s'amenuisent. Son libertinage de salon cède le pas à un amour sincère. Si l'excitation de l'interdit ou le danger d'être surpris suffisent au départ à maintenir sa flamme, il aspire à plus de tempérance. Lassé de se glisser comme un faquin par la petite porte qui le mène à l'étroit escalier réservé à la domesticité, fatigué d'attendre que Dame Magdalena condescende à s'endormir pour se faufiler jusqu'à la couche de son élue, il désire napper cette aventure d'un voile de dignité. Pris au piège du stratagème qu'il a si intelligemment élaboré, il s'accroche au rêve halluciné d'une union affichée au grand jour. Son besoin de reconnaissance explique en partie cette soif de respectabilité. Le vil calcul motivé par l'intérêt se pare d'une dimension plus spirituelle. Le sceau du mariage, avec la bénédiction d'un père de l'Église, nimberait leur idylle du halo de moralité qui lui manque cruellement. Il veut éviter à Bianca la honte et l'opprobre ; il se persuade qu'un anneau nuptial détournera la fureur familiale. Pour la première fois de sa jeune existence, Pietro prend conscience de la légèreté de son comportement. Le déshonneur qui résulterait d'une confrontation mal orchestrée le fait frémir. Il sait qu'il doit agir vite. Leur ballet nocturne sera découvert tôt ou tard avec des répercussions désastreuses. Pour éviter d'être détruit, il décide de passer à l'offensive.

Très éloigné des débordements affectifs qui tourmentent les jeunes amants, Bartolomeo devise bourgeoisement avec son épouse dans l'ample salon où ils ont coutume de se retrouver. Le dîner servi assez chichement par un personnel fort réduit - seul le paraître hors les murs mérite les excès de dépenses -, se prolonge dans une ambiance morose. Si Vettore, le jeune frère de Bianca, assiste au repas, sa sœur est rarement conviée. On la sert à l'étage, ce qu'un non-initié aurait pu traduire comme un traitement de faveur. En réalité, Lucrezia ne tient pas à avoir sa belle-fille à sa table. Dans les premiers temps, elle s'est efforcée à plus d'amabilité, puis son ascendant sur Bartolomeo s'étant affirmé, elle l'écarte du cercle familial. Bianca ne s'en plaint pas, la conversation toujours centrée sur les soucis financiers l'ennuie. Ce soir-là, elle aurait sans doute aimé entendre les propos tenus par ses parents.

Son père, après avoir relaté à sa femme son aparté avec l'inquisiteur, lui confie le doute qui l'assaille. Cette ombre étrange qu'il a cru entrevoir le tourmente. Lucrezia l'écoute avec une indifférence feinte. Un sourire ironique se dessine sur ses lèvres. Elle fixe son mari avec une certaine pitié. Comment peut-il être aussi naïf ? Lui qui se vante de bénéficier d'un réseau d'informateurs de première main grâce à son statut de sénateur n'a jamais eu vent de la comédie qui se joue sous son toit ? Plus maligne que lui, elle détient à sa solde une flopée de commis qui en savent autant que les espions de son époux. Par leur intermédiaire, elle est avertie de la ronde amoureuse que ce jeune coq de Bonaventuri exécute dès la nuit tombée, sous ses fenêtres. Elle n'ignore pas non plus qu'un passe-partout a disparu et qu'une porte latérale de la maison grince chaque soir à heure fixe. Face à la maladresse de Marietta, incapable de dissimuler ses roueries d'entremetteuse, elle éprouve une joie mauvaise. Les billets cachés dans les tabliers de la femme de chambre, les bouteilles de vin dérobées pour endormir la duègne, ne lui ont pas échappé. Elle aurait pu sévir, dénoncer les coupables. Elle préfère attendre. Le plan sophistiqué qu'elle imagine impose de la patience. Les fêtes de la Nativité approchent. Elle s'octroie quelques jours de réflexion, le coup de grâce viendra bien assez tôt.

Le lendemain, alors que les protagonistes du drame qui se noue vaquent à leurs occupations quotidiennes, Bartolomeo se rend au palais ducal pour s'entretenir avec Girolamo Priuli. Le doge a succédé à son frère Lorenzo en 1559, une première dans l'histoire de Venise, qui veille à éviter toute dynastie dogale.

– Mon cher Bartolomeo, que me vaut cette heureuse surprise ?

Vêtu d'une ample chasuble pourpre, Girolamo invite son interlocuteur à se relever. Ses mains de vieillard vibrent d'un léger tremblement. Le dos voûté, il semble ployer sous le poids de sa charge. Plus effacé que son frère Lorenzo, cet homme discret n'aspire pas à tant de dignité. Son élection l'a pris au dépourvu. Depuis, il s'efforce d'assumer son rôle avec pondération.

Impressionné malgré la familiarité qui le lie au doge, Bartolomeo toussote avant d'aborder le sujet qui le préoccupe :

– *Sua Serenità* ne l'ignore sans doute pas, mais ce concile de Trente trouble les âmes. J'ai croisé hier soir don Alvaro et...

– Cet agité !

– Oui, poursuit Bartolomeo, décontenancé par le ton virulent du doge qui se doit, entre autres obligations, de ne jamais dévoiler son opinion. Effectivement, un homme désagréable et prétentieux. Il fréquente assidûment la banque Salviati, je le vois souvent se concerter avec Maître Bonaventuri. Que les Florentins s'acoquinent avec un dominicain aussi fanatique me paraît étrange. Je sais qu'ils tiennent à être bien en cour auprès de la Curie, mais de là à financer les agissements de l'Inquisition...

– Ce prêtre est un oiseau de mauvais augure ! Il enfreint les règles de courtoisie les plus élémentaires. Ses prédications saturées d'anathèmes sont outrageantes pour la République ! Il se plaint de nos magistratures, exige des sentences contre les juifs, les luthériens, les calvinistes et que sais-je encore. Il envoie ses sbires en robe de bure clamer des insultes aux portes du ghetto, s'étonne haut et fort que les textes de la Torah ne soient pas encore brûlés en place publique ! Il faut en parler au Conseil des Dix. Puisqu'ils ont cette attribution de veiller à la sûreté de l'État, qu'ils usent de leurs prérogatives !

– C'est la raison de ma venue. Avant de me rendre auprès d'eux, je tenais à vous en informer et recevoir votre aval.

– Merci, cher ami, cette marque de déférence me touche. Tu sais combien mes pouvoirs sont restreints. La pompe dont on m'honore camoufle en vérité le peu d'influence dont je dispose.

L'amertume que Bartolomeo croit discerner dans ce propos l'attriste. Décidément, le dogat est une pénible sinécure...

– Votre expérience est un atout précieux. Que me conseillez-vous ? Comment présenter ce dossier aux Dix sans qu'ils prennent ombrage de ma témérité ? Je ne voudrais pas paraître outrepasser mes droits.

– Allons, ne sois pas si pusillanime. Je sais que ces magistrats sont sourcilleux sur leur domaine de compétence, cependant l'heure n'est pas à l'inertie. Le maître de Rome a obtenu du concile les assurances qu'il recherchait. Son autorité va s'affirmer avec plus de force, d'où l'agitation de don Alvaro.

Ces débats théologiques qui animent les conversations du doge et de Bartolomeo sont à cent coudées des soucis dans lesquels Pietro se débat. Épaulant son oncle dans une réunion qui rassemble édiles et financiers au sujet de projets urbanistiques, il s'efforce courtoisement d'accélérer la discussion. S'il a écouté avec délectation les échanges qui portent sur l'embellissement de la cité, notamment les remarques concernant Andrea Palladio, véritable idole des milieux aisés qui essaime ses villas aux allures de temples romains dans toute la Vénétie, il s'agace de ces palabres sans fin. Il aimerait évoquer avec son oncle un sujet qui lui tient à cœur et se sent soulagé quand les parties en présence décident de se séparer. Dès que les derniers participants passent la porte de sortie, Pietro prend Giambattista à part et lui avoue sans ambages qu'il est amoureux et souhaite se marier. Cet aveu fort abrupt assomme le pauvre homme qui se laisse choir sur une chaise, les bras ballants, fixant d'un air hébété les rouleaux de comptes qui se sont échappés. Ces précieux documents qu'il protège d'ordinaire avec un soin avide se répandent sur le sol dans un bruit mat. Ni le neveu ni l'oncle n'interviennent pour remettre de l'ordre dans ce désastre.

Emporté par sa fougue, décrivant avec force détails les charmes de son aimée, Pietro, aveuglé par sa passion, ne voit pas son oncle se recroqueviller contre son dossier. Le malheureux voudrait arrêter ce flot de paroles exaltées. Il aimerait arracher la langue de ce bavard impénitent et effacer le portrait qu'il divulgue avec tant d'empressement. Impossible de se soustraire à l'évidence, la description est si parfaite : la blancheur du teint, le reflet doré des cheveux, la souplesse de la taille et l'élégance du maintien, tout concorde pour qu'il ne se trompe pas sur l'identité de la jeune fille. Dans un râle douloureux, il demande grâce, non pas à celui dont les mots insensés le torturent, mais à Dieu car il le pressent, le châtiment sera terrible. Le front courbé vers le sol en une sorte de prière muette, il se met à pleurer. Une émotion passagère, se dit Pietro, fixant le vieillard avec attendrissement. Il n'imagine pas que son oncle ait pu deviner la vérité, le nom de Bianca n'étant pas prononcé.

Comment le vieux clerc qui s'intéresse si peu au monde extérieur et se déplace sans jamais lever les yeux, l'esprit trop concentré sur son métier, aurait-il pu la croiser ? Elle sort si rarement et toujours en mantille... Le hasard a voulu qu'un jour, un seul, il l'aperçût. L'orage grondait, le vent soufflait, le voile de Bianca s'échappait, sa cape tourbillonnait, s'ouvrant largement sur sa robe ajustée. Un instant lui avait suffi pour être sidéré par la beauté virginale de celle qui prestement s'était retirée en son palais. Dès lors, les traits délectables de cette apparition divine l'avaient hanté. Il s'était renseigné. On lui avait répondu avec précaution qu'il s'agissait de la *signorina* Capello, la fille unique de messire Bartolomeo, l'une des héritières les plus convoitées de la cité.

Chapitre 6

La fuite pour unique héritage

Tu cesseras de craindre, si tu as cessé d'espérer.
Hécaton de Rhodes

Lorsque Giambattista reprend ses esprits et reçoit confirmation de l'identité de celle qui occupe les pensées de son neveu, il ne se fait aucune illusion sur la suite qui sera donnée à de telles incartades. La tornade qui résultera de cet aveu, s'il devient public, arrachera tout sur son passage. Rien ne pourra l'arrêter, ni l'excellente réputation de la famille Bonaventuri, ni le parrainage des Salviati. En séduisant Bianca Capello, Pietro a signé son arrêt de mort et au passage celui de son oncle. Comment a-t-il pu se montrer assez ingénu pour croire un seul instant que son forfait serait pardonné ? Comment ce jeune homme si retors et habile manœuvrier qui connaît si bien la morgue des puissants s'est-il laissé tromper par son imagination ? Le vieux clerc mène une existence linéaire et rigide. Sa logique sans fantaisie n'intègre aucunement les facteurs irrationnels d'un amour passionné.

– Pietro ! s'exclame-t-il en se tordant les mains dans un geste d'accablement. Sais-tu ce qui nous attend si par malheur on apprend ton crime ?

– Mon oncle, ne vous tourmentez pas. Je ne suis pas si sot ! Je me doute de ce qu'il adviendra si j'avoue ma flamme avec précipitation. J'ai élaboré un plan, j'ai des soutiens dans des cercles évolués. Ils défendront ma position auprès de ces familles rigidifiées dans leurs principes. N'en déplaise à cette noblesse si fière de son passé, une nouvelle aristocratie est en train de naître. Les charges s'achètent aujourd'hui, la République a besoin de sang neuf pour irriguer ses caisses. Vous verrez, s'exalte-t-il, nul ne contestera les avancées que les idées modernes insufflent sur la lagune. Je serai le héraut de ce nouveau monde en bousculant les conventions !

Giambattista est horrifié par ces divagations. Nul ne s'oppose au poids des traditions ! Non seulement ce freluquet a séduit une jeune fille dont la naissance est bien supérieure à la sienne, mais encore fréquente-t-il des milieux politiquement litigieux. Ses épaules s'affaissent en signe de renoncement. Lui, si respectueux des règles et d'une moralité irréprochable, sera bientôt traîné dans la fange. Pour répondre aux sollicitations de son frère, il avait engagé son honorabilité en introduisant Pietro auprès des Salviati. Il avait dû lutter pour que ce garçon sans formation soit accepté. Sa bonne foi ne lui sera d'aucun secours. Quelle injustice ! La faute de son neveu rejaillit sur lui sans qu'il puisse s'en défendre. La loi ne fera pas la différence. Dorénavant, en tant que tuteur de ce jeune possédé, son avenir est lié au sien.

Le temps ne jouera pas en faveur des deux amants. Bianca, trop amoureuse pour s'intéresser à des lendemains douloureux, se satisfait de l'instant présent. Son insouciance se heurte à la défiance de Marietta. Le chemin sur lequel elles se sont engagées devient affreusement glissant. La duègne, maintenue à distance par des astuces un peu grossières, s'exaspère de cette atmosphère de complot dont les raisons lui échappent. Ces trois femmes qui tournent en vase clos au dernier étage de la maison, dans une tempête de sentiments contradictoires, mesurent mal l'horreur de leur statut.

Au premier étage, plus posée et déterminée, Lucrezia se prépare. Méthodique, voire sardonique, elle peaufine son stratagème avec délectation. Elle veut savourer sa vengeance. Manipuler des esprits faibles l'intéresse moins que de les torturer par brèves avancées pour mieux les terrasser.

Confondre Marietta sera un jeu d'enfant. La femme de chambre ne résistera pas à un interrogatoire. Dès qu'elle aperçoit sa maîtresse, elle perd ses couleurs, se tasse dans une attitude d'animal pris au piège. Elle se sent épiée, contrôlée, suivie. Son instinct lui dit qu'elle va bientôt expier ses agissements fautifs. La honte se lit sur son visage, à livre ouvert. Toute la maisonnée s'interroge sur cet air effrayé qu'elle affiche en permanence. Sa gaieté s'est éteinte, son regard voilé de crainte. Son pas si alerte ne claque plus sur les dalles du palais. Elle se faufile en silence, frôlant les murs. Son malaise devient palpable, son secret trop lourd à porter. Lucrezia, qui observe les hésitations de cette âme troublée, décide d'y mettre un terme.

La mansuétude ne guide pas ce choix, tant s'en faut. Si le scandale ne peut être évité, si une déferlante de rumeurs doit s'abattre sur le nom des Capello, elle tient à en maîtriser les répercussions. Le froid humide de ce mois de décembre lui semble propice à réduire les excès des méchantes langues. Elle choisit de frapper vite, sans fournir de possibilités de repli à ceux qu'elle entend sanctionner.

Comme souvent dans les comédies humaines, les personnages les plus menacés sont les moins alertés. Bartolomeo, qui a suivi les conseils du doge et s'est rendu au Conseil des Dix, retourne chez lui, la mine satisfaite. On l'a reçu avec une réelle considération et ses informations furent qualifiées de significatives. Un tel traitement de la part de ces hauts commis de l'État le met en joie. Une marque de confiance qui présage de l'issue positive de son élection au sein de la vénérable institution. Anticipant l'hommage qui lui sera rendu, il se promet de fêter l'événement et de réunir le soir même les membres de sa famille. En rentrant chez lui, il est vivement bousculé par Maître Bonaventuri qui s'excuse à peine du désagrément. Étonné de l'attitude quelque peu discourtoise du vieux clerc d'ordinaire si déférent, il remet de l'ordre dans sa posture et se promet de rappeler à ce mécréant l'usage des bonnes manières. Ce petit incident lui retire une partie de sa gaieté, le visage défait du portier lui ôte toute envie de se réjouir.

Une atmosphère angoissante imprègne la maison et décuple son appréhension. Il croise une servante haletante, un valet pétrifié. Des éclats de voix mêlés à des sanglots se répercutent de pièce en pièce. En gagnant le salon, il assiste à une scène d'apocalypse. Son épouse, debout et rugissante, pointe du doigt une Bianca frémissante, dont les joues baignées de larmes évoquent les madones si délicieusement affligées de Bellini. À genoux, Marietta, les mains tendues en un geste de supplication, balbutie des prières incohérentes. Quant à la duègne, tétanisée par ce maelström dont elle est l'une des victimes expiatoires, elle reste immobile, le regard fixe, aussi rigide qu'un spectre. À la vue du maître de céans, les protagonistes de la sinistre pantomime se figent dans des poses de Parques éplorées auxquelles un dieu irascible aurait retiré toute emprise sur leur destinée. Lucrezia, si maîtresse d'elle-même, perd contenance sous le regard glacé de son mari.

– Quel est ce désordre qui règne dans ces lieux ? Vous savez, mon amie, à quel point je déteste les cris et les larmes. Vous ressemblez à une tigresse prête à dévorer ses proies. Un tel manque de retenue m'étonne de votre part !

La colère de Bartolomeo calme l'exaltation de sa femme qui s'efforce de se composer un aspect plus avenant. Déconcertée par l'arrivée prématurée de son époux, elle hésite sur l'attitude à adopter. Lui déciller les yeux immédiatement ou prendre les circonvolutions nécessaires pour adoucir la violence de ses révélations ? Elle opte pour la méthode brutale et, plongeant son regard dans celui de Bianca, elle énumère tous les détails de cette scandaleuse liaison : les friponneries de Marietta, l'aveuglement de Dame Magdalena, la malignité de Bianca, et surtout l'indignité d'un misérable flagorneur, clerc de banque de son métier. Bartolomeo se décompose au fur et à mesure que la trahison de sa fille prend un tour scabreux. Baissant les yeux sous le choc de ces attaques blessantes, Bianca ne réagit pas. Les coups portés par chaque accusation affaiblissent sa volonté. Voir son bel amour avili par les paroles acerbes de son infâme marâtre lui vrille le cœur. À la honte d'avoir dupé son père se joint le désespoir d'assister à sa détresse. Elle voudrait se justifier, lui faire comprendre que son déshonneur sera de faible durée. Elle se borne à murmurer que son amant lui a demandé sa main et envisage de l'épouser. Son père, le front pressé entre ses paumes, oscille entre dégoût, fureur et anxiété.

En entendant Bianca mentionner ce mariage insensé, il sursaute et, saisissant sa fille par les épaules, la secoue brutalement.

– Je préfère vous voir morte qu'au bras de ce malandrin !

Cette rage impuissante redonne à Bianca un sursaut de fierté.

– Ne le condamnez pas sans l'avoir entendu.

– Pour que je l'étrangle de mes propres mains ?

– Pour que vous deviniez en lui un homme d'honneur !

– L'honneur d'un faquin qui abuse de ma fille ?

– Celui d'un gentilhomme bien né et fortuné !

– Un misérable clerc de banque ?

– L'héritier d'une lignée admirée.
– Que me chantez-vous là ?
– Père, le sang des Salviati coule dans ses veines !

Ce dialogue scandé sur un rythme théâtral stupéfie Lucrezia. Quand elle constate la méprise de sa belle-fille, elle éclate d'un rire mordant :

– Sotte que vous êtes ! Ce n'est qu'un manant sans la moindre possession. Il vous a bernée. Certes, il fréquente la banque Salviati, mais c'est un petit employé ! Pietro Bonaventuri est un homme sans gloire ni nom. Un pauvre hère auquel votre innocence a sacrifié sa pudeur et la renommée de notre famille !

À cette annonce brutale, Marietta ne peut s'empêcher de se récrier, affirmant qu'un jeune homme aussi éduqué, raffiné et élégant ne peut être un simple gratte-papier. Le maître de maison lui fait signe de se taire.

– Comment oses-tu parler ? Tu es incapable de faire la différence entre un *Scapino* de foire et un homme de condition ! À cause de toi, ma fille est salie et le nom des Capello déshonoré. Éloigne-toi de ma vue, tu seras châtiée à l'aune de ta félonie. Quant à toi, Bianca, remonte dans ta chambre, demain ton sort sera définitivement scellé !

De l'autre côté de la rive, au deuxième étage du palais Salviati, l'humeur est tout aussi sombre. Giambattista, paniqué par les révélations de son neveu, calcule les aléas de la situation. Hâtivement, il affrète une gondole pour rejoindre l'Arsenal, où il possède quelques relations sûres. Le bâtiment particulièrement imposant avec ses briques rouges et ses murs crénelés se situe à l'extrémité orientale de la ville. L'immense chantier naval, capable de fabriquer à la chaîne des galères d'une puissance inégalée en Europe, fourmille d'ingénieurs et d'ouvriers. Pas moins de seize mille personnes y travaillent selon un agencement quasi militaire. Les bateaux en construction se déplacent sur une ligne de production calibrée avec précision, chaque opérateur intervenant selon un schéma bien orchestré et parfaitement standardisé. Agrandi à la cadence du développement des lignes commerciales agréées par la Sérénissime, son financement d'une originalité très moderniste s'effectue en partie par le biais d'enchères. Ce système, « l'Incanto des galées du marché », offre aux négociants ou aux capitaines de navire la possibilité de partager les coûts d'affrètement avec des personnes extérieures à l'activité navale. Celles-ci deviennent en quelque sorte des actionnaires qui misent sur le coût des cargaisons transportées, avec le risque de perdre leur investissement si le navire coule ou subit une attaque. Pour Giambattista, cette ruche industrieuse est l'endroit rêvé pour organiser une rencontre sans être remarqué. Bien que gardé et surveillé, avec ses bassins, ses fonderies, ses cales sèches et ses magasins de stockage, l'Arsenal à la fois magique et diabolique procure de multiples possibilités de frayer avec des aventuriers.

Le vieux clerc, qui a souvent de bonnes raisons de traiter avec quelque intrépide capitaine en mal de financement, pénètre sans difficulté dans l'antre de Neptune. Il se dirige avec assurance entre les méandres de l'imposante bâtisse et s'arrête devant une petite guérite où il s'enquiert de la présence de sieur Domenico. Ce dernier se trouve penché sur une large tranchée appelée à accueillir la coque d'une galéasse. Contremaître de chantier, il possède, malgré la modestie de son titre, une grande influence sur les affaires en cours. Les nombreuses tractations qu'il mène au nom de certains étrangers soucieux d'être appuyés dans leur négoce lui ont attribué un réel crédit auprès de la banque Salviati. De forte corpulence, d'une musculature herculéenne, son physique impressionne. En découvrant Maître Bonaventuri qui rabat sa capuche, il s'étonne de son allure. D'ordinaire si soigné, Giambattista a les cheveux ébouriffés, la cape mal ficelée. Sans lui accorder le temps d'y réfléchir, le vieillard d'un geste brusque, avec une force inattendue pour un être si fragile, le prend par le bras et l'entraîne vers un endroit abrité :

– Surtout ne dites rien, ne prononcez pas mon nom.

– Maître…

– Chut ! le coupe Giambattista, balayant les alentours d'un œil méfiant.

– Mais enfin que vous arrive-t-il ? Pourquoi tant de précautions ?

– Écoutez, sieur Domenico, le temps presse. Ce que je vais vous dire est d'une extrême confidentialité. La moindre erreur de votre part comme de la mienne et nous disparaîtrons à jamais. Je connais vos connexions avec les pays du Levant. Les prêts importants qui vous ont été alloués ne concernent pas uniquement des tonnages de denrées sans conséquence. Je ne suis pas dupe. Vous savez comme moi l'inquiétude qui règne en ce moment avec ces diables de Turcs qui veulent faire main basse sur les possessions vénitiennes. Or, certains chargements qui sont sous votre responsabilité me semblent bien équivoques. Des armes prévues pour la défense des terres chrétiennes se sont retrouvées chez les infidèles…

– Comment pouvez-vous insinuer ! s'étouffe Domenico, furieux d'être démasqué.

– Vous le savez aussi bien que moi. Vos petites manigances – fort lucratives, du reste – sont connues de ma direction. Elle en a profité aussi, d'où son silence, mais aujourd'hui la donne a changé. Tout du moins pour moi. Mon neveu a commis une erreur irréparable. Je dois trouver un moyen de lui faire quitter Venise au plus vite et sans témoin. Vous m'aiderez, sinon j'ai des dossiers suffisamment compromettants pour vous envoyer au gibet !

Le colosse fixe cet avorton de clerc avec une haine féroce. Un seul de ses poings pourrait l'anéantir, pourtant il ne bouge pas. Les assertions avancées sont irréfutables. Il a commis la terrible erreur de se placer entre les mains d'un personnage qu'il a si mal jaugé. Frémissant de rage d'être ainsi tenu en laisse, il évalue rapidement la possibilité d'une esquive. Il n'en voit aucune. Les papiers en possession de cet usurier sont hors de portée. D'une phrase assassine, Giambattista évacue ses atermoiements :

– N'imaginez pas venir à la banque et subtiliser ces documents. La force ou la ruse ne vous seront d'aucune aide, à moins de vouloir vous rendre au tribunal de l'Inquisition !

Cette dernière phrase terrifie le contremaître qui baisse la tête et écoute docilement le plan que son interlocuteur lui murmure à l'oreille.

Après le départ de son oncle, qui lui a assuré se rendre auprès d'une relation susceptible de les aider, Pietro s'attend au pire. Il l'imagine se ruer vers des autorités pour le dénoncer et monnayer pour lui-même la clémence des bourreaux. Ce garçon sans scrupule ne voit en ce vieillard cauteleux qui l'a tant choyé à son arrivée à Venise qu'un homme dénué d'envergure, peu courageux et trop soumis. Il occulte toute la tendresse qu'il lui a témoignée, la pertinence avec laquelle il entretient sa clientèle ou sa détermination lorsqu'il affronte les mauvais payeurs. Persuadé de n'attendre aucun soutien de celui qu'il juge si mal, il décide de passer outre ses services. Avec forfanterie, il pense se rendre directement chez le seigneur Capello pour le convaincre de l'intérêt d'un mariage arrangé. Les arguments de son oncle lui prédisant l'emprisonnement voire une sentence de mort par pendaison ou noyade calment ses velléités de chevalier sans peur.

Le déni dans lequel Pietro a vécu s'est dissipé. La réalité le frappe de plein fouet. Jamais l'union dont il rêve ne sera acceptée. Son beau plan qu'il a si précisément élaboré, s'est effondré. Le temps long qui devait réduire une à une les résistances n'est plus de saison. Fuir reste sa seule issue. Face à cette douloureuse constatation, un sursaut de révolte qui n'est pas sans noblesse lui redonne espoir. Il ne laissera pas sa douce Bianca à la merci de ses tortionnaires. Il n'ajoutera pas l'abandon à la dépravation ! Guettant les allées et venues de la maison d'en face, à la nuit tombée, misant sur son audace, il s'immisce dans la bergerie, jeune loup sans argent ni couronne, dont l'unique richesse se réduit à la valeur de ses sentiments.

Bianca, enfermée dans sa chambre, se débat dans une confusion d'émotions qui l'épuise. Son père la méprise et la voue aux Enfers. Après le regrettable aveu de son incartade, ses parents se sont précipités chez le patriarche d'Aquilée, monseigneur Grimani, frère de Lucrezia. Abandonnée à elle-même - Marietta et Dame Magdalena ont dû quitter les lieux précipitamment -, elle sombre dans un profond chagrin. La rancœur de sa famille l'afflige, les révélations sur la véritable identité de Pietro l'attristent. Elle ne sait que penser de la trahison de son amant. Elle a remis entre ses mains tout ce qu'elle possède, son corps, son âme et une confiance aveugle en son jugement. Pourquoi lui avoir menti ? La caste à laquelle elle appartient l'a déjà rejetée. Elle se doute qu'on l'enverra dans un couvent pour accaparer les biens de sa dot. Elle n'ignore pas - hélas ! - que son père éprouve des difficultés à tenir son rang faute de revenus suffisants. Ses deux parents sont donc prêts à la sacrifier à l'adoration du veau d'or. Ils ne consentiront jamais à un mariage de complaisance qui les bannirait de la haute société et réduirait le montant de leur fortune. L'amour est sa seule source de joie, déchoir de son milieu l'indiffère. L'unique expédient à son malheur étant de disparaître, Bianca réunit les bijoux hérités de sa mère. Une aubaine suffisante pour survivre loin des siens.

Malgré sa détresse, elle compte sur la sincérité de Pietro. Peu lui importe si la vérité sur son état civil a été tronquée. Ils ont envisagé de s'unir l'un à l'autre. Que restera-t-il de cette promesse ? La dénonciation de sa belle-mère a réduit toutes ses espérances. Le destin l'a flouée, elle se croit condamnée.

En entendant des pas furtifs dans le couloir, elle défaille. On vient l'arrêter, la jeter au cachot ! Ni Dame Magdalena, ni Marietta ne peuvent désormais la protéger. L'heure du châtiment approche. Tremblante dans sa légère tenue de nuit, quand la porte s'entrouvre, elle s'apprête à subir une réclusion définitive. Pétrifiée en voyant son amant, elle le fixe, le regard vide. La flamme passionnée qui animait ses traits s'est éteinte. La rigidité de son visage affole Pietro. L'enveloppant dans ses bras, il la berce doucement, tout en la pressant de se reprendre :

– Bianca, ma tendre colombe, il nous faut fuir ! Ton père va se rendre à la *Signoria* demain matin et nous serons arrêtés. Tu seras enfermée dans un couvent et moi, jeté en prison. Je ne tiens pas à terminer au bout d'une corde entre deux colonnes.

L'évocation de ce gibet très particulier les fait frissonner. Ces deux immenses fûts de granit et de bronze, plantés sur la grande place de Venise, l'un dédié à saint Théodore terrassant un dragon, l'autre au lion ailé de saint Marc, censés marquer l'entrée de la ville, avaient sinistre réputation. Depuis des siècles, la tradition vénitienne acceptait pour des raisons remontant aux temps immémoriaux que les jeux de hasard se tiennent entre les deux piliers. Des tables furent installées, les joueurs s'y relayaient de génération en génération. Certains gagnaient des sommes qui frisaient l'indécence, d'autres se ruinaient. Ces écarts irritèrent les sages, d'autant que le palais des Doges avait vue sur ce lieu de débauche. Les sénateurs, pour mettre un terme à cette calamité, firent alors pratiquer de rares exécutions entre les deux piliers, inspirés, selon la rumeur, de ceux érigés par Hiram de Tyr pour le grand roi Salomon !

Soucieux de sauver sa vie et de libérer sa dulcinée, tel Tristan son Yseult, de la cruelle emprise des dragons vénitiens, Pietro s'affaire autour de Bianca. Il l'aide à se vêtir et lui conjure de se restreindre à un habit sobre pour un voyage aux lendemains incertains. Un ample manteau de laine complété d'une large capuche, dérobé dans la garde-robe de son ancienne gouvernante, permet à la jeune femme de se couvrir et de dissimuler ses formes. Dans cet accoutrement fruste, munie d'une aumônière, reliquat d'une dot qui lui avait été si injustement confisquée, elle suit Pietro à pas feutrés, heureuse et effrayée à la fois, de savourer une hypothétique liberté. En atteignant secrètement le *palazzo* Salviati, ils sont accueillis avec fébrilité par Giambattista qui les supplie de le suivre, une gondole les attend au bord du quai. Pietro, si défiant vis-à-vis de son oncle, tente de résister. Une besace emplie de victuailles et une bourse achèvent de le convaincre. Son seul soutien se limite à ce vieil homme d'apparence si chétive qui lui fournit sans condition une échappatoire solide.

Les adieux sont brefs, les explications succinctes. Les deux amants embarquent en silence. Le marin les conduit avec adresse, se coulant entre les canaux pour atteindre la pointe de l'Arsenal. Un large radeau flotte sur la lagune, arrimé à un navire de taille plus imposante. À tribord, on décharge dans la nuit des ballots et des caisses aux formes suspectes. Ils grimpent maladroitement sur cette étrange chaloupe. Pas un mot, pas un bruit si ce n'est le clapotement de l'eau qui répond par son doux écho aux appels des cloches du campanile de San Marco. Bianca se retourne. Craintive et résolue à la fois, elle abandonne ce vigile de pierre à son immortalité.

Chapitre 7

Le courroux des puissants

Il n'est pas de plus grande douleur que de se souvenir des temps heureux dans la misère.

Dante Alighieri, *La Divine Comédie.*

Venise, décembre 1563

La fuite des deux amants provoqua un scandale mémorable. À l'image de ces orages qui agitent les plans d'eau en cercles concentriques, la secousse provoquée par les méfaits des deux jeunes gens valsa sur elle-même, se propageant vers les places et les ruelles, les tavernes et les palais pour atteindre les plus hautes autorités de la République. Ce fol amour que d'aucuns auraient pu interpréter comme un drame sentimental sans envergure se muait en affaire d'État.

Le lendemain de l'inqualifiable outrage, Bartolomeo fait quérir sa fille pour lui annoncer son futur enfermement. Une communauté religieuse située sur une île éloignée de la ville se prépare, à sa demande, à recevoir Bianca. Dorénavant, sa vie se résumera à une longue suite de nuits en cellule et de prières pour le salut de son âme. Lucia, l'une des bonnes au service de Lucrezia, s'apprête à monter les trois étages pour informer la suppliciée. D'un pas lent, elle gravit les marches, freinant à chaque palier, terrifiée à l'idée de trouver un corps sans vie. À l'encontre de ses frayeurs, point de gisante sur le lit ou au sol. La chambre vide et silencieuse baigne dans un soleil hivernal bienfaisant. Peu de désordre, tout semble rangé à sa place, les vêtements et tenues de nuit sont dans leurs malles, les objets nécessaires à la toilette impeccablement alignés sur la table de chevet. Seule une cassette finement ciselée est abandonnée au creux d'un oreiller. Le couvercle est soulevé, au fond brille une médaille de la Sainte Vierge, oubliée par mégarde ou par bravade ? Quant aux autres salles, elles sont également ordonnées, si ce n'est l'alcôve de la duègne où une chemise et un bonnet de dentelle traînent sur un prie-Dieu.

Affolée, la malheureuse commissionnaire vole le long de l'escalier en poussant de petits cris d'oiseau effrayé qui ameutent la maisonnée :

– Messire Bartolomeo ! Venez vite, la *signorina* Bianca n'est plus dans sa chambre ! Tous ses habits sont là, ses livres aussi, mais son coffret est vide...

Les domestiques, agrippés à la rampe, se désolent en chœur. Cette disparition projette une ombre maléfique sur le *palazzo* Capello. Tous ceux qui y vivent sentent confusément que leur sort en sera bouleversé.

– Que signifie ce tumulte ? vocifère Bartolomeo, exaspéré par le bruit qui provient du rez-de-chaussée. Où est ma fille ? Lucia, ne t'avais-je pas dit d'aller la chercher ?

Pâle et visiblement pétrifiée, la pauvre soubrette, tel le messager de mauvais augure, se croit déjà congédiée.

– Parle donc, s'énerve son maître qui ne comprend rien à cette attitude de martyr en devenir, qu'as-tu à me dire, que s'est-il passé ?

– Hélas, messire, la *signorina*, votre Bianca, je ne l'ai pas trouvée...

– Comment pas trouvée ? Je l'ai moi-même enfermée dans sa chambre hier soir. À double tour !

Pris au dépourvu, Bartolomeo s'effondre sur une chaise tendue par un valet. Son cerveau semble se cabrer contre l'évidence. Bianca se serait-elle enfuie ? Mais avec quels moyens ? Comment aurait-elle pu s'échapper de son donjon ? Il a fermé lui-même la porte, a gardé la clef sur lui. Il ne peut accepter l'idée que ce maraud de Pietro ait pu lui infliger cette ultime vexation. Fixant une Lucia au bord de l'évanouissement, il la repousse d'un geste de la main, lui ordonnant de prévenir immédiatement Dame Lucrezia.

À la vue du visage défait de son époux, celle qui fut à l'origine de ce drame bien orchestré affiche un air consterné. Elle imagine le jeu de dupes dont Bartolomeo a été la victime. Ce passe-partout qui a servi de sésame aux amoureux intrépides est resté en possession de cet odieux intrus ! Malgré le mépris qu'elle éprouve pour ce garçon, elle salue son audace. Enlever la fille d'un patricien vénitien se résume à s'imposer une mort certaine. Dès qu'il sera capturé, le jeune clerc sera pendu. Braver la peine capitale pour l'amour de Bianca, voilà un geste chevaleresque dont elle ne l'aurait pas cru capable. Lucrezia esquisse un sourire. Peu lui importe le résultat de cette défection magistrale. Que les deux impudents soient repris ou non n'altère pas ses plans. L'essentiel pour cette femme cupide et exclusive consiste à éloigner définitivement sa belle-fille afin de prendre possession de ses biens et de régner sans partage sur la *ca*'Capello.

Sur le bateau qui l'entraîne vers sa nouvelle vie, Bianca se réjouit d'être enfin séparée de cette belle-mère exécrée. S'accrochant fièrement au bastingage, elle se félicite de l'avoir bernée. Cette femme mauvaise ne mérite aucune compassion. Cependant, sa répulsion envers sa marâtre ne lui apporte pas l'apaisement escompté. Son père, malgré sa froideur, ne méritait pas une telle avanie. Les doutes l'assaillent. Leur récente opposition n'efface pas la tendresse prodiguée pendant son enfance. Comment va-t-il réagir en découvrant sa duperie ? Elle n'ose imaginer sa fureur. Elle souffre de ne pouvoir expliquer son geste. Ce départ précipité sera mal jugé par ses pairs. Il suscitera de la réprobation, voire une condamnation sans appel dont elle sera la cible, mais sa famille aussi. Soudain prise de remords, elle prend conscience de l'incongruité de cet enlèvement. Le scandale sera terrible et les répercussions dommageables pour la réputation du clan Capello. Son cœur se serre. Elle a honte de son comportement, de l'égoïsme dont elle a fait preuve en s'enfuyant sans même laisser un mot d'explication. Les bijoux arrachés à sa cassette, qu'elle porte serrés contre sa poitrine, lui brûlent la peau. Bien qu'ils lui reviennent de droit, elle a l'impression de les avoir volés. En apercevant la terre ferme, les nuages qui rougeoient dans l'incandescence de l'aurore semblent lui prédire un enfer sans retour.

Au moment où les deux amants voguent vers leur destin, une véritable effervescence règne au *palazzo* Grimani. Lucrezia et Bartolomeo se sont précipités chez le patriarche, lui révélant l'indécence de Bianca et la tromperie de l'infâme Pietro. Après des heures de discussions et d'échanges acrimonieux, ils décident de passer à l'action. L'idée que les jeunes gens puissent profiter de ces longues tergiversations pour leur échapper ne les effleure pas. Sûrs de leurs prérogatives, ils dressent leur plan de vengeance.

Le patriarche s'avère le plus virulent. Fier de l'illustre lignée à laquelle il appartient et des nombreux postes honorifiques obtenus au sein de la République vénitienne, Giovanni Grimani ne supporte pas de voir son nom sali par les actes honteux d'un petit clerc de banque. Bien qu'en 1560, il ne soit plus en charge du patriarcat d'Aquilée, il n'en reste pas moins un personnage influent. À l'époque où il occupait cette fonction, il administrait l'une des plus grandes métropoles religieuses de l'Occident, dont les territoires s'étendaient de Trieste à l'Istrie, de la Carinthie à la Styrie. Par le prestige des responsabilités que monseigneur Grimani a endossé au cours de sa carrière, son verdict concernant Pietro Bonaventuri est sans appel. Il sera poursuivi et puni. Son oncle aussi. De même, tous ceux qui de près ou de loin ont favorisé cette scandaleuse idylle. Quant à cette dévergondée de Bianca, en homme d'Église, il n'éprouve aucun scrupule à la convertir en moniale.

– Ne perdons pas de temps ! Ce soir, il est trop tard pour réveiller les Dix. Il n'est pas utile de les déranger la nuit, surtout pour une affaire de mœurs. Attendons demain et nous irons ensemble réclamer justice. Nous ferons en sorte qu'ils arrêtent les coupables. On les mettra dans les mains de ce fanatique d'inquisiteur. Lui qui se plaint de ne pas avoir suffisamment de chair à torturer, il pourra enfin aiguiser ses appétits !

Bartolomeo, horrifié au souvenir de don Alvaro, s'affole. Donner sa fille en pâture à cet exalté ! Malgré la peine et le dégoût qu'il ressent, il ne saurait se résoudre à une telle vilenie :

– Giovanni ! Si le cas de Bianca est soumis à ce diable d'homme, il voudra s'en servir d'exemple, la brûler sur le bûcher ! En tant que père, je ne pourrai le supporter. Le camouflet est suffisamment cuisant. Ne mêlons pas ce détestable étranger à l'affront enduré.

– Ta mansuétude est tout à ton honneur, à ta place je serais plus intraitable, mais ne crains rien, tu sais bien qu'une patricienne ne peut être condamnée en dehors de nos juridictions vénitiennes. Pour elle, ce sera l'exil dans une abbaye inexpugnable. Sa vie dorénavant se limitera à expier son infamie sous la vigilance du Christ !

Les conjectures de l'irascible patriarche se verront ébranlées quand la fuite des deux amants sera connue de tous. Bartolomeo, initialement, nie l'évidence. En montant au troisième étage, force lui est de constater la douloureuse réalité. Sa fille s'est volatilisée en abandonnant derrière elle sa famille et ses biens si ce n'est les bijoux hérités de sa mère. Ivre de rage, le maître de maison, après avoir vilipendé sa domesticité, se précipite au *palazzo* Salviati. Lucrezia ne le retient pas, au contraire, elle attise sa colère.

En traversant le pont qui le sépare de la banque, Bartolomeo fulmine, gesticulant et s'égosillant, tel un dément. Persuadé qu'il retrouvera les amants cachés au cœur du bâtiment, il traverse les salles, bouscule les pupitres, renverse des documents, éructe le nom de Giambattista. Les employés médusés par cette scène hallucinante se tapissent derrière leurs écritoires. À la stupéfaction de tous, Maître Bonaventuri apparaît au fond du couloir, pâle et fragile, mais d'une dignité qui contraste avec le comportement erratique de son poursuivant. Victime expiatoire de cette sombre histoire, il ne cherche pas à se cacher. Il aurait pu s'esquiver lui aussi, chercher asile dans sa mère patrie. Il ne se berce d'aucune illusion. Florence n'accueillera jamais un renégat. Bien qu'il ne soit fautif en rien, il portera le poids de la honte familiale. Il subira les foudres des Salviati dont il aura, bien malgré lui, entaché le nom. Son arrêt ne va pas tarder. Il le sait, il l'attend.

Avec un courage peu commun, il affiche un air affable, en abordant celui qui vient lui exiger si brutalement des comptes :

– Messire Capello, suivez-moi, je vous prie. Que me vaut cette visite ? En quoi puis-je vous aider ?

Entraînant Bartolomeo loin de la salle commune, il tente d'éviter que la nouvelle ne se propage trop tôt. L'heure est encore matinale. Il s'efforce, grâce à cet artifice dérisoire, de retarder les poursuites :

– Traître ! Tu connais parfaitement les raisons de ma présence ici ! Où est ton neveu, que je lui arrache la langue et les oreilles ? Il a souillé ma réputation ! Il paiera pour son crime, et toi avec !

– Que s'est-il passé ? Pourquoi ce ton acerbe ?

– Cesse cette comédie, vieil hypocrite ! Tu as permis à ton neveu de s'attribuer ma fille. Un malotru sans naissance et sans fortune. Dis-moi immédiatement où sont ces drôles, ils seront soumis au jugement des Dix !

– Je vous assure que j'ignore tout des agissements de Pietro. C'est un garçon sans malveillance. Je peux vous affirmer que je ne l'ai pas revu depuis hier soir. Sans doute a-t-il passé sa nuit à jouer avec quelques amis dont je peux vous donner les noms.

– Scélérat ! s'exclame Bartolomeo en attrapant le malheureux clerc par le collet. Tu me le paieras. Ton rôle d'entremetteur te sera fatal !

– Vous me voyez désolé de ne pouvoir vous renseigner. Peut-être souhaitez-vous visiter les étages et vérifier si votre fille s'y trouve ?

Déstabilisé par le calme de Giambattista, messire Capello bat en retraite.

Ses vociférations ayant provoqué la curiosité du voisinage, il adopte une attitude plus conforme à son rang, tout en lançant une dernière imprécation :

– Cet après-midi même, vous serez interrogé. N'essayez pas de fuir. Vous êtes placé sous surveillance !

Tandis que Giambattista retourne dans son appartement, abattu mais satisfait d'avoir tenu tête à ce patricien incapable de maîtriser ses nerfs, Bartolomeo se précipite chez son beau-frère. Lui révéler la duplicité de Bianca et de Pietro fut une rude épreuve la veille au soir. Lui avouer aujourd'hui que les deux amants se sont enfuis au moment où ils élaboraient leur plan de vengeance se révèle encore plus pénible. Dès son arrivée, il devine que le récit l'a précédé. Venise, si vaste sur la mer, se rétrécit sur ce bout de lagune où la rumeur court plus vite que le vent. Accueilli très fraîchement par le patriarche qui rumine l'humiliation d'avoir été abusé par deux écervelés, Bartolomeo s'empresse d'accuser Maître Giambattista des pires méfaits.

Pour contrer les bruits qui circulent dans tout Venise et qui enflent au fil des heures, les deux hommes choisissent de se rendre auprès des Dix sans même les avertir de leur arrivée. Cette action spontanée n'est guère dans la tradition vénitienne. Le statut de patriarche, la renommée des Capello et le scandale qui perturbe les esprits justifient de bousculer les conventions. Certes, le motif peut paraître, au regard d'un étranger, relativement bénin. Une escapade sentimentale se traite généralement en privé. Pourquoi tant d'agitation ? C'est en partie la réaction des Dix quand ils entendent les deux plaignants. Le plus avide de représailles n'est pas le plus meurtri. Eu égard à son rang et à ses fonctions, passées et présentes, monseigneur Grimani devance son beau-frère pour se lancer dans une diatribe venimeuse. Il s'indigne devant ses pairs, déclare que l'honneur de la noblesse vénitienne est bafoué par la conduite avilissante d'un homme de basse extraction. D'une voix étranglée de frustration, il souligne avec force gestes que le rapt de Bianca offense la dignité de la Sérénissime.

– Aujourd'hui, il s'agit de ma nièce ; demain, quelles seront les autres victimes ? Sommes-nous à l'orée d'un nouvel enlèvement des Sabines ? Florence veut-elle s'approprier nos femmes et nos filles pour renforcer ses fondations ?

La comparaison un tant soit peu hasardeuse remue les consciences. Face à une telle acrimonie, les magistrats s'interrogent. Une jeune patricienne ravie à son foyer par un homme du peuple est un bien mauvais exemple à soumettre aux générations montantes. En revanche, la nationalité florentine du malandrin entrave le courroux des puissants. Tout en rendant hommage à la détermination du patriarche, les sages se concertent pour éviter des vagues qui se propageraient inutilement sur les rives du continent. D'un commun accord, il est décidé que les actions à mener seront proportionnées au délit commis et circonscrites au giron vénitien. L'essentiel étant de remonter la filière pour comprendre comment et avec quels moyens les jeunes gens ont fui. Toutes ces dispositions de nature à préserver le renom de la République hissent peu à peu cette humble histoire de cœur en affaire d'État.

Étrangement, au cours de ce débat collégial qui s'éternise, nul ne propose de diligenter une enquête. Si le verdict est prononcé, la mise en œuvre s'effectue avec lenteur. Aucun ordre n'est donné pour rattraper les jouvenceaux et le vieux clerc, premier suspect d'une longue série, n'est pas inquiété avant la fin de l'après-midi. Jeté en prison, torturé, Giambattista admet avoir organisé la fuite sans donner de détails. Il refuse de compromettre le capitaine de l'Arsenal et de préciser le lieu de débarquement des deux fugitifs. Son honnêteté et son courage lui seront de peu d'utilité. À la suite d'un jugement bâclé, il sera abandonné dans un cachot et mourra dans l'oubli le plus complet. Les Salviati n'interviendront pas, sa propre famille non plus. Que vaut la vie d'un clerc face aux enjeux financiers d'une banque respectée ? Marietta, également emprisonnée et interrogée, n'apportera guère d'informations sur la route prise par sa protégée. Sa nationalité vénitienne la sauvera du supplice. Libérée mais honteuse, elle se noiera dans la lagune. Les autres domestiques incriminés seront rapidement relâchés. Face à ces arrestations en cascade, Giovanni Grimani et Bartolomeo, loin de se rasséréner, aiguisent leur vindicte. Contrairement aux usages, ils surenchérissent le jugement des Dix en allouant une somme considérable de 2 000 ducats, prise sur leurs deniers personnels, à celui ou ceux qui mettront la main sur ce pleutre de Pietro Bonaventuri.

Pendant que les esprits s'échauffent à l'épicentre de la lagune, les jeunes fuyards ont débarqué depuis l'aube à Chioggia, charmant petit port ancré en terre ferme, au sud-est de Venise. Déguisés en simples marchands, ils se terrent dans une auberge le temps de monnayer les premiers bijoux. Pietro, délesté de ses habits de gandin, porte une longue toge à laquelle il superpose une veste courte sans manches, selon la mode levantine. Déposant un turban sur sa tête, il se fond parmi les commerçants orientaux, très actifs sur le port. Furtivement, il se glisse le long des quais, hésitant à demander son chemin, de peur d'être reconnu. Ses craintes sont vaines. Dans ce lieu où toutes les tractations sont permises, chacun vaque à ses occupations sans se soucier d'autrui. Peu à peu, reprenant confiance en ses talents de manipulateur, il négocie âprement une bague et un collier. Les adresses confiées par son oncle se sont révélées utiles. Les usuriers argumentent sur les prix mais ont l'avantage de ne poser aucune question sur la provenance des objets présentés. Ils évaluent et règlent comptant. Une assurance appréciable pour toute personne en quête d'anonymat.

Très à l'aise dans ce monde interlope, Pietro ne prend pas la mesure du désarroi de Bianca.

Elle abandonne un héritage qui représente son dernier lien avec sa vie de jeune fille. En quittant Venise, elle perd tout ce qui lui est cher, sa famille, sa maison, sa ville aussi. Au cours des rares occasions où elle s'est promenée sur les berges, elle a aimé cette cité lacustre, ses pilotis fragiles, ses canaux aux effluves de mer, ses voies étroites et ses ponts incurvés. Elle pleure sur son passé. Malgré la dureté de son existence, elle ne retient que les moments heureux, l'amour de sa mère défunte, l'affection de son père avant son remariage, la tendresse de Marietta. Son jeune frère, Vettore, lui manque cruellement. Elle se remémore leurs jeux, les leçons qu'ils révisaient ensemble. Il est parti depuis plus d'un an se former auprès d'un oncle à Udine, dans le Frioul. Elle ne l'a pas revu et son absence, soudain, lui étreint le cœur.

La vie certes austère mais préservée qu'elle menait dans le palais familial ne l'a pas préparée à ce changement brutal. Soudain confrontée à la réalité, elle se sent perdue. Son imprévoyance se heurte à l'inéluctable : cet embarquement pour Cythère ne lui a pas offert les plaisirs annoncés. Obligée de se terrer pour éviter les foudres de la bureaucratie vénitienne, elle ne peut profiter de sa nouvelle liberté. Une jeune femme, qui plus est d'une beauté exquise, n'apparaît pas aux yeux du monde sans risquer d'attirer l'intérêt. Les vêtements subtilisés à sa duègne dissimulent ses formes, le capuchon qu'elle rabat sur son visage lui évite des regards insistants mais ces artifices lui semblent pesants. Elle ressent une certaine amertume à l'idée d'avoir troqué une réclusion pour une autre. Enfermée dans une chambre d'auberge dotée d'une paillasse en guise de couchage et d'une table en bois grossier, elle tremble à l'idée de déchoir. La vérité sur la condition de Pietro lui revient douloureusement en mémoire. Face à sa belle-mère, elle a répondu d'un air bravache que l'amour importait plus qu'un orgueil de caste. En tournant dans l'affreuse soupente qui lui sert d'abri, elle se mord les lèvres pour ne pas pleurer. Il lui faut assumer le prix de sa témérité. À travers la minuscule lucarne qui éclaire son gîte, elle fixe l'horizon avec appréhension. Les temps heureux sont si éphémères... Le retour de Pietro ne calme pas ses angoisses.

Toujours aimant quoique plus distant, il se félicite d'avoir retiré une somme importante de ses transactions. Ces vantardises maladroites blessent Bianca, qui n'ose lui reprocher de traiter ce qu'elle a de plus précieux comme une vulgaire marchandise. Pietro ne peut comprendre cet accablement. Après tout, n'a-t-il pas risqué sa vie pour elle ? Il espérait plus de gratitude, omettant qu'elle a tout sacrifié pour lui. La prenant par la taille, il lui souffle des paroles rassurantes et la conjure de se préparer. Un convoi d'épices doit quitter le port dans la soirée pour se rendre à Ferrare. S'évader au plus vite de la Vénétie s'avère leur unique planche de salut.

Chapitre 8

L'épée de Damoclès

Le bonheur n'est qu'un songe qui fuit.

Pétrarque, *Canzionere.*

Peu après l'événement qui a secoué la lagune si friande d'esclandres et d'incidents scabreux, Bartolomeo décide de poursuivre son offensive. Pour redorer au plus vite les blasons des Capello et Grimani réunis, il envisage d'aller au-delà des Dix et d'en référer au comité suprême de la *Signoria.* Aidé d'hommes de loi chevronnés, il transmet une supplique, réclamant la mise à l'index de la famille Bonaventuri. Le contenu de la missive détaillant le préjudice subi exhorte les doyens de la nation à agir sans délai. Ces derniers se hâtent lentement : deux jours de réflexion sont nécessaires pour que Pietro soit définitivement déclaré « hors-la-loi sur terre et sur mer », avec obligation de régler une amende de 2 000 ducats - pour moitié au père outragé, pour l'autre au Conseil des Dix. Cette sentence dont la validité dépasse les frontières vénitiennes sidère les foules. Jamais, jusqu'à présent, une histoire d'amour n'avait généré un tel accès de susceptibilité républicaine !

Malgré les nombreux relais que Venise possède en terre ferme, la promulgation de ce texte fait peu de bruit.

La somme proposée aurait pu attiser les convoitises, or les réactions sont inexistantes. L'insécurité ambiante n'incite guère à l'aventure. Bien que l'année 1563 ne soit pas la plus marquée par des conflits locaux, la plupart des États affrontent une plaie endémique, celle du brigandage. Le danger sévit un peu partout sur les routes et dans les campagnes. À ces difficultés inhérentes à ce siècle s'ajoute l'impossibilité de transiter d'une principauté à une autre sans prouver sa bonne foi et justifier ses déplacements. Si ces contrôles incessants freinent la rapacité des chasseurs de primes, la course des deux proscrits n'en est pas ralentie. L'argent se révèle un soutien compréhensif quand il s'agit d'amadouer le zèle des agents suspicieux. Dès leur arrivée à Ferrare, les exilés se sentent libérés de la vindicte de Bartolomeo et de ses sbires. La ville, réputée pour la bienveillance de ses habitants, les rassure. Alphonse II d'Este, le prince régnant, affiche une tolérance de bon aloi. Son duché semble se prélasser dans un flot de plaisirs bien éloigné de l'humeur vengeresse des édiles vénitiens.

L'air de légèreté qui imprègne les lieux offre un doux répit aux fugitifs. Pietro, rendu irascible par la peur d'être inquiété, se montre plus enjoué. Dans la mansarde qui leur sert de refuge, il redevient l'amant attentionné des premiers mois. Bianca, langoureusement allongée, écoute en souriant les péripéties des Este et des Médicis, qu'il décrit avec humour :

– Ils s'épient constamment du coin de l'œil pour s'assurer qu'il n'y ait pas prééminence d'une cité sur l'autre. Chaque cour a ses espions censés scruter les agissements suspects. Les deux familles se flattent d'avoir les meilleurs rapports avec l'empereur et le pape pour prétendre à un titre supérieur à celui de sa rivale. Le mariage de Lucrèce aurait dû mettre fin à cette méfiance endémique...

– Lucrèce ?

– La fille cadette de Cosme Ier. Elle avait treize ans quand elle a épousé Alphonse II, de douze ans son aîné. Les noces furent grandioses. Florence voulait rivaliser avec la prodigalité de Ferrare. Il y eut des jeux de *calcio* réunissant une soixantaine de nobles florentins, des joutes équestres, des dîners somptueux et des mascarades dont les costumes et les décors furent dessinés par les plus grands artistes !

Les yeux de Bianca brillent. Ce luxe l'entraîne vers des rivages si attrayants...

– Las ! Trois jours après le mariage, le jeune duc est parti à la cour de France rejoindre son cousin, le roi Henri II...

– Quelle humiliation ! s'exclame Bianca, scandalisée par une attitude aussi désinvolte.

– D'autant que le montant de la dot était colossal, tu te rends compte, 100 000 *scudi*, sa femme aurait mérité plus de respect !

Cette remarque de Pietro froisse le naturel romantique de Bianca. Placer l'aspect financier d'une tractation matrimoniale au-dessus du bien-être de l'épousée lui paraît inconvenant. Son visage se ferme. Pietro ne remarque pas ce changement et rajoute gaiement :

– Comme la mariée était trop jeune, elle resta sous le toit paternel. Quand elle atteignit sa quinzième année, son mari récemment retourné à Ferrare se vit dans l'obligation de l'appeler auprès de lui. La patience des Médicis avait ses limites... Elle arriva donc en grande pompe dans sa nouvelle patrie. Son époux l'accueillit dignement avec force festivités et réjouissances, puis la négligea sans ménagement.

– Il n'y eut pas d'héritier ?

– Non. Si on en croit la rumeur, le duc était incapable de procréer en raison d'une blessure mal placée reçue lors d'un tournoi.

– Qu'est-il advenu de l'épouse délaissée ?

La voix de Bianca tremble. Cette histoire ne l'enchante plus. Annonce-t-elle un sinistre présage ?

– Elle est morte un an plus tard, elle venait d'avoir seize ans. Lucrèce était de santé fragile mais les méchantes langues parlent d'empoisonnement. Les Médicis on fait courir ce bruit pour ternir la réputation des Este. La querelle de préséance a donc repris son cours...

Un silence s'installe entre les deux jeunes gens. Chacun poursuit la trajectoire sinueuse de ses pensées. Leur tempérament n'est plus au diapason. Le cynisme ironique de Pietro s'oppose à l'indignation naïve de Bianca qui s'apitoie sur le sort de la jeune duchesse. En voyant son regard s'assombrir, Pietro s'empresse de poursuivre :

– Florence et Ferrare ont toujours été en compétition. Elles se sont affrontées sur un terrain que les armes ne pouvaient conquérir, celui des arts et de la beauté. Cette passion s'est exprimée dans tous les domaines, musique et chant, architecture, peinture et littérature. Qui sortira vainqueur de cette course à la munificence ?

Si ces considérations esthétiques et artistiques déposent un baume apaisant sur leurs cœurs endoloris, elles ne les absolvent pas de la dure réalité. Renonçant à Ferrare, ils se réfugient dans des auberges retirées où règnent des relents de vieille soupe et d'écuelles mal lavées. Bianca, habituée à plus de raffinement, s'efforce de ne rien laisser paraître de sa déconvenue. Elle a choisi cette vie d'aventurière et l'assume avec stoïcisme. Sa jeunesse l'aide à surmonter sa répulsion. Les vieilles guimbardes qu'ils partagent avec des individus aux mines peu avenantes lui font horreur. Ces visages crasseux et ces haleines fétides lui donnent des haut-le-cœur. Pietro est là pour la protéger. Cette assurance suffit à raviver son élan. Les jours se suivent et se ressemblent. À dos de mulet ou à pied, ils avancent sans se retourner, Bologne sera leur prochain arrêt. La ville dépend des états pontificaux, l'ambiance y est moins complaisante. Un contact les attend sur place. Sans poser de questions, on leur fournit le gîte et le couvert. La réputation de Giambattista les a précédés. Personne ne sait que le pauvre homme gît dans une geôle humide et froide.

Grâce à cet intermédiaire, Pietro est informé de l'anathème qui le frappe au-delà du sol vénitien. Il se savait banni de la lagune mais ne se doutait pas qu'un texte avait été promulgué à son encontre sur une partie de la péninsule. Bianca est épuisée, comment lui avouer que cette épée de Damoclès suspendue au-dessus de sa tête compromet gravement leur avenir ? Il décide de se taire. La vérité se dévoilera bien assez tôt. Après une nuit de repos, ayant récupéré les forces nécessaires, ils se lèvent à la lueur du jour et reprennent leur périple. Rongés d'inquiétude, ils doivent affronter des régions montagneuses couvertes de forêts sauvages et fréquentées par des individus peu recommandables.

Une semaine s'est écoulée depuis leur débarquement à Chioggia et leur route est loin d'être achevée. La traversée des Apennins est périlleuse. Les charrettes brinquebalantes qui grimpent les sentes escarpées manquent se renverser à chaque virage. De villages en hameaux, ils gravissent les talus et frôlent les parois rocheuses, empruntant des défilés dont l'étroitesse les pétrifie. Peu à peu la nature se transforme, les vallées cèdent la place à des futaies de chênes verts et des bosquets de châtaigniers. En altitude, les champs de conifères, sombres et roides, déposent sur les vastes étendues neigeuses une ombre angoissante. Le givre nimbe les arbres d'un éclat fantasmagorique. Le froid s'insinue dans les vêtements et agresse les chairs sans répit. Bianca et Pietro s'acclimatent progressivement à ces « montagnes stériles et mal plaisantes » critiquées par Montaigne.

Sans se plaindre, ils supportent les températures peu clémentes. Le destin ne les a pas maltraités. Ils ont pu se procurer des peaux de bêtes et des manteaux de laine qui les protègent des intempéries. Dans les alpages si rarement fréquentés, les quelques âmes qui y vivent se réjouissent d'y recevoir des étrangers. La rudesse de ces montagnards s'adoucit devant la jeunesse et la beauté de ces étranges voyageurs. Leur présence dans une contrée si éloignée et fruste leur semble incongrue. Ils n'en restent pas moins silencieux, la solitude les éloigne de toute curiosité. Plusieurs semaines s'écouleront ainsi de refuges en campements de fortune. Bianca s'endurcit sous ce climat exigeant. La blancheur de son teint s'estompe. Avec ses joues rosies par le vent et ses cheveux emmêlés où l'on discerne quelques tiges de paille, on la confond avec les paysannes des alentours. Pietro a perdu son aspect raffiné. Il a gagné en vigueur et en simplicité. Malgré la dureté de ce voyage interminable, malgré la froidure et la peur qui les tenaillent, ils profitent sans le savoir des plus beaux moments de leur courte existence.

Les premiers jours de l'année se consument dans une torpeur hivernale qui convient à ces âmes apeurées. Les routes peu encombrées et le calme des bourgs éloignés des grandes cités favorisent la clandestinité. Les paysans, appauvris et désœuvrés durant ces mois léthargiques, se satisfont de quelques pièces de monnaie pour louer leurs mules et leurs carrioles. C'est dans un esprit plus serein que le jeune couple aborde la Toscane. Leur errance chaotique parvient bientôt à terme. Pietro tente de s'en persuader. Il s'enflamme en voyant sa terre natale et décrit avec fierté les charmes de ces maisons suspendues à flanc de colline, gracieuses sentinelles de pierre épargnées par la violence des temps. Bianca s'abandonne au rythme de sa voix, la tête penchée sur son épaule, bercée par ces paysages dont la douceur l'émeut. Elle se souvient des tableaux de Paolo Uccello ou de Fra Angelico aperçus chez son oncle Grimani. Si la saison ne baigne pas les sols de cette lumière divine si délicieusement interprétée par les génies du quattrocento, le terroir conserve de beaux attraits. Les champs forment une délicate mosaïque *a pigola*[1], soulignée de bosquets aux brunes ramures sur lesquels s'enchevêtrent les vrilles d'une vigne sauvage en prévision du printemps.

Intarissable quand il exalte la grâce de son *contado* ancestral, Pietro omet d'avouer qu'il a dû le quitter pour échapper à la police locale. Il n'a pas évoqué non plus auprès de Bianca les difficultés auxquelles ils seront confrontés. Son statut de renégat amplement commenté à Venise ne facilitera pas son retour à Florence. L'éventualité d'être arrêté dans sa propre patrie le hante. La modestie de sa famille peut difficilement lutter contre le courroux des sages. Face à la rançon promise, il se sent démuni. La somme est trop élevée pour la bourse de son père. Racheter l'abandon des poursuites de messire Capello est hors de portée. Son esprit ingénieux tâtonne pour ébaucher une voie praticable hors de cet imbroglio politico-familial dont il est le premier fautif. Sa citoyenneté florentine le couvre pour l'instant. Une impunité qui s'effritera s'il n'agit pas avec promptitude. Le duc Cosme Ier a la réputation de se montrer cruel envers les grands et compréhensif envers les plus faibles. Il sollicitera sa clémence avec l'aide de quelques amis bien introduits.

Bianca se laisse porter par le lyrisme de son amant. Elle est si jeune, seize ans à peine, la crédulité sied à son âge. Les difficultés endurées depuis leur départ ne l'ont pas abattue. Elle sourit aux lendemains, persuadée de retrouver à Florence le raffinement et le luxe de son palais vénitien. Pietro ne la détrompe pas. Lui-même se berce d'illusions. L'argent donné par son oncle et les bijoux de Bianca for-

1. Parcelles de terrain de forme irrégulière qui épousent les aspérités des collines sur lesquelles elles sont situées.

ment un pécule qu'il dépense sans arrière-pensée, se montrant, comme souvent, prodigue des biens d'autrui. Il renoue avec ses allures de gentilhomme et dès qu'ils atteignent Prato, se renseigne sur un tailleur susceptible de les vêtir honorablement. Ayant repris une apparence plus conforme à leurs vœux, ils décident d'aborder l'ultime étape de leurs singulières pérégrinations.

Bianca s'émerveille de voir tant de routes sillonner le pays. L'entrain qui s'y déploie la revigore. La vue des collines tapissées de fermes et de châteaux l'entraîne dans de douces rêveries. Elle s'imagine résidant dans l'une de ces splendides bâtisses qu'elle entrevoit à l'horizon. Les porches majestueux, les jardins en espalier dont l'alignement se fond dans la suave déclivité des pentes créent chez cette jeune Vénitienne une véritable fascination. Certes, le *palazzo* Capello a de belles proportions et sa ville natale de merveilleux trésors architecturaux, mais le chatoiement toscan est d'une essence plus céleste. L'affinité des formes et des couleurs révélées dans ces panoramas offerts à la contemplation est vécue par le profane comme une révélation. Combien de voyageurs se sont extasiés devant ces visions paradisiaques dont Pline le Jeune, dès l'Antiquité, vantait l'harmonie ?

Les charmes de sa nouvelle patrie enivrent Bianca. Elle se complaît dans une sensation de plénitude très éloignée de sa propre réalité. Au cours des dernières semaines, elle ne s'est guère penchée sur sa vie future. Apatride, rejetée par sa famille, elle dépend entièrement de son amant. Une fragilité dont elle n'a pas conscience. Confiante, elle est avide de découvrir les secrets de la *città del fiore* dont le nom dérive, dit-on, de la profusion d'iris répandus dans la vallée.

Pour s'infiltrer dans la ville, en homme averti, Pietro préfère se diriger vers la *porta* San Gallo située à l'extrémité nord des fortifications. C'est la plus fréquentée donc la plus sûre. Le trafic y est très remuant et les gardes contrôlent difficilement ces foules qui se pressent pour entrer dans l'enceinte, une aubaine pour éviter d'être repérés. Dès qu'ils ont montré leur laissez-passer, remis par une relation conciliante, ils déambulent le long des remparts. Les *mura di Firenze*, en passe d'être achevées en ce milieu du XVIe siècle, forment une couronne défensive majestueuse, susceptible de décourager de potentiels envahisseurs. En attendant de rejoindre la *piazza* San Marco où résident les Bonaventuri, ils empruntent un itinéraire calculé avec prudence. Pietro ne se précipite pas vers la maison familiale. Il craint les réactions de celle qui a mis toute sa foi en lui. Il préfère retarder l'échéance en s'arrêtant devant les monuments les plus emblématiques qu'il commente dans un langage érudit. Contrairement aux moqueries colportées par la *gens* Capello, le jeune homme n'est pas inculte. Ils s'arrêtent au jardin des Semplici, dont les milliers de plantes médicinales ont été introduites par Cosme Ier, féru de botanique, puis se recueillent dans la basilique Santissima Annunziata. Bianca y admire les nombreux oratoires qui abritent de riches peintures dédiées à la gloire de la Vierge Marie et à la mémoire de tous les saints. Elle frissonne en se promenant dans le vaste cloître Saint-Luc et s'agenouille dans la chapelle des peintres appartenant depuis peu à la confrérie des artistes. Grisée par tant de merveilles, la jeune femme se laisse porter par des songes enchanteurs. Venise s'estompe dans ses souvenirs, Florence sera son avenir !

Chapitre 9

Florentia !

Réjouis-toi, Florence, d'être si grande que tu prends ton vol sur terre et sur mer et que par l'Enfer se répand ton nom.

Dante Alighieri, *La Divine Comédie.*

En ce milieu du XVIe siècle, l'humble *Florentia* des temps anciens avait trouvé ses maîtres. L'antique bourgade lovée sur les bords de l'Arno s'était longtemps contentée d'une existence étriquée. Créée par César en l'an 59 avant J.-C, pour servir de poste avancé dans ses échanges avec la Gaule, elle vécut sous la tutelle de Rome puis de l'*Imperium Sacrum* dominé par les puissances germaniques. Aux prémices du XIIe siècle, après avoir lutté contre l'hégémonie de Frédéric Barberousse, détruit sa rivale Fiesole et conquis Prato, la petite cité des fleurs releva fièrement la tête. Soumise mais jamais passive, la toute récente *communitas florentiana* engendra un système politique précurseur avec une assemblée populaire, un conseil consultatif d'une centaine d'« hommes de bien » et un exécutif, la *Signoria*, composé d'un collège de douze consuls renouvelés tous les deux mois. La mise en place de cet embryon de démocratie libéra les énergies. Une caste de bourgeois audacieux imposa ses lois, repoussant peu à peu vers les confins du territoire une aristocratie féodale arc-boutée sur des privilèges d'un autre âge.

Le dynamisme de ces marchands déploya le commerce et l'artisanat, à une allure rarement égalée.

De grandes dynasties de banquiers émergèrent ainsi rapidement, essaimant dans toute l'Europe des comptoirs très courtisés. L'économie prenait le pas sur le politique, la bourgeoisie sur la noblesse. Les « Arts », corporations puissantes qui organisaient l'activité industrieuse, jouissaient d'un rôle central. Le *Cambio e Lana* ou *Calimala*, le plus éminent, regroupait l'activité lainière. Il prit une telle importance qu'il dut se diviser en sept Arts majeurs : les uns spécialisés dans l'artisanat de la laine, de la soie, de la fourrure et du cuir, les autres dans des fonctions plus immatérielles comme l'*Arte del Cambio*, l'*Arte dei Medici* ou encore l'*Arte dei Guidici et Notai*[1].

Le temps où Florence était délaissée pour Lucques, Sienne ou Pise n'était plus d'actualité. Certes, sa montée vers les sommets ne fut pas exempte d'obstacles ni de rechutes.

Toutes les haines et les violences, toutes les « épées vagabondes », selon l'expression de Pétrarque, ne purent entamer la vaillance entrepreneuriale des marchands florentins. Dès 1252, ils s'octroyèrent sous le sceau de la commune le droit de frapper monnaie. Le florin d'or devint une devise convoitée qui permit l'accélération des échanges et un accroissement rapide des métiers du drap et de la laine.

L'énergie florentine comme la ville qui l'abrite n'auront de cesse de s'épanouir.

---

1. « Les Arts des cambistes, les Arts des médecins, les Arts des juristes et des notaires. »

« Fille de Rome et Dame supérieure aux autres,
Tu peux donc bien vivre heureuse plus que tout autre :
Tu es telle que tout bien abonde en toi ;
Tu es aujourd'hui le pilier de la force ; [...]
Mais fais que tu sois unie à l'intérieur[1]. »

Si l'union de l'intérieur restera un vœu pieux, et si l'histoire de Florence sera longtemps marquée par les haines familiales reportées de génération en génération, tous ces aléas ne l'empêchent pas d'étendre son rayonnement bien au-delà de ses remparts. En l'espace de quarante ans, elle s'empare de ses rivales, Pistoia, Arezzo, Montepulciano, Volterra, et la plus emblématique d'entre elles, Pise en 1401, dont le port contrôlait le ravitaillement et le négoce de la région. S'arrogeant peu à peu une grande partie de la Toscane, Florence répond désormais à l'appellation de cité-État. Son *contado* originel, qui regroupait quelques communes rurales autour de ses remparts, s'est dilaté en une vaste contrée incorporant le Haut-Mugello et les marches montagneuses des Apennins.

Au tournant du nouveau siècle, après avoir subi une république théocratique portée par un Savonarole illuminé par son bûcher des vanités, la belle miraculée brille d'une lumière souveraine. La République, telle que les anciens l'ont conçue, pousse ses derniers feux sous les coups de boutoir de Charles Quint et du pape Clément VII. L'instauration du principat en 1530, malgré la subtilité des sages qui intitulèrent le premier duc de Florence *duca della repubblica fiorentina come si chiama il doge a Venezia*[2], sonna définitivement le glas d'une épopée républicaine aussi formidable que chaotique. L'installation d'Alexandre

1. Franco Sacchetti (1332-1400), *Il libro delle rime*, 1363.
2. « Duc [chef] de la République florentine comme se nomme le doge de Venise », la référence rappelle que le duc est élu et que sa charge n'est pas héréditaire.

le Maure, fils illégitime de Laurent II de Médicis, est confirmée par une bulle impériale décrétant qu'à la mort du prince, contrairement aux volontés des sages, lui succéderont « ses fils et héritiers par ordre de primogéniture ou à défaut le plus proche de ses parents parmi les hommes de sa famille[1] ». Après un règne bref et sanglant, Alexandre est assassiné par son cousin Lorenzino, qui l'avait accusé de tyrannie. Ayant deux filles pour descendance - dont Catherine, future reine de France -, il aura été l'unique et dernier représentant de la branche aînée des Médicis à bénéficier d'un titre prestigieux. À sa mort, on fait appel à celui qui deviendra Cosme Ier. Issu de la branche cadette, celle des « *Popolano* », surnom dont elle fut affublée en raison de ses prises de position en faveur du peuple contre les patriciens, il a dû œuvrer pour faire oublier ce pedigree contestataire.

À l'instigation de Francesco Guicciardini, historien respecté doublé d'un diplomate reconnu, le jeune Cosme est donc choisi pour reprendre les rênes du pouvoir. Fils de Jean des Bandes Noires, condottiere aux faits d'armes imposants, et de Maria Salviati, son élection en 1537 à la tête de l'État florentin le place sous la garde d'hommes d'expérience et la férule de l'empereur. Intelligent et perspicace, ayant reçu de sa mère et son précepteur Pier Francesco Riccio une formation littéraire et politique étendue, il s'émancipera progressivement de ses mentors. Son mariage avec Éléonore de Tolède, fille de don Pedro Alvarez de Tolède, vice-roi de Naples, conforte son pouvoir vis-à-vis des souverainetés étrangères. La richesse de son épouse et son ascendance princière octroient au règne du nouveau prince le lustre qui lui faisait défaut. Hormis la dot conséquente apportée dans son escarcelle, Éléonore,

1. Extrait de la bulle impériale (Charles Quint) du 28 octobre 1530, officiellement proclamée le 6 juillet 1531.

en femme avisée, met sa fortune au service du patrimoine familial. D'un jugement sûr, elle investit des sommes considérables dans les zones nouvellement accaparées par Florence, rachetant des terres et des biens immobiliers. Le *palazzo* Pitti entrera dans ces acquisitions. Femme de tête et de culture, Éléonore est également une mécène de qualité : Bronzino, Pontormo, Cellini et Baccio Bandinelli comptent parmi ses favoris. Fervente catholique, elle affiche toutefois, à l'image de son époux, une certaine tolérance vis-à-vis des autres religions. En hommage à sa gouvernante Benvenida Abrabanel, riche héritière d'une famille juive napolitaine, elle protégera les communautés hébraïques de Toscane. Sa bienveillance à leur égard lui vaudra un siècle plus tard une publication élogieuse de Manassé ben Israël intitulée *Elogio di Eleonora di Toledo moglie di Cosimo I, protettrice degli Ebrei toscani*[1].

Initialement installé au *palazzo* Medici-Riccardi, *via* Larga, le couple prend possession du *palazzo* Vecchio, ancien palais de la Seigneurie, affirmant ainsi l'emprise ducale. La naissance de leur fille Marie en 1540 est suivie un an plus tard de celle de leur premier fils, Francesco. Sept autres enfants compléteront cette fratrie, assurant ainsi à Cosme la légitimité dynastique dont son prédécesseur a été si durement privé. Seule manquait à son pouvoir l'assise militaire. Dans la continuité de la tradition expansionniste républicaine, le duc profite d'un conflit entre Charles Quint et la république de Sienne pour avancer ses pions. Fin stratège, il apporte son aide au premier pour s'emparer de la seconde. Cet ajout primordial qui, en 1555, double de superficie les conquêtes florentines, lui confère une stature enviée des principautés rivales. L'appui financier de sa femme qui contribue, pour la somme colossale

1. « Éloge en l'honneur d'Éléonore de Tolède, épouse de Cosme Ier, protectrice des juifs de Toscane ».

de 150 000 écus, à rembourser les dettes de cette magnifique mais coûteuse expédition, se révèle essentiel. Toute sa vie, Éléonore secondera son mari, l'accompagnant dans ses déplacements, facilitant le très lucratif commerce du grain avec Naples, l'aidant grâce à ses relations privilégiées avec l'Espagne à obtenir la restitution des forteresses de Florence maintenues, au grand dam de la fière cité, sous le patronage de Charles Quint.

Dès lors, l'obsession de Cosme sera d'échapper aux tutelles extérieures. Le prince n'oublie pas qu'il a été porté sur le trône par une élection. Sa qualité de duc n'a pas été héritée mais concédée par l'empereur. Si les textes certifient que sa progéniture mâle héritera du titre, son statut reste précaire aux yeux de ses rivaux. Il se méfie des Este, présentés selon Le Tasse comme appartenant à « la glorieuse lignée du sang d'Azzio », des Gonzague et autres grandes maisons qui s'enorgueillissent d'une parenté aristocratique. Contrer ces faiblesses lui impose de réagir et de consolider son image en entreprenant de grands travaux. Il essaime des forteresses sur l'ensemble de son territoire et lance la rénovation du *palazzo* Vecchio, valorisant à travers des fresques prestigieuses les exploits de ses ancêtres.

Souhaitant, à l'image de ses aïeux, laisser une trace dans le milieu intellectuel, il signe en 1541 les statuts de la toute nouvelle *Accademia fiorentina* et rend publique la *Biblioteca Medicea Laurenziana* qu'il enrichit de nombreux manuscrits commandés à ses ambassadeurs au fil de leurs missions. Sur le plan économique, il appuie par goût personnel la technique de la *pietra dura* pour la fabrication d'objets d'art exportés dans toute l'Italie et développe grâce à l'expertise de spécialistes venus des Flandres l'une des manufactures de tapisseries les plus estimées d'Europe.

« Cosme Ier aime les bijoux, les statues, les médailles antiques. Il en fait grand étalage et dépense beaucoup pour en acquérir, ce qui lui vaudra de rester éternellement dans les mémoires[1]. » De retour à Venise, l'ambassadeur Vincenzo Fedeli exprime avec enthousiasme un sentiment partagé par nombre de ses contemporains. Cependant, derrière cette façade étincelante se dessine un autre souverain : un prince justicier de plus en plus autoritaire et répressif, qui punit sévèrement les crimes de lèse-majesté, un prince législateur soucieux du bon ordre de sa ville, cherchant à limiter le recours aux tueurs à gages et les violences physiques, un prince protecteur aussi qui cherche à renforcer les bases de son *dominio*[2]. Soutenu par une administration omniprésente qu'il a contribué à amplifier via la multiplication des charges d'auditeurs, de provéditeurs, de secrétaires et de conseillers, Cosme intensifie son système de contrôle. Quelques milliers d'agents essaiment le pays pour surveiller la bonne application des lois et s'assurer que la manne fiscale ne s'éparpille pas au-delà des frontières.

Main de fer dans un gant de velours, oscillant entre autoritarisme et paternalisme, il dirige avec sagacité une mosaïque de cités toujours prêtes à se révolter. Entouré d'une garde rapprochée réunie au sein d'un conseil restreint dont Jacopo Polverini et Lelio Torelli sont les membres les plus réputés, ses interventions personnelles s'intensifient. Ayant la haute main sur l'*Otto di Guardia*, juridiction en charge de la criminalité et de la justice politique, il est présent sur tous les fronts. Les observateurs étrangers sont médusés par la transformation qui s'opère en quelques années. La *libertas fiorentina* a définitivement changé de nature ! Si l'État toscan est libre de toute main-

1. Extrait de *Relazioni degli ambasciatori Veneti al senato*, Cambridge University Press, 2012, cité dans Jean Bouvier (dir.), *Florence et la Toscane, XIVe-XIXe siècles*, PUR, 2015.

2. Agrégation d'entités et de territoires sur lesquels Florence au fil des siècles a étendu son pouvoir.

mise étrangère à la différence de Ferrare toujours sous férule papale, il est désormais soumis au bon vouloir du prince. Le lien d'obéissance l'emporte sur les avantages citoyens si chèrement acquis. Les Florentins le savent et l'acceptent. La paix et la sécurité réclament des sacrifices. La *Florentia* d'antan si prompte à se rebeller et à défendre ses droits plie face à l'inéluctable. Dorénavant, « son vol sur terre et sur mer » est régi par les vents médicéens qui sèment sur leur passage les plus beaux joyaux de la création humaine. Une cité brillante et remuante que Bianca découvre dans un mélange de fascination et d'appréhension.

Chapitre 10

Le désenchantement

Ainsi, passant parfois de la haine à l'amour,
De honte, de plaisir abreuvés tour à tour
Ces amants égarés et jouets d'un caprice
Rampent sans murmurer au bord du précipice

Torquato Tasso, dit Le Tasse,
La Jérusalem délivrée.

Au milieu de la partie sud de la *piazza* San Marco, non loin de la *via* Larga, se dresse une petite bâtisse sans prétention devant laquelle s'immobilisent deux silhouettes épuisées par la longue route qui les a menées de Venise à Florence. Le plaisir que Pietro éprouve à revoir sa famille disparaît sous le regard dubitatif de Bianca. Son instinct réveille en elle des sensations jusque-là refoulées. Les propos de sa belle-mère lui reviennent en mémoire. L'homme qu'elle aime n'est-il qu'un flagorneur ? Toutes ces belles promesses laissant présager une vie meilleure sont-elles des leurres habilement utilisés par Pietro pour lui cacher une réalité nettement plus sordide ? Jusqu'à présent, elle flottait dans une sorte de mirage qui l'aidait à supporter la brutalité de son départ et la rudesse du cheminement imposé par leur fuite. À cet instant précis, fixant la façade légèrement décrépite qui lui servira de refuge, elle ressent une colère froide. Son visage se crispe, ses lèvres tremblent. Comment Pietro a-t-il pu lui taire cette vérité ? Un mensonge de plus, cette fois par omission. Silencieuse, oscillant entre fureur et douleur, elle se fige, incapable d'avancer, comme si l'idée de pousser ce portail vermoulu consistait à forcer les portes de l'enfer !

Le soir tombe, accordant à ces cœurs inquiets l'anonymat dont ils ont tant besoin. Leurs traits s'estompent et leurs regards s'évitent. Celui de Pietro est dur et sans concession. Il frappe discrètement sur le panneau de bois, une fois, puis deux. Le battant s'ouvre, son père se récrie devant ce fils prodigue qu'il n'a pas vu depuis un an. Il le croit à Venise, quelle n'est pas sa surprise ! Vivement, les jouvenceaux, sans même le saluer, se faufilent dans l'entrée. Cette célérité discourtoise étonne *ser* Zanobi qui n'a aucune idée de leur condition. Il observe avec une curiosité bienveillante la jeune femme dont le ravissant visage s'éclaire d'un pâle sourire. Que signifie leur présence à cette heure tardive ? D'où viennent-ils ? Pourquoi ne l'a-t-on pas prévenu de leur arrivée ? Les questions pleuvent et restent sans réponse. L'émotion étreint Pietro qui ne sait comment débuter son récit. La tristesse ôte à Bianca toute velléité de s'exprimer. Hormis une révérence gracieuse et un léger hochement de tête, elle se mure dans un mutisme protecteur. Les sanglots retenus la font vaciller. On lui tend une chaise près de la fenêtre. Masquant sa détresse sous l'effet d'une fatigue passagère, elle noie son regard dans la nuit. Pitoyable naufragée sans rivage, elle laisse dériver son âme sur les flots acides de ses ressentiments. Elle vit sa déception comme une trahison. La légère craquelure ressentie à Venise creuse son sillon avec plus de véhémence. La perfection de ses premiers émois s'émousse. Bianca réfrène sa rancune pour ne pas sombrer dans le désespoir.

Une semaine après l'apparition des fugitifs, dans une ambiance pesante, *ser* Zanobi dresse un plan de bataille susceptible de résoudre la position périlleuse dans laquelle son fils se trouve acculé. Homme faible d'apparence, il démontre un sang-froid inattendu. La moindre dénonciation peut avoir de lourdes conséquences pour les siens. Le système de renseignements bien structuré sous la ferme poigne du duc Cosme est d'une efficacité redoutable. Grâce à sa profession de notaire, *ser* Zanobi connaît tous les rouages d'une administration tatillonne particulièrement attentive au respect des règles. Réagissant avec une rapidité surprenante pour une personnalité plus habituée à traiter des dossiers qu'à échafauder des stratégies, il décide de légaliser sans attendre le lien entre Pietro et Bianca. Les réseaux juridiques entretenus dans les milieux religieux et politiques lui sont d'une aide précieuse. Son amitié avec l'un des moines de l'abbaye San Marco, située à quelques mètres de son domicile, l'affranchit d'une démarche plus protocolaire auprès des Pères de l'Église. Avec l'aide des clercs de son étude en lesquels il a une entière confiance, il obtient les passe-droits nécessaires pour unir devant témoins les amants insoumis.

À la nuit tombée, profitant du climat hivernal qui n'encourage guère aux sorties nocturnes, les Bonaventuri, père et fils, accompagnés d'une Bianca fantomatique, se coulent dans la petite chapelle attenante au monastère. La cérémonie sera brève : un échange d'anneaux, des serments qui scellent le sacrement du mariage, une bénédiction nuptiale et des félicitations chuchotées à la hâte. L'amour triomphe certes, mais honteusement, dans une clandestinité morose. Ces noces accomplies selon les rites s'enveloppent d'un nuage de mélancolie. La sensation d'un bonheur sans partage aurait dû égayer les jeunes mariés. À l'inverse, leur humeur cède au désenchantement. Après avoir vécu tant d'aventures hors de toute convention, voyagé sans entraves hormis celles imposées par la nécessité de se dissimuler, volé d'une ville à l'autre, tels des oiseaux furtifs, ils se retrouvent piégés dans une cage sans éclat dont les portes se referment lentement sur leurs égarements.

L'esprit rationnel de *ser* Zanobi ne s'arrête pas aux considérations sentimentales. La réaction des époux à l'issue d'une célébration apathique ne trouble pas sa conscience. Le comportement immoral de son fils, l'inconscience de sa belle-fille, l'illégalité de leur état suffisent à lui retirer toute indulgence. Soucieux de la loi et de ses obligations, il investit sa volonté dans l'observation des règles, la mansuétude n'entre pas dans ses priorités. L'étape matrimoniale franchie, il tend toute son énergie vers un autre obstacle, plus délicat et incertain. Pietro est florentin, son appartenance à la cité ne peut être contestée. En revanche, Bianca est vénitienne donc étrangère. De surcroît, tous deux sont considérés comme hors-la-loi par la Sérénissime, une condamnation qu'il sera difficile de faire lever. Activant ses relations avec dextérité, glissant une parole à l'un, offrant ses services à l'autre, *ser* Zanobi s'insinue méthodiquement dans les méandres d'un pouvoir médicéen d'autant plus complexe qu'il est en pleine mutation.

À l'orée de l'année 1564, Florence vibre de confidences contradictoires concernant la future abdication de Cosme Ier. Le duc, au faîte de sa puissance, semble las. À l'instar de son ancêtre Cosme l'Ancien, qui avait choisi à la fin de sa vie de se soustraire à ses obligations politiques, il se déleste progressivement du pouvoir. Les tragédies familiales qui l'ont récemment accablé expliquent en partie cette décision. Sa fille aînée Marie meurt de la tuberculose en 1557, à l'âge de dix-sept ans. En avril 1561, sa cadette, Lucrèce, épouse éphémère d'Alphonse II d'Este, s'éteint à son tour.

À l'automne 1562, la mort, cette faucheuse impitoyable, poursuit son œuvre, décimant les êtres qui lui sont les plus chers. Contrairement aux récits colportés par les médisants qui se repaissent du malheur des autres et dont les affabulations plaisent tant aux romanciers, le drame effroyable dont Cosme se remit si difficilement ne fut pas une lutte assassine entre deux frères. Ni la vindicte d'un père envers un fils fratricide. Les faits sont plus prosaïques et douloureux : en allant chasser en famille dans la Maremme[1], zone giboyeuse et marécageuse, deux des enfants, Giovanni et Garzia, âgés respectivement de dix-neuf et quinze ans ont contracté une forte fièvre. Le premier, cardinal malgré son jeune âge, est en charge de l'archidiocèse de Pise. Le second voué à la carrière militaire a reçu le titre de commandant suprême des galères de Toscane. Tous deux sont promis à un bel avenir. Hélas, le destin ne se montre guère compatissant. L'aîné ne résiste pas aux symptômes de la malaria et décède à Livourne en novembre 1562, suivi à courte échéance par son jeune frère, le 6 décembre. Leur mère Éléonore, dévastée par le chagrin, rongée par une phtisie aggravée d'une fièvre des marais, disparaît quelques semaines plus tard à Pise.

Ces pertes soudaines et cumulées plongent le duc dans une neurasthénie qui l'incite à s'alléger d'une partie de ses prérogatives. Sa force de caractère, son autoritarisme tranchant et souvent brutal s'amenuisent. S'il demeure un homme d'État sûr de lui et de ses privilèges, s'il maîtrise les querelles intestines de son *dominio* et reçoit toujours les rapports diplomatiques de ses ambassadeurs, ces deuils répétés le poussent vers des intérêts plus éloignés des intrigues de cour. Sa foi se ravive, il envisage de se replier

1. Vaste zone située en Toscane au sud-ouest de Florence, s'étendant le long de la côte tyrrhénienne et jusqu'au nord du Latium.

au couvent San Marco où une cellule lui est réservée. Pour autant, ce détachement apparent ne l'exempte pas de toute vanité. Il maintient un rêve de grandeur auquel il consacre toute son énergie. Avec l'un de ses conseillers, Bartolomeo Concini, Cosme bataille assidûment auprès de l'empereur du Saint-Empire, Ferdinand Ier, du roi Philippe II d'Espagne et du pape Pie IV pour obtenir – enfin ! – le titre de grand-duc. Par orgueil sans nul doute, par calcul aussi, il tient à se hisser au niveau des monarchies européennes. En attendant que ce vœu caressé depuis longtemps devienne tangible, il a décidé de remettre progressivement les rênes de son État aux mains de son fils aîné, le sombre et énigmatique Francesco de Médicis.

Le prince héritier intrigue. Il est toujours vêtu de noir, selon la stricte mode espagnole. Son apparence austère tend à occulter ses penchants épicuriens. D'un tempérament distant, il diffuse une aura de mystère. Son excellente formation le prépare à sa nouvelle charge. Hormis sa langue natale, il parle l'espagnol, le français et l'allemand. Habile en latin et en grec, il a reçu une éducation humaniste à la fois littéraire et scientifique. Ses dispositions le portent vers les sciences de la terre, l'étude des plantes, l'analyse de leur composition chimique. Élevé dans l'ombre de son père, il tente de se libérer de sa tutelle en se lançant dans une vie de plaisirs, fréquentant un milieu interlope et refusant toute escorte pour ses virées nocturnes – ce qui en ces temps incertains s'avère particulièrement hasardeux. Pour calmer les ardeurs juvéniles de son fils, Cosme lui confie des missions diplomatiques. Il l'envoie à Lucques, à Ferrare, puis à Rome, où le pape Pie IV accepte d'élever son jeune frère Ferdinand, âgé de quatorze ans, à la dignité cardinalice – charge occupée précédemment par l'infortuné Giovanni. Tous ces déplacements le préparent à ses futures responsabilités, sans toutefois le détourner de ses inclinations pour le jeu et la luxure.

L'Espagne étant un passage obligé pour un prince bien éduqué, il s'y rend en mai 1562, entouré d'une suite impressionnante composée de son secrétaire Antonio Serguidi, de son ami Buontalenti, l'artiste aux innombrables talents, ainsi que de nombreux nobles florentins, écuyers et valets. Ce cortège princier flatte l'orgueil de Francesco, qui se doit de défendre son rang d'héritier. Par considération pour le monarque le plus puissant d'Europe qui réunit - en toute simplicité - les titres de roi des Espagnes et du Portugal, roi de Naples et de Sicile, duc de Bourgogne et de Milan, il transporte dans ses bagages de somptueux cadeaux. Une manœuvre toute médicéenne visant à rappeler que la fortune familiale n'est pas une chimère et dont l'objectif moins avouable est de ternir l'étoile des ducs de Ferrare bien en cour auprès des Habsbourg.

Philippe II, roi très catholique, impose à son entourage une étiquette stricte. Francesco doit s'y plier. Malgré ses aptitudes à la dissipation, il se montre déférent envers l'autorité légitime et accepte de limiter ses débordements. L'excès de religion lui semble pesant. L'omniprésence des représentants de la sainte Inquisition le hérisse. Leur intolérance et leur hypocrisie vont à l'encontre de ses principes. Toute sa vie, il tentera de limiter l'influence de cette menaçante institution. Malgré ces quelques réticences qu'il partage avec ses intimes, son comportement de façade, affable et raffiné, le fait apprécier de tous. La reine lui prête une oreille compréhensive et se propose de plaider sa cause en vue d'un mariage de haute lignée. En revanche, de titre grand-ducal il n'est nullement question ! Le roi ne tient pas à se mettre en délicatesse avec les autres principautés italiennes.

Après dix-huit mois d'une présence assidue à Madrid, Francesco est rappelé par son père. Sa longue ambassade n'a pas été vaine. Le jeune prince s'est constitué un réseau solide parmi la pléthorique lignée hispano-germanique de la maison de Habsbourg. À ce résultat prometteur s'ajoute la récompense ultime : avant son départ, le monarque s'est engagé à favoriser l'union royale tant attendue. Le cousin de Philippe II, Ferdinand Ier d'Autriche, est le géniteur de quatorze enfants dont onze filles. Il semble envisageable de puiser dans ce vivier...

De toutes ces tractations politico-diplomatiques qui nourrissent les conversations de *ser* Zanobi et de ses amis juristes, exaltés par ces rumeurs de mariage, Bianca n'a cure. L'instant présent lui suffit amplement, or, depuis son arrivée à Florence, son sort n'est guère réjouissant. Victime de son statut de réfugiée, elle est forcée de vivre en recluse. Prisonnière d'un logis certes honorable, mais fort modeste, elle goûte le fruit amer de la désillusion. Comme une fleur qui se fane et dont les pétales se détachent délicatement de leur corolle, ses rêves s'étiolent dans les nuits froides de ce mois de février. Le chevalier sans peur qui l'a arrachée à une destinée sans joie ni avenir a perdu de son charisme. Le courage de Pietro en affrontant les interdits et son abnégation face aux risques générés par son enlèvement avaient effacé toutes ses faiblesses. Depuis, ses défauts se révèlent peu à peu. Le héros perd de son lustre. Si l'amour qu'elle lui porte est sincère, le fossé se creuse entre ses aspirations et sa médiocre condition. La confusion des sentiments n'augure pas d'une félicité éternelle pour le jeune couple. La réalité est souvent cruelle. Bianca en fait le pénible apprentissage.

De son côté, Pietro s'affaire en toute discrétion. Il renoue avec quelques-uns de ses anciens compagnons. Certains de ses amis évoluent dans le cercle restreint des courtisans en vogue. Flattant ceux qui sont les mieux placés dans l'entourage du duc, il compte sur leurs recommandations pour solliciter un entretien. L'optimisme débordant qu'il déploie peut paraître surprenant. L'écho de ses frasques vénitiennes s'est répandu dans les hautes sphères florentines, nul ne sait comment Cosme Ier interprétera le décret publié par les Dix. Le risque encouru peut s'avérer fatal. Se fier au bon vouloir des puissants présage rarement d'une issue positive. Joueur de nature, Pietro lance ses dés en priant que les numéros gagnants le libèrent de son isolement. Le pari engagé, qui s'ajoute aux tractations menées en sous-main par son père, reçoit un bon accueil. Le duc est un prince conciliant dans la mesure où son autorité n'est pas contestée. Autocrate s'appuyant sur des institutions républicaines plus fictives que réelles, il se targue d'appartenir à la mouvance humaniste, affectant une attitude paternaliste appréciée de ses sujets. Dès lors, la supplique de Pietro a quelques chances d'aboutir. Il suffit d'un peu de patience et de pondération.

Pendant que son mari s'autorise des sorties nocturnes dans l'attente du sauf-conduit nécessaire à son élargissement, Bianca se plie à des travaux domestiques dont son existence passée l'avait totalement exemptée. Secondée par une petite bonne volubile et agile, elle passe l'essentiel de ses journées à s'assurer de l'ordonnancement de son intérieur, s'adonnant à ses heures perdues à la tapisserie. Son train de vie d'antan n'est plus qu'un songe dont elle s'éloigne sans acrimonie. Son irritation des premiers jours s'est adoucie. Elle se résigne, rassurée, malgré ses déconvenues, d'être désormais l'épouse légitime de Pietro. Bien que son rang social ait régressé, son rôle de femme mariée la place sur un terrain plus acceptable aux yeux de la société.

L'apaisement qu'elle ressent n'est pas contraire à son tempérament. Malgré la flamme sensuelle qui s'est déclarée depuis ses lectures licencieuses, Bianca apprécie le calme et se complaît dans la régularité. Le voyage romanesque imposé par les circonstances lui a apporté ce brin de folie que son rythme de jeune fille sage ne lui a jamais accordé. Elle ne regrette pas d'avoir traversé ces épisodes tumultueux, mais en ce jour de février, sec et lumineux, elle aspire à plus de tranquillité. Le visage penché sur son ouvrage, elle fredonne doucement. Sans partager cette nouvelle avec son entourage, Bianca n'a plus aucun doute sur son état. Elle devine qu'elle affrontera dans quelques mois un épisode féminin considéré à son époque comme l'un des plus précieux, des plus mystérieux et des plus sacrés. Celui de l'enfantement...

Sous le toit de l'humble demeure de *ser* Zanobi, chacun se blottit dans la nasse de ses pensées. Seules les préoccupations d'ordre matériel les extraient de leur torpeur et animent leurs conversations. Les revenus tirés de la petite ferme située au nord du *contado* rapportent peu. Les émoluments versés par l'étude de notaire sont assez faibles. La dot de Bianca a fondu depuis leur départ de Venise, les sommes allouées si généreusement par le malchanceux Giambattista se sont taries. Pietro peut difficilement se présenter à un courtier ou un marchand en postulant pour une fonction de clerc. Son passé ne plaide pas en sa faveur, son avenir est compromis. La seule personne qui pourrait l'arracher à ses chaînes se trouve au plus haut de la pyramide du pouvoir. Comment le côtoyer, par quels arguments fléchir sa décision ? L'attente paraît longue et usante. Certains bruits colportés par les contacts de Pietro ou de son père semblent apporter une réponse décisive à leurs tourments. D'autres au contraire sont plus pessimistes, laissant entrevoir de longs mois d'incertitude.

Fin mars, alors que les esprits se préparent à un printemps sans joie, l'annonce tombe comme un couperet. Le cabinet du secrétaire particulier de Cosme Ier fait savoir à la famille Bonaventuri qu'elle sera reçue pour une brève rencontre. Tous les membres sont attendus, le père et les époux. Bianca s'affole à l'idée de se rendre en audience. Ses robes sont fanées, sa chevelure sans apprêt. Son long périple au grand air a hâlé son teint, elle se croit enlaidie.

Elle ne sait rien de la mode florentine, ni des coutumes en usage, encore moins du protocole exigé par la cour. Elle excelle en vénitien mais ne maîtrise pas l'idiome florentin. Bien qu'elle puisse lire les poèmes de Dante ou de Pétrarque, elle se sent gauche dans ses expressions. Pietro la rassure et épuise ses dernières économies pour lui trouver les vêtements adéquats ainsi que les petites mains susceptibles d'imaginer une coiffure en accord avec les mœurs patriciennes. Le jour du rendez-vous, une voiture à cheval se présente à leur porte. Louée pour l'occasion, elle entraîne dans un claquement de sabots aux échos dissonants un trio aux personnalités éclectiques : un notaire vêtu de noir, raide et apeuré, un faux gentilhomme à la mine altière, une ravissante jeune femme dont le destin va connaître un bouleversement qui marquera l'histoire de l'insatiable *Florentia*.

Chapitre 11

La clémence d'un prince

Un Prince doit se faire une réputation de bonté, de clémence, de pitié, de loyauté et de justice ; il doit d'ailleurs avoir toutes ces bonnes qualités, mais rester assez maître de soi pour en déployer de contraires lorsque cela est expédient.

Nicolas Machiavel, *Le Prince.*

Dans la voiture qui les mène au *palazzo* Vecchio, Pietro et Bianca sont silencieux. Le père les informe des différentes étapes de leur rendez-vous. Il connaît les usages d'un protocole minutieux et veut éviter toute incartade malencontreuse. En passant devant le Bargello, tous trois se raidissent. Cet édifice construit au XIIIe siècle telle une forteresse, ayant autrefois abrité le Conseil de justice, est devenu une prison dont la réputation fait frémir. Combien d'exécutions ont été perpétrées dans sa cour, combien de prisonniers croupissent dans ses geôles ? Lorenzo Corboli en est le maître. Secrétaire des *Otto di Guardia*, magistrature en charge de la police et des affaires pénales, l'homme est redouté. Cruel et sanguinaire selon certains, il est préférable de ne pas tomber entre ses mains. *Ser* Zanobi a eu l'occasion de le rencontrer et le décrit comme un être d'apparence menaçante, au cœur dur et à l'âme sournoise. Bianca ne peut imaginer que cet individu à la réputation sulfureuse lui sera un jour redevable...

En atteignant le palais, la jeune Vénitienne contemple l'imposante tour d'Arnolfo, nommée ainsi en mémoire de l'architecte Arnolfo di Cambio qui l'a conçue. Sur la façade donnant sur la *piazza* della Signoria, sous les arcs supérieurs, une série de blasons rappellent l'histoire mouvementée de la cité. *Ser* Zanobi explique à sa bru les symboles qui y sont rattachés : le lien de Florence avec la Rome antique, ses traditions républicaines, la force du peuple florentin, l'emprise guelfe, et bien d'autres significations à résonance politique mettant en valeur la Toscane ou les puissances amies.

Bianca admire l'immense David qui agrémente l'entrée du palais ducal :

– Quand je pense, glisse Pietro entre ses dents, qu'il fut sculpté par Michel-Ange à la demande du gonfalonier Solderini pour représenter la détermination de la République face aux despotes...

Bianca s'esclaffe, tous deux sont secoués d'un rire nerveux. *Ser* Zanobi les foudroie du regard. Les espions du duc sont partout, une telle insinuation si elle tombe dans des oreilles ennemies pourrait être punie de lèse-majesté ! Il s'apprête à les tancer quand ils sont sommés par un garde peu amène de ne pas piétiner aux abords du palais. Munis d'un laissez-passer dûment consulté et vérifié, ils se voient octroyé le droit de pénétrer dans l'enceinte de cet édifice mythique, emblème suprême du pouvoir florentin.

Après avoir subi la vexation d'une fouille étroite, ils sont introduits dans une vaste cour ceinte d'arcades où se répercutent les allées et venues des gardes et des hôtes de moindre qualité. Une cacophonie bon enfant anime le lieu. Des idiomes aux tonalités distinctes s'entrecroisent et provoquent un bourdonnement continu qui semble doux aux oreilles de Bianca. Cette foule bigarrée l'enchante. Elle a l'impression de voyager en terre inconnue entre ces groupes aux origines les plus diverses. Des marchands venus de contrées éloignées jouxtent des artisans issus des régions limitrophes. Des juristes en toge se déplacent avec solennité en tenant le bras de personnages dont les bonnets aux formes étranges ressemblent à ceux portés par les Levantins qui frayaient sur les quais du Rialto. Un professeur entouré de ses étudiants patiente, le premier calmant avec autorité l'ardeur des seconds. Des couples de bourgeois tentent de s'arroger une dignité par la rigidité de leur maintien mais l'anxiété se lit sur leurs visages. Quelques rares paysans, intimidés par ce brouhaha incessant et la majesté des décors qui ornent les piliers, s'accroupissent le long des murs, le regard vissé au sol, tétanisés par tant d'opulence.

Bianca leur sourit et se souvient de sa propre peur quand elle se cachait dans les auberges où le moindre regard la glaçait. D'un caractère avenant, elle ne ressent aucun mépris pour les plus humbles. L'orgueil n'entre pas dans sa nature, l'aversion non plus. Aucune amertume ne vient troubler son plaisir. Elle se récrie devant la splendeur des ogives, s'extasie devant la remarquable fontaine en porphyre sur laquelle trône la gracieuse statue de bronze de Verrochio, mettant en scène un enfant jouant avec un dauphin. Ses pensées s'échappent loin de la morne et lugubre maison de son beau-père. Elle renoue avec un passé de luxe et de raffinement qui lui a tant manqué depuis son arrivée à Florence. Sans être avilissante, son existence médiocre l'entraîne dans une spirale d'habitudes qui ternit peu à peu la distinction de son éducation. Ce constat la désespère. Dans cette cour où toutes les nationalités et tous les milieux semblent se côtoyer, elle se promet de réagir contre cet enlisement qui absorbe peu à peu son esprit et ses sens.

En cet après-midi où les solliciteurs viennent en nombre réclamer la clémence du prince, le duc Cosme rêve de tranquillité et d'apaisement. Un espoir difficilement comblé, tant son emploi du temps est calculé avec précision. Sa matinée a été épuisante. Réveillé tôt, il s'est entretenu avec son fidèle secrétaire Lelio Torelli, un juriste de grand talent qui excelle dans l'interprétation du *Corpus juris civilis*, savante compilation du droit romain classique. Ensemble, ils ont parcouru les affaires juridiques et criminelles. Puis d'autres collaborateurs les ont rejoints pour consulter et régler les difficultés en cours, qu'elles soient internes à la Toscane ou d'ordre diplomatique. Ce petit nombre de spécialistes appartient à la *Pratica segreta*, cabinet restreint institué par le duc dès 1547 pour traiter les sujets les plus sensibles. S'est ensuivi un interminable défilé de personnalités, ambassadeurs ou étrangers de haut rang, membres des corps constitués florentins ou issus des cités sujettes. Son déjeuner à peine achevé, il doit maintenant recevoir les citoyens plus modestes. *A priori*, leurs problèmes ne justifient pas qu'ils puissent accéder au prince. Certains de ses affidés ont tenté de réduire cette pratique qu'ils jugent désuète. Cosme les a rabroués, il tient à cette démocratie de façade. Le clientélisme est une tradition médicéenne érigée en système de pouvoir. Tous les anciens en ont profité avec habileté pour survivre et étendre leur aire d'influence. Les générations suivantes ont su s'en souvenir !

De ce mode de gouvernement, *ser* Zanobi connaît tous les rouages. Il en a usé à bon escient pour obtenir une introduction auprès du duc. Il ne sait pas, en revanche, comment sa démarche sera appréciée. Soucieux, il envisage toutes les possibilités, quand soudain son nom est prononcé. Se tournant vers ses enfants, il leur fait signe de le suivre. Bianca rectifie son châle d'une caresse furtive, tandis que Pietro agrippe son bras pour se donner une contenance. Traversant la cour d'un air faussement altier, ils accèdent à l'escalier qui mène à la salle des Cinq-Cents. Située au premier étage, cette pièce dont les dimensions pharaoniques avaient initialement pour but d'affirmer le prestige de la Seigneurie a changé de tonalité depuis l'acquisition du palais par le prince régnant. Dès son installation au *palazzo* Vecchio, le duc a décidé de transformer l'édifice pour qu'il soit au diapason de la gloire médicéenne. Sous la direction de Vasari, l'ancienne *sala del Consiglio* où Léonard de Vinci et Michel-Ange furent appelés à célébrer dans des fresques les succès de la République, a été entièrement rénovée. Les peintures précédentes ont disparu sous une série de tableaux muraux retraçant les victoires de Florence sur Pise et Sienne. Sur le plafond, dont la hauteur prodigieuse de dix-huit mètres fait tourner toutes les têtes, trente-neuf panneaux retracent les faits d'armes et les événements les plus importants de la vie de Cosme Ier. Tout cet apparat fascine les visiteurs qui répètent à l'envi l'aimable phrase prononcée au quattrocento par le pape Boniface VIII en visitant Florence : « *Voi Fiorentini siete la quintessence*[1] *!* »

En entrant dans l'immense espace dédié à la renommée médicéenne, le trio Bonaventuri se fige, ébloui par ce déploiement de splendeur. *Ser* Zanobi, le cou légèrement incliné, scrute les rangs de fonctionnaires qui entourent le duc. De son côté, Pietro balaye d'un œil vif la foule de courtisans amassée près de la fenêtre. Ni l'un, ni l'autre ne retrouve dans ces silhouettes austères ou chamarrées des figures connues. Ils se sentent perdus et déplacés dans ce cadre luxueux auquel ils ont rarement accès. Si Pietro a fréquenté des patriciens dans sa ville natale ou à Venise, il les abordait dans des lieux secrets ou mal famés, jamais dans leurs palais. L'allure de gentilhomme qu'il affiche grâce à des vêtements bien coupés se limite à ce paraître vestimentaire. Le faste, le vrai, lui a toujours échappé, contrairement à Bianca qui s'y complaît avec naturel.

1. « Vous, les Florentins, vous êtes la quintessence ! »

Elle examine les œuvres magistrales qui décorent les murs et se remplit le cœur de cette magnificence dont elle a été privée ces derniers mois. Étrangement, elle n'anticipe pas le résultat de cette entrevue tant convoitée. Pragmatique, elle se réfugie dans l'instant présent et se fie à une bonne étoile qui l'a pourtant abandonnée depuis son départ précipité de Venise.

Les noms s'égrènent, le temps s'écoule avec lenteur. Le comportement de Pietro et de son père s'en ressent. L'angoisse les étreint, ils n'osent déambuler et s'emmurent dans un mutisme qu'ils présument élégant. Alors que la fatigue mine leurs espoirs d'obtenir une issue positive à leurs déboires, ils sont happés par un chambellan qui leur ordonne avec hauteur de le suivre vers l'*udienza* où le prince les entendra. Cette longue attente semble les avoir anesthésiés. Sans en être vraiment conscients, ils se prosternent devant le trône ducal, *ser* Zanobi et son fils le corps plié en deux, tandis que Bianca plonge dans une révérence gracieuse et parfaitement maîtrisée. Cosme Ier, les traits marqués et les tempes grisonnantes, impressionne. Front plissé, lèvres serrées, sourire rare, il se dégage de sa personne une rudesse qui n'incite pas à la familiarité. Lassé de répondre à des quémandeurs sans envergure, il dévisage les nouveaux solliciteurs avec ennui. Son conseiller se penche à son oreille et lui résume les raisons de leur présence. Son attention se ravive. Il se souvient de cette affaire évoquée en conseil trois mois auparavant et ce décret rageur à l'encontre de ce dévoyé de Florentin qui avait eu l'outrecuidance d'enlever une jeune fille appartenant à l'un des clans les plus prestigieux de la Sérénissime.

Dans un soupir exaspéré, il fait signe à ses interlocuteurs de se relever. Habituellement, il n'a pas à s'intéresser aux histoires privées de ses sujets. Le courroux d'un père cherchant à venger la vertu de sa fille ne devrait pas le concerner. Cependant, comme le lui a soufflé son secrétaire personnel, il s'agit là d'un cas plus complexe. Il lui faut prendre en considération la demande d'un État dont l'influence sur l'échiquier italien et sur les mers du globe est loin d'être négligeable. Si l'offense est d'importance - outrager une noble lignée apparentée au doge est un forfait -, la réponse doit être proportionnée. Plier trop hâtivement aux exigences vénitiennes pourrait être interprété comme une faiblesse. Cet imbroglio diplomatique n'émeut pas Cosme outre mesure. Il trouvera facilement un terrain d'entente pour calmer les offensés. En revanche, que décider pour ce couple d'aventuriers dont les faces infléchies vers le sol n'offrent aucune prise à son regard ?

Les sourcils froncés, il lit la lettre tendue fermement par *ser* Zanobi. Le sang-froid de cet homme plaît à Cosme. Il n'aime pas les courtisans aux mains molles.

– Votre Altesse Sérénissime, depuis des générations, notre famille a servi la vôtre avec fidélité et déférence. Je remets le sort de mes enfants à votre magnanimité. Ayez pitié de leur jeunesse et de leur naïveté.

Se tournant vers Bianca, il la désigne avec tendresse, la décrivant comme la victime de l'inconséquence de son fils. Cette marque de compassion n'est pas innocente. Le notaire connaît les faiblesses du prince pour la gent féminine. Jusqu'à présent, ce dernier n'a pas remarqué la beauté si particulière de Bianca. Fatigué de tous ces conciliabules, préoccupé par d'autres missions plus urgentes, Cosme Ier tient à expédier cette fastidieuse conversation. Il s'apprête à émettre un avis sévère quand, à son grand étonnement, Bianca relève la tête et plonge son regard dans le sien sans effronterie mais avec détermination.

– Votre Altesse Sérénissime, en tant que citoyenne de Venise, je ne peux blâmer le jugement émis par les sages de ma patrie. Il est vrai que nous avons commis une faute grave. J'ai trahi la confiance de mon père ; j'ai déshonoré le nom des Capello en m'enfuyant avec un homme qui n'était pas encore mon mari ; j'ai humilié le Conseil des Dix en l'obligeant à se prononcer sur notre méfait. Mon ingratitude envers les dirigeants de ma cité et de mes proches mérite d'être châtiée...

En entendant ces mots, Pietro panique. S'accuser devant le prince les mènera au gibet ! L'inconscience de sa femme, la franchise de ses aveux le terrifient. Comment plaider leur cause s'ils se déclarent coupables ? Il n'a pas compris la position prise par Bianca qui attaque la première pour mieux se défendre ensuite. Cette subtilité le dépasse. Pour remédier à ce qu'il suppose être une condamnation sans appel, il se jette aux pieds du duc. Les larmes aux yeux, il implore la clémence d'une voix plaintive, tente de légitimer l'enlèvement de cette jeune patricienne par l'amour infini qu'il ressent pour elle. Il s'inspire de quelques vers de Laurent le Magnifique, lointain ancêtre de Cosme, pour révéler les raisons de son malheur, cherchant par ce stratagème à amadouer le cœur d'un homme peu porté à la complaisance. D'un ton théâtral, à la stupéfaction de tous, il déclame avec emphase :

– Si m'apparut doux le premier trait, / Si suave fut ma première blessure, / Et si au premier combat j'eus un grand bonheur, / Toute joie maintenant s'est muée en malheur[1]...

Cet aparté poétique, impromptu voire loufoque, suivi d'une glose rendue des plus confuses par la timidité de Pietro, a le mérite d'alléger l'atmosphère. Bianca exploite ce moment de grâce pour exposer les fêlures de son enfance et la terrible séquestration imposée par sa belle-mère. Le duc demeure sans voix face à ce trio étrange. Comment réagir et trancher de façon cohérente un cas aussi singulier,

1. Extrait du *Canzoniere*, suite de poèmes de Laurent de Médicis, dit le Magnifique.

qui oscille entre la tragédie antique et la bouffonnerie d'une *commedia* de Boccace ? Les péripéties vécues par Pietro et Bianca sont dignes d'un roman épique. Tous les éléments sont réunis : l'amour, la trahison, l'enlèvement, la fuite, le bannissement, la vengeance. Cette profusion de sentiments et d'événements amuse le prince. Habituellement brusque et impatient, il ne dédaigne pas l'idée d'être confronté à une certaine fantaisie. Il ne serait pas opposé à un classement de l'affaire. Reste l'épineux volet diplomatique que les sages de la lagune agitent comme un étendard.

L'audace de Bianca influence favorablement l'humeur du prince. Sensible à ses appâts dont il mesure les charmes au fil de leurs échanges, Cosme sent son inflexibilité décroître. Cette jeune femme le ravit. La rondeur de ses courbes, la finesse de sa taille, la fragilité de sa nuque, la modestie et l'élégance de son maintien le subjuguent. Est-ce l'affection paternelle qui l'incite à l'indulgence ou la fascination que tout homme éprouve devant un corps attirant ? Serait-ce aussi la prise de position ferme et courageuse de Bianca, qui n'a pas hésité à reconnaître ses responsabilités dans un débat qui risque de lui être fatal ? Nul ne le sait vraiment. En l'occurrence, Cosme se montre compréhensif, sans excès cependant :

– *Ser* Zanobi, déclare-t-il tout en fixant Bianca et Pietro avec sévérité. Eu égard à la fidélité que votre famille a toujours démontrée envers notre maison et compte tenu de la jeunesse des deux époux, je vous confie leur garde. Sachez que nous sommes prêts à leur accorder notre bienveillance à une condition : qu'ils restent sous votre protection et sous votre toit. Ils ne doivent sortir sous aucun prétexte tant que nous n'aurons pas résolu le litige qui nous place dans une situation délicate envers la République vénitienne. Les nobles de cet État ont été humiliés, leur honneur bafoué. La sentence qu'ils réclament est méritée. Malgré ces aspects négatifs qui sont à la défaveur des plaignants ici présents, j'ai décidé de ne pas répondre favorablement à la demande d'extradition exigée par le décret des Dix. Pietro Bonaventuri appartient à notre cité, s'il doit être jugé il le sera sur nos terres et par notre magistrature. Quant à votre belle-fille, en épouse légitime d'un Florentin, elle peut prétendre également à notre juridiction. Sachez que la moindre inflexion au respect de cette décision sera durement punie. Allez maintenant, et remerciez Dieu de vous avoir préservés d'un châtiment plus implacable.

La voix du prince se fait soudain plus douce. Tendant la main vers Bianca, agenouillée à ses pieds, il l'aide à se redresser. Tout en éloignant d'un geste autoritaire Pietro et son père, il s'incline vers elle pour lui murmurer quelques compliments. Cet intérêt inattendu pour une inconnue attise la curiosité des courtisans. Par petits groupes, ils se rapprochent du trône ducal, désireux de deviner qui se cache derrière cette gracieuse madone. Jouant des coudes, échangeant des regards avertis, ils veulent être les premiers informés d'une possible idylle. Bianca, après un ultime salut, se retourne et découvre, médusée, cet attroupement autour d'elle tel un essaim d'abeilles. Souriante sans être triomphante, la jeune Vénitienne fend la foule qui se presse sur son passage. Le bourdonnement des murmures s'amplifie devant cette ravissante apparition dont on ignore le nom. Suivie de son mari et de son beau-père, elle quitte avec une joie non dissimulée la majestueuse salle des Cinq-Cents. Dans son sillage, les suppositions vont bon train. Une nouvelle étoile va-t-elle resplendir au firmament de la constellation médicéenne ?

Chapitre 12

Un amour indomptable

Vous êtes le soleil qui me donne le jour
Et je suis le Phénix qui se brûle d'amour.

Philippe Desportes, *Œuvres.*

À la suite de la mémorable journée qui lui offrit le privilège de briller à la cour en captivant le regard de Cosme, l'astre de Bianca s'est lentement éteint. Glissant de Charybde en Scylla, elle devine que le bonheur conjugal auquel elle aspire n'est qu'un leurre. La sujétion prescrite par le duc qu'elle a d'abord considérée comme une chance s'est révélée néfaste. La perspective de se confiner dans la plus stricte intimité n'a pas eu l'effet positif escompté. Elle rêvait de partager avec Pietro la joie d'attendre leur enfant. Il s'est montré indifférent. Cette grossesse le contrarie. L'argent se fait rare et une nouvelle bouche à nourrir, selon son expression, n'est qu'un tracas supplémentaire. Cette formule que Bianca juge vulgaire la blesse dans son orgueil. Face à cet homme hargneux, elle ne retrouve plus l'être délicieux pour lequel elle a tout sacrifié. L'amant attentionné a changé, il devient exigeant, agressif, parfois méprisant. L'état de son épouse augmente ses frustrations. Loin de se montrer prévenant, il sollicite plus d'attention, requiert d'être servi. Cette conduite immature exaspère *ser* Zanobi. Ses semonces ne calment pas l'irritation de son fils. L'atmosphère de la maisonnée se révèle de plus en plus étouffante.

Les mois passent, le jour de la délivrance approche. D'un tempérament conciliant, Bianca ne s'insurge pas. Elle se persuade qu'ensuite leur couple sera plus fort, son époux plus chaleureux. Le soir, seule dans son lit, elle tremble pour lui. Malgré les interdictions du duc et les injonctions de son père, elle sait que Pietro délaisse leur foyer pour s'acoquiner la nuit avec des compagnons peu recommandables. Non seulement ces sorties nocturnes sont dangereuses mais leur influence sur son caractère est désastreuse. Peu à peu, sa vraie personnalité transparaît : un mélange de séduction et d'égoïsme, de finesse et de brutalité qui attire et révulse à la fois. *Ser* Zanobi est de plus en plus inquiet. L'appétit de son fils pour le vice l'horrifie. Il lui tient des discours de prudence qui ne reçoivent aucun écho. Bianca est encore trop innocente pour imaginer les débauches dans lesquelles se vautre son mari. Fermant les yeux sur les errements de Pietro, elle ne lui fait aucun reproche. Seule dans une ville qu'elle ne connaît pas, avec pour unique confidente la jeune bonne qui l'aide à tenir sa maison, elle se sent terriblement vulnérable.

Dès qu'elle peut échapper à ses tâches domestiques, Bianca s'assied à sa fenêtre pour humer l'air du monde et profiter de l'effervescence citadine à travers les persiennes. Elle voit de temps en temps passer de fringants cavaliers. Les écuries princières voisinent la *piazza* San Marco. Le cliquetis des fers sur les pavés, le va-et-vient ininterrompu des écuyers et palefreniers en charge des magnifiques montures aux crinières savamment tressées l'arrachent à la torpeur d'un quotidien maussade. L'élégance des chevaux l'envoûte, la puissance de leurs encolures l'effraie. L'art de l'équitation lui est totalement étranger. À Venise, où l'eau est omniprésente, les gondoles et autres barques sont plus utiles au transport que ces fougueux pur-sang. Hormis l'imposant quadrige de cuivre qui s'avance majestueusement sur la façade de la basilique San Marco tant admiré dans son enfance, son accointance avec la race équine demeure très limitée. Elle se promet d'y remédier. Selon Pietro, les dames de la bonne société florentine sont d'excellentes amazones. Elle se donnera les moyens de les imiter...

Au milieu de l'été, le 23 juillet 1564, Bianca accouche d'une petite fille prénommée Pellegrina en hommage à sa grand-mère. Sa naissance est une joie pour sa mère, une source d'amertume pour son père qui espérait un fils, une détresse pour *ser* Zanobi, qui s'épuise à soutenir sa famille. La maison ne lui appartenant pas, il assume difficilement les loyers.

Les gages de la petite servante et la nécessité de faire appel à une nourrice pour seconder la récente parturiente l'entraînent dans une spirale de dépenses qu'il n'arrive plus à garantir. Le pauvre homme ne sait comment mettre les siens à l'abri de l'indigence. Trouver une issue rapide à cette déchéance annoncée occupe toute son énergie. Une série de suppliques est envoyée au prince pour soulager Pietro des contraintes imposées et lui permettre de décrocher une place de commis suffisamment rémunératrice pour survivre. Parallèlement à ces démarches, il obtient plus de latitude pour Bianca qui peut enfin sortir sans craindre de châtiment. La colère vénitienne s'est apaisée. On soupçonne en haut lieu que toutes ces récriminations et ce décret vengeur n'ont eu d'autre but que de conserver au trésor de la Sérénissime l'héritage de Bianca. Les 6 000 ducats qui lui étaient destinés constituent un butin considérable que le *Stato del mar* dans sa grande sagesse ne tient pas à partager avec ces fantasques florentins !

Fin juillet, l'empereur du Saint-Empire, roi de Hongrie et de Bohême, Ferdinand Ier décède brutalement. Sa fille Jeanne d'Autriche est promise à Francesco de Médicis, prince héritier du duché de Toscane. L'engagement de Philippe II a porté ses fruits. Ce mariage est de la plus haute importance et l'aboutissement d'une intrigue diplomatique menée par les Médicis depuis une décennie ! Les tractations ont été longues et coûteuses. La pierre d'achoppement principale était celle de la lignée. Fraîchement introduits dans le cercle fermé des monarchies régnantes, les Médicis ne sont pas les bienvenus. Que représentent la Toscane et une dynastie de marchands aux yeux de prestigieuses royautés vieilles de plusieurs siècles ? Les défiances de caste freinent les ambitions des principautés subalternes. Cosme ne s'embarrasse pas de ces préjugés et avance ses pions. Il ne doute pas que sa fortune saura apprivoiser ses adversaires. Il s'efforce d'enjôler Philippe II, lui rappelant, si nécessaire, qu'il avait favorisé à sa demande la réouverture du concile de Trente. Pour lui complaire, il se présente désormais comme un fervent adepte de la contre-réforme. Ironie de l'histoire, le frondeur des années de jeunesse, chantre assidu d'une pensée « laïque » a cédé la place, en façade tout du moins, à un prince féru de religion inféodé à un catholicisme rigoriste !

Autrefois, Cosme s'était opposé à Sa Sainteté, Paul III, dont les positions conservatrices et dogmatiques, vis-à-vis des religions protestantes – luthériennes ou calvinistes –, allaient à l'encontre de l'esprit de tolérance professé dans les milieux lettrés. Naturellement attiré par les idées modernes, le duc a été élevé dans la mouvance des principes relayés par l'*Accademia platonica* de son ancêtre. Si cette institution a cédé la place en 1547 à l'*Accademia fiorentina*, les courants de pensée humanistes y sont toujours prégnants. Les débats novateurs, voire transgressifs de cette académie ne sont pas toujours du goût des milieux bien-pensants. Les travaux d'exégèse des textes anciens, grecs ou latins, ont ouvert les esprits à une réflexion jugée iconoclaste par une Église repliée sur ses prérogatives. En fonction des alliances qui se nouent entre les différentes puissances, Cosme modifie ses positions. Le parrainage dévolu à Tullia d'Aragona, célèbre courtisane dont l'essai *De l'infinité d'amour* prônait l'autonomie sexuelle, n'est plus de saison. Depuis que le successeur de Paul III, le pape Pie IV, lui a octroyé le droit de créer l'ordre de chevalerie de San Stefano, organisme militaro-religieux de grand prestige chargé de déloger les Barbaresques de la Méditerranée, le duc brandit avec dévotion l'oriflamme de la chrétienté.

Tous ces renoncements auxquels Cosme s'est soumis n'ont d'autre but que de renforcer sa dynastie. Son abdication, plus fictive que réelle, entre dans cette stratégie. Pour que son fils Francesco puisse prétendre à une main royale, il doit être en pleine possession des insignes de sa charge. C'est pourquoi, le 12 juin 1564, le duc lui confie solennellement les clefs de son duché. Devant une population déstabilisée par cet acte qu'elle interprète comme une capitulation, tous les dignitaires de l'État se rendent en procession au *palazzo della Sua Eccellenza* pour rendre hommage au jeune régent. Cosme est satisfait. L'édifice qu'il a construit pierre par pierre est enfin achevé. La mort inopinée de Ferdinand Ier de Habsbourg, fin juillet, va-t-elle l'ébranler ? Le duc réagit vite. Il lui faut se concilier le cabinet du nouvel empereur, Maximilien II. Sans attendre, il dépêche à Vienne Bartolomeo Concini, chargé de prendre le pouls du nouveau souverain. Ce dernier n'est pas pressé. Il souhaite reculer la date de l'hymen par respect pour son père défunt. Il tient à préserver Jeanne, sa plus jeune sœur, d'une décision précipitée.

Ce report alarme le duc. Son homme de confiance, rompu aux négociations ardues, parvient à fléchir les réserves du monarque, moyennant quelques concessions financières. Le mariage tant espéré est définitivement conclu. Dans un premier temps par procuration, en attendant la cérémonie religieuse repoussée à l'hiver 1565. L'honneur est donc sauf ! Cosme jubile. Un enthousiasme de courte durée. Le bénéfice censé le démarquer des autres principautés italiennes sera partagé : Alphonse d'Este a obtenu la main de Barbara, une des sœurs de Jeanne ! Les noces des deux princesses royales sont prévues aux mêmes dates. Initialement, l'empereur imagine des célébrations communes. La levée de boucliers de ses futurs gendres l'obligera à battre en retraite...

Francesco Ier de Médicis se plie de mauvaise grâce aux volontés de son père. Certes, il admet que cette union consacre l'extraordinaire réussite de sa famille. Elle a le mérite de lui ouvrir les portes des monarchies européennes, avec lesquelles il pourra échanger sur un quasi-pied d'égalité. Cet avantage s'accompagne d'un lourd pensum : la promise a un physique terne, un visage allongé et un nez proéminent. Les portraits qui lui sont transmis ne sont guère encourageants, les rapports des ambassadeurs peu flatteurs. Dans une cité où le paraître l'emporte sur toute autre vertu, la malheureuse Jeanne ne soulève pas la ferveur, d'autant que son éducation puritaine ne lui confère pas cette légèreté de ton tant prisée des Florentins. La politique s'encombrant rarement de considérations sentimentales ou esthétiques, l'admirable lignage de Jeanne compensera son manque d'attrait. Francesco ne l'ignore pas et doit s'en accommoder. En attendant, le jeune régent profite de sa liberté. Ses conquêtes sont nombreuses, son statut de prince et sa fortune alimentent ses fantasmes. Son père l'incite à jouir de son célibat. Lui-même, sans en avoir abusé, ne s'est pas privé de quelques incartades dont la dernière en date, Eleonora degli Albizi, de vingt-quatre ans sa cadette, l'aide à surmonter son douloureux veuvage.

Pendant que les services diplomatiques s'ébrouent en vue des fêtes nuptiales, Francesco, tout en se formant à ses nombreuses fonctions, organise des joutes équestres et des parties de chasse qui le mènent plusieurs fois par semaine vers ses écuries. Aux prémices de l'été 1565, lors d'une chevauchée matinale, traversant la *piazza* San Marco, il surprend un joli visage penché à sa fenêtre. En connaisseur, il est hypnotisé par cette douce vision, rapidement aperçue. Prédateur insatiable, il se renseigne sur les habitants de la modeste maison où, semble-t-il, habite une jeune beauté. On l'informe de son identité. Il se remémore le décret passé entre les mains de son père concernant une Vénitienne bien née, enlevée par un commis florentin. Cette histoire l'intrigue, il s'égaye à l'idée de surprendre cette aventurière sans doute peu farouche. La curiosité éprouvée pour cette inconnue capable de renoncer à tout par amour et l'émoi ressenti chaque fois qu'il l'entrevoit le confortent dans son obsession. Bien que peu enclin à la piété, il se précipite à l'église dès que Bianca s'y rend avec sa bonne pour entendre la messe. Les deux femmes s'étonnent de la présence de cette ombre solitaire confite en prières qui les frôle à leur passage.

Peu à peu, les soupirs furtifs aux pieds de la Vierge se convertissent en rencontres moins éthérées. La conversation s'engage, au début sur le parvis de la basilique, puis dans le jardin des Semplici ou sous les arcades ombragées qui longent la *piazza* San Marco. Quelquefois, leurs pas les dirigent au-delà de l'Arno, aux portes de la ville. Le prince n'avoue pas immédiatement son nom, ni son titre. Une galante mystification qui ne trompe personne. Bianca les a découverts, son entourage aussi. Les premiers échanges sont anodins, puis s'avèrent plus langoureux. Contre toute attente, Pietro en est le premier ravi. Au lieu de défendre la vertu de son épouse, il favorise ses sorties. Malgré l'indignation de son père qui se scandalise de ce libertinage, il lui laisse toute la licence nécessaire. Il n'est plus question de chaperon. La petite bonne reçoit l'ordre de laisser sa maîtresse vaquer librement à ses occupations et de seconder la nourrice en charge de la petite Pellegrina.

Bianca, loin de se prévaloir de l'indépendance qui lui est si généreusement accordée, souffre du cynisme de son mari. Comment peut-il l'abandonner ainsi à elle-même sans montrer un minimum de jalousie ? Jusqu'à présent, elle n'a consenti aucune faveur au prince, soucieuse des conventions et par respect pour la tendresse qui la lie à Pietro. À l'inverse, ce dernier n'éprouve qu'indifférence. La lente érosion de ses sentiments a débuté dès leur arrivée à Florence. Lassé de la beauté de celle qu'il avait pourtant idolâtrée, il se sent frustré de n'avoir rien obtenu de son enlèvement. Il espérait en retirer renommée et fortune, sa déception s'est transformée en animosité. Il rend sa femme responsable de tous ses maux, lui en veut de ne pas avoir contribué à son élévation. La relation que Bianca maintient avec le prince pourrait l'aider à pallier son insatisfaction. Manipulateur, il cherche à tirer les fils de cette pantomime amoureuse. L'essentiel est de la faire durer. Une liaison bien ordonnancée peut se montrer très profitable. Homme sans scrupule, il pousse sa femme à la galanterie, peu lui importe que cette fourberie la rabaisse à l'échelon d'une courtisane.

Bien éloignée des vils calculs de son époux, Bianca laisse libre cours à son inclination. Flattée d'avoir conquis l'attention du prince, elle est touchée par sa sincérité. Il ne la brusque pas. S'il souhaite la séduire, il refuse de profiter de son ascendant. D'une nature autoritaire et cassante, il se révèle doux et patient. Comment deux êtres aussi disparates – lui introverti et impérieux, elle lumineuse et affable – ont-ils pu s'éprendre l'un de l'autre ? Le charme naturel de Bianca fascine le prince, qui ressent une vive émotion dès son apparition. Les battements de son cœur s'accélèrent, ses mains frémissent, un désir violent l'envahit. La suave créature qui l'écoute avec simplicité, son regard plongé dans le sien, sans provocation ni crainte, le bouleverse. Pour la première fois, Francesco connaît les affres d'un « pur amour ». Son engouement des premiers mois se meut en folle passion.

Personne n'aurait imaginé un tel égarement. Cette flamme puissante qui s'empare des sens du prince brûle tout sur son passage. Les remontrances de son père, la désapprobation de ses conseillers, les risques diplomatiques engendrés par cet amour illicite ne sont plus audibles. L'ouragan déclenché par sa rencontre avec Bianca prend le pas sur la bienséance et les obligations liées à son rang. Cosme entreprend de détourner l'orage en écrivant des lettres rassurantes à la cour d'Autriche. De sa résidence de Pise où il séjourne dorénavant, il envoie des missives moralisatrices à son fils, le priant d'éviter de se pavaner en public avec sa nouvelle conquête, lui rappelant que sa fonction réclame de la pondération. Les allées et venues du prince à la nuit tombée l'inquiètent : *Vos sorties nocturnes sans escorte ne sont ni honorables, ni sûres, notamment quand elles deviennent une habitude. Qui sait quel mal peut résulter d'un tel comportement ?*

Ces admonestations resteront sans effet. Francesco juge qu'il prend suffisamment de précautions. S'il préfère la discrétion du soir à l'exposition du jour pour rejoindre Bianca, c'est justement pour éviter d'être vu avec elle. Cette retenue sera de courte durée. En quelques mois, décidé à ne rendre de comptes ni à son père ni à ses collaborateurs, le régent impose son aimée aux fêtes données en son palais et procure à Pietro Bonaventuri la charge de sa garde-robe. La promotion fulgurante de cet individu peu fréquentable déchaîne les critiques. La présence de Bianca n'est pas mieux acceptée. Si son apparence et son éducation correspondent aux codes patriciens, on la considère comme une paria. Elle a sali le nom de son père, trahi sa caste et fui sa patrie. Aucune personne de bonne réputation ne saurait commercer avec une telle gourgandine ! Envers et contre tous, le prince la soutient et la protège. Il la couvre de bijoux, rêve de lui offrir une résidence de qualité. La masure de *ser* Zanobi ne sera bientôt qu'un vilain songe.

En octobre 1565, Cosme exhorte son fils à se rendre dans le Tyrol. La maison impériale s'offusque de son manque d'empressement. Ne pas se déplacer pour connaître la future épouse apparaît insultant. Francesco se voit contraint de partir, l'entrevue aura lieu à Innsbruck. Entourés d'une cour nombreuse et curieuse, les deux jeunes gens se contemplent sous le poids d'un strict protocole. La dimension affective de leurs épanchements n'a laissé aucune trace, éclipsée par les chicanes financières disputées en coulisse. Chaque camp se bat pour son intérêt. Si l'empereur alloue à sa sœur une dot conséquente, les Médicis s'engagent à lui fournir une rente à vie dont le montant est loin d'être négligeable. À cette somme s'ajoutent des biens immobiliers et des bijoux de grande valeur, lesquels retourneront aux Médicis si par malheur la jeune archiduchesse était appelée à disparaître. Le contrat définitivement arrêté sera favorable aux visées germaniques. Francesco ne s'en soucie guère. Prodigue quand cela sert ses aspirations, il estime avoir rempli son rôle. En novembre, après un court séjour à Vienne auprès de son futur beau-père Maximilien II et quelques arrêts dans les vastes possessions habsbourgeoises, il revient à Florence, déterminé à promouvoir Bianca au rang de favorite en titre.

Chapitre 13

Premiers doutes

Jura, perjura, secretum prodere noli.
« Jurez, parjurez-vous, mais ne révélez rien. »

Denis Diderot, *Encyclopédie.*

Pendant que le prince caracole d'octobre à novembre dans les contrées du Nord, Bianca vit très durement les affres de la solitude. Si, les premiers temps, elle avait résisté aux avances de Francesco, limitant leurs échanges à de tendres conversations, si elle avait réussi en se cachant derrière son statut d'épouse à maintenir leur relation dans un semblant de bienséance, elle se rend à l'évidence : nul n'ignore qu'elle est devenue la maîtresse en titre du régent. Sera-t-elle une courtisane parmi d'autres ? Le doute l'envahit, ses craintes renaissent. Dévastée par l'absence de son amant, elle prend conscience de ses faiblesses. Sans l'ombre princière, elle est à la merci des pires vilenies. Commérages et railleries fusent à la cour. Ce persiflage nauséabond tend à se répandre au-delà du palais princier. Le peuple toujours avide de scandales s'empare des rumeurs qui circulent dans les rues de Florence. Quelques semaines suffiront pour que tavernes et estaminets regorgent de chansons lestes qui avilissent la réputation de Bianca. Son nom est moqué, son époux ridiculisé. Face à cette médisance, elle n'escompte aucun secours de Cosme. Il réprouve son idylle et le fait savoir. L'hypocrisie du père qui se promène ostensiblement au bras de sa jeune maîtresse tout en tenant des discours vertueux à son fils la révolte. Bien évidemment, elle ne saurait exprimer sa rancœur. Son statut de femme adultère la met en péril aux yeux de la loi. La complaisance de son mari ne pourrait la soustraire à une éventuelle sentence si la passion de Francesco s'éteignait. Consciente du danger, elle se décide à élaborer une stratégie fondée sur ses charmes. Les épreuves qu'elle a endurées depuis son enlèvement lui ont forgé une personnalité plus clairvoyante. Sa naïveté d'antan lui a été préjudiciable, elle ne commettra pas la même erreur. Sans fausse pudeur, elle calcule ses chances d'entretenir l'attraction qu'elle exerce sur l'héritier du trône.

Le calendrier n'est pas son meilleur allié. L'année se termine. La date du mariage princier fixée en décembre se rapproche inexorablement. Sans nouvelles récentes de Francesco, Bianca s'appuie sur le petit réseau de connaissances auquel son soupirant l'a confiée. Parmi ces rares soutiens se distingue le marquis Flavio di Arrazola Mondragone, un noble napolitain d'origine espagnole. Apprécié de Cosme, il avait été nommé précepteur de son fils. La relation entre l'adolescent introverti et l'exubérant Flavio avait évolué au fil du temps. Peu enclins à se morfondre dans l'étude des textes, l'élève et le maître sont devenus complices. Depuis que le prince a atteint l'âge adulte, son mentor, toujours prompt à flatter les désirs de son protégé, se plaît à faciliter ses amours dans l'espoir d'en tirer quelques bénéfices. La liaison de Bianca et Francesco n'échappe pas à la règle. Voyant le prince épris de sa belle Vénitienne, il met toute son énergie à favoriser ce nouveau penchant. Son palais situé à proximité de la *piazza* Santa Maria Novella sert d'alcôve. L'épouse du marquis joue également un rôle précieux.

Aidant Bianca dans le choix de ses toilettes, lui prêtant des rubans et autres ornements, elle lui inculque les us et coutumes de la cour florentine. Elle la prévient aussi des pièges qui la guettent.

Bianca n'est pas dupe. Le moindre signe de désintérêt à son égard sonnera le glas de cette amitié. Qu'importe ! Le destin des Mondragone dépend du bon vouloir du prince. Leur avenir et le sien, sans être liés, sont tendus vers le même objectif. La présence de ces deux personnages, dont elle ne méconnaît pas la vénalité, la rassure. Ils lui redonnent foi en ses capacités de séduction. Une force dont elle a besoin, car plus les jours passent, moins elle croit en sa réussite. Qui sait si Francesco ne succombera pas à l'innocence de Jeanne d'Autriche ou à la fascination de son ascendance ? Les ragots colportés sont contradictoires. Certains la disent contrefaite et dépourvue d'attraits. D'autres affirment que son teint est d'une fraîcheur exquise et sa chevelure d'un blond lumineux. Sur le terrain de la beauté, Bianca est certaine de sa victoire. La maternité l'a épanouie. Ses formes se sont arrondies, ses joues creusées par les privations des premiers mois ont recouvré leur plénitude. Le velouté de sa peau, la suavité de son regard l'agrémentent d'une grâce émouvante. À la fois sensuelle et prude, timide et provocante, elle déroute et ensorcelle. Son éducation patricienne lui confère une allure aristocratique qui sied mal à l'image sulfureuse d'aventurière dont elle est victime. Cet aspect contrasté de son caractère élude toute classification hâtive. Ni épouse soumise, ni courtisane rouée, Bianca n'a pas d'allégeance définie. Cette ambiguïté lui pèse. Face à l'archiduchesse d'Autriche, quels seront ses recours ?

Tandis que Bianca s'égare dans les arcanes de l'incertitude, Florence se pare de ses plus beaux atours. Au printemps dernier, à l'annonce officielle du mariage, tous les corps de métiers se sont activés pour ennoblir la capitale d'un lustre royal. La fontaine de Neptune sera le premier joyau des chantiers entrepris. Construite *piazza* della Signoria sous la houlette de Bartolomeo Ammannati assisté de son fidèle élève Giambologna, l'auguste bassin ne sera pas du goût des Florentins. L'immense effigie sculptée en marbre blanc, censée symboliser la puissance maritime de la Toscane sera affublée du surnom peu élogieux de « *Biancone*[1] » ! Tout en suivant l'élaboration de cette œuvre allégorique, Ammannati supervise un événement qui excite la curiosité de la population. Il s'agit ni plus ni moins que d'ériger une colonne antique provenant des thermes romains de Caracalla.

Échoué à Florence par la grâce du pape Pie IV qui en fit don à Cosme Ier, ce fût mythique a connu une histoire mouvementée. Sa taille et son poids ont nécessité une ingénieuse combinaison pour la transporter. Embarqué sur des barges, il fallut près d'un an pour qu'il atteigne le port d'Ostie. De là, remorqué par des galères afin de le préserver du piratage, il aborda les rives de Pise. Traîné pas d'énormes chariots, il mit plusieurs mois avant d'accéder à sa destination finale. À son arrivée en 1563, ce vestige monumental fut ovationné puis oublié. Grâce au dessein d'embellissement des hautes autorités, la célèbre stèle de granit trouve enfin sa place. Après bien des tergiversations et contre toute prévision, elle est élevée en juillet 1565 en l'espace d'une matinée et sans drame, au centre de la *piazza* Santa Trinita. Une statue de la victoire vient compléter l'ensemble auquel on donnera plus tardivement le nom de *Colonna della Giustizia*[2].

La fièvre industrieuse qui anime la ville en vue des noces est une torture quotidienne pour Bianca. Elle ne

1. La statue de Neptune était considérée comme « trop blanche ».
2. « Colonne de la justice ».

peut esquiver les conversations qui encensent les préparatifs. Toutes ces créations gigantesques ou plus discrètes ont pour unique objet de séduire la future souveraine. Cosme tient à la recevoir avec tous les honneurs dus à son rang. Il suit de près les opérations en cours et réclame à l'éminent Vasari une série de fresques pour enjoliver le *palazzo* Vecchio, où le jeune couple doit emménager. La cour d'entrée est revue d'après le style maniériste en vogue : grotesques et stucs s'infiltrent dans tous les interstices du *cortile* tandis que de délicats panneaux courent le long des murs, représentant des paysages autrichiens ainsi que quatorze villes emblématiques de la suprématie des Habsbourg. Comment Bianca pourrait-elle se prémunir de cette exaltation collective ? Les rues souvent boueuses sont nettoyées et pavées. Les places sont aérées, les abords des grands monuments redessinés. Les façades des palais s'égayent de sculptures et de peintures. Tout un monde d'artisans bourdonne d'énergie. Coups de marteau et de burin rythment la vie de la cité. Sur les bords de l'Arno, l'effervescence est à son comble ; Vasari vient de lancer un projet grandiose à la demande du duc : il doit réunir le *palazzo* Vecchio au *palazzo* Pitti par le biais d'un corridor ! Cet ouvrage long d'un kilomètre requiert de détruire un certain nombre d'édifices, d'où le vacarme permanent qui règne aux alentours.

L'idée a germé dans l'esprit de Cosme quelques années auparavant. Pour des raisons de sécurité, il souhaitait éviter de traverser en permanence le *ponte* Vecchio, l'un des rares ponts en pierre qui reliait les deux rives du fleuve. Ce passage, qui abritait des échoppes de tanneurs et de bouchers, était très fréquenté. Son exiguïté le rendait difficilement praticable, offrant peu d'échappatoires en cas d'attaque. Il soumit ses réflexions à Vasari, qui en déduisit une solution ingénieuse. Il dessina un couloir surélevé qui l'obligea à percer la sublime

« chambre verte », ancien lieu de travail d'Éléonore de Tolède. De ce bureau, situé au deuxième étage du vieux palais, on se glisse en toute discrétion dans un bâtiment étroit rehaussé de plusieurs mètres qui survole l'Arno, contourne la tour Minelli, se dresse devant l'église Santa Felicita pour venir mourir dans le jardin de Boboli au pied du *palazzo* Pitti. Une telle construction, remarquable dans sa conception, l'est aussi dans sa réalisation. Cinq mois suffisent à achever ce qui deviendra le *Corridoio Vasariano*.

À son retour, Francesco Ier de Médicis n'a pas sillonné les rues de sa ville. Il s'est précipité chez sa maîtresse. Il ne la quitte plus, déambule avec elle de façon ostentatoire. Bianca, rassurée par ce regain de passion, tente de tempérer son ardeur. Elle se méfie de Cosme et de son influence sur les décisions prises par l'omnipotent cabinet secret :

– Mon prince, je vous en conjure, n'allons pas dans ces rues infestées de poussière. Ces bruits de pioches et de marteaux me donnent la migraine. Ne sommes-nous pas au calme ici, dans vos jardins, loin de cette folle agitation ?

Francesco la fixe d'un regard attendri, il ne se lasse pas de la contempler et s'émeut de sa délicatesse :

– Bianca, mon ange vénitien, cette séparation a été une véritable épreuve. Je ne pensais qu'à vous, ne rêvais que de vous... Rien ne doit plus nous séparer. Vous êtes restée si longtemps seule ! Ces sorties dans la cité nous seront bénéfiques. Peu m'importe les commérages et la désapprobation de mon entourage.

– Votre mariage...

Le prince la coupe d'une voix rageuse. Bianca pâlit. Les sautes d'humeur de son amant l'effraient :

– Ne me parlez pas de ce mariage ! Mon père m'y a forcé, l'avenir de ma dynastie m'y oblige. Ma future épouse aura pour tâche de me donner un héritier, je la respecterai, mais vous, vous serez la seule à être aimée !

N'osant insister, Bianca détourne le cours de la conversation. Si le régent s'estime seul maître à bord de son État, elle devine qu'il ne peut se moquer des conventions. L'alliance avec les Habsbourg, sans être vitale à la Toscane, est un atout majeur pour renforcer le socle médicéen. Éviter de se montrer serait une sage démarche. Prenant la main de son amant, elle l'attire à lui. En l'emprisonnant dans ses bras, elle empêche le prince de vouer leur histoire à la calomnie.

Les conseillers de Francesco sont consternés pas son manque d'implication dans les changements survenus. Ce prince si féru d'architecture ne daigne pas se pencher sur les plans urbanistiques. Pendant son absence, des missives lui ont été régulièrement transmises pour l'informer de l'avancée des travaux. Le peu d'échos suscité par ces rapports inquiète Cosme. Il aimerait que son fils le libère des tâches de supervision. Selon la loi, il lui revient de fixer le cap de la politique à suivre. Une prérogative que le jeune régent délègue à ses subordonnés. La posture extravagante du prince, son indifférence aux réactions hostiles générées par son comportement sont contraires à sa nature. Habituellement sensible à l'image qu'il renvoie à ses sujets, il devient insouciant. De tous les fils de Cosme, il est le plus complexe, le plus insaisissable. Il aime se confiner des heures durant dans son bureau, tourmenté par ses recherches sur les mystères de la matière. Longtemps il s'est désintéressé du pouvoir, l'autoritarisme de Cosme lui concédant initialement peu de place pour s'affirmer. Depuis que la régence lui a été confiée, il se plie aux exigences de sa charge par devoir plutôt que par ambition. Il n'a pas hérité de cette soif de tout maîtriser, de tout décider. S'il poursuit les grandes orientations de son père dont la tutelle pesante l'étouffe, les désaccords ne manquent pas. Le duc lui reproche de ne pas être à l'écoute de ses sujets, de ne pas maintenir avec ses solliciteurs le rapport paternaliste que lui-même a instauré. Ce mélange de sévérité et de bienveillance qui a marqué le principat de Cosme n'est pas du goût de son fils. Francesco est un homme secret qui s'épanouit dans son laboratoire, loin des intrigues de la cour. Janus au double visage, il cache sous un masque austère un tempérament sensuel et obstiné.

Malgré les critiques qui fusent, Francesco ne faiblit pas. Contre la volonté de son père et celle de ses affidés, il hisse Bianca au centre de ses priorités. Peu lui importe les quolibets et les avis de modération prodigués par ses proches. L'alliance avec la maison de Habsbourg devrait le rendre plus raisonnable. Ses excès sont parvenus à Vienne et créent quelques remous. La fulgurance de sa passion déborde sur ses responsabilités de souverain. La raison d'État s'oppose à ses divagations sentimentales. Par bonheur, outre-Rhin, les aventures du prince ne provoquent pas de rupture irrémédiable. Début décembre, un cortège fastueux conduit en un lent défilé deux archiduchesses germaniques appelées à vivre en terre italienne. Selon les termes de l'accord signé l'année précédente, l'aînée, Barbara, épousera Alphonso II d'Este, Jeanne, la cadette, Francesco Ier de Médicis.

Élevées dans la stricte religion, ayant acquis un enseignement réduit, les deux sœurs sont peu préparées à l'esprit délié et cultivé dont la péninsule s'enorgueillit. Pratiquant avec difficulté la langue de leur nouvelle patrie, peu familiarisées avec les mœurs qui y prévalent, elles se réconfortent mutuellement. Leurs titres leur serviront de bouclier. L'ombre de leur frère Maximilien II les sauvera de tout outrage. L'empereur est l'un des hommes le plus puissants d'Europe. Les petites nations lui doivent respect et fidélité. Persuadées de cet avantage, les jeunes princesses se bercent d'illusion. Les princes qui les attendent en leurs palais sont loin d'être charmants. Leur ignorance du monde est émouvante. Nul ne les a prévenues des chausse-trappes d'une vie de cour constamment agitée de propos malveillants et de péripéties grivoises. Entourées de leurs dames de compagnie, épargnées du moindre incident par un détachement militaire composé d'écuyers et de fantassins aux hallebardes menaçantes, elles cheminent en toute sérénité vers leur destinée.

Une première étape dans la ville de Trente permet à l'ample procession de se reposer. Puis, sans plaintes ni larmes, les princesses se séparent. Barbara prend la direction de Ferrare, tandis que Jeanne, sous le parrainage du cardinal Charles Borromée, s'oriente vers le sud. En atteignant les marches de la Toscane, la jeune archiduchesse est accueillie par Ferdinand de Médicis. Flatté par ce mariage, le frère cadet du prince, furieux de l'impudence de son aîné qui s'exhibe sans vergogne avec sa maîtresse, a tenu à lui présenter en personne ses respectueux hommages. Sa courtoisie n'est pas exempte de calcul. Le cardinal cherche à s'assurer les bonnes grâces de sa future belle-sœur pour bâtir un lien privilégié avec la maison de Habsbourg.

– Majesté, quel honneur de vous recevoir sur nos terres ! Mon père et mon frère m'ont confié le privilège de vous familiariser avec votre nouvelle patrie. J'espère que la fatigue du voyage ne vous a pas indisposée. Sans attendre, nous irons à Prato puis nous ferons une longue halte dans notre résidence de Poggio a Caiano où ma famille vous attend avec la plus extrême impatience.

La jeune archiduchesse est heureuse d'être accompagnée de cet homme d'Église. Elle se sent plus à l'aise dans un environnement religieux qu'au sein d'une cour royale. Elle se croit laide et se méfie des regards masculins dont les jugements lui sont rarement favorables.

Chevauchant à son côté vers Poggio, Ferdinand lui décrit la villa de ses ancêtres avec force détails. Depuis Laurent le Magnifique qui en devint propriétaire en 1480 et la fit réhabiliter par le gracieux Giuliano da Sangallo, tous les Médicis y sont très attachés. Considérée comme l'une des plus belles demeures d'Italie, elle possède un charme indéfinissable. Sa forme rectangulaire, qui se déploie sur deux niveaux, perd de sa sévérité grâce au portique élégamment travaillé qui l'encercle délicatement. Dotée au centre de sa façade d'un fronton de style ionique inspiré de l'antique, elle domine la vallée de l'Ombrone. À la fois majestueuse et poétique, elle ensorcelle les visiteurs qui ont le privilège d'y être reçus. Jeanne est envoûtée par ce domaine élégant. Escortée de Ferdinand qui lui offre aimablement son bras, elle se dirige vers le duc Cosme qui sort de sa réserve pour la complimenter sur sa belle apparence. La jeune femme éprouve immédiatement une attirance filiale envers ce prince qui lui vouera jusqu'à sa mort une affection sincère. Quand Jeanne retire sa main de celle de Cosme, Francesco, le visage grave, s'avance vers elle et la salue très cérémonieusement. Cette attitude rigide déconcerte l'archiduchesse. Elle ne s'y attarde pas car don Pedro, le plus jeune de la fratrie, âgé de dix ans, se précipite pour lui réciter un petit poème de bienvenue. Par la suite, l'archiduchesse reçoit les hommages d'une longue file d'édiles avant d'être libérée par la princesse Isabelle Orsini, l'unique sœur survivante de ce clan si durement disséminé.

Chargée de s'occuper de Jeanne, Isabelle s'affaire pour rendre son séjour agréable et l'aider à surmonter un début de mélancolie. Malgré ses efforts, elle prend conscience du fossé qui les sépare. Son éducation est tellement différente de celle de Jeanne ! Elles ont très peu d'intérêts communs. L'inculture de l'archiduchesse sidère Isabelle. Contrairement aux usages, la princesse a bénéficié d'une formation intellectuelle poussée, équivalente à celle de ses frères. Hormis l'espagnol et le français, qu'elle parle couramment, elle a étudié les langues classiques. Elle lit le latin avec aisance et déchiffre le grec grâce aux leçons du philologue Piero Vettori, traducteur très respecté des tragédies d'Eschyle. Intelligente et vive, elle se passionne pour les lettres et la philosophie. Dans son palais de la *via* Larga, mis à sa disposition par son père, elle organise des débats poétiques. Sa personnalité brillante et impétueuse ravit Cosme, dont elle est très proche. Des langues vipérines ont suggéré que cette proximité avait pris la tournure d'une relation incestueuse. De simples divagations visant à salir le nom des Médicis.

Son mariage avec le prince Orsini, orchestré en 1558 par Cosme pour détourner cette puissante famille romaine d'une alliance avec la France, n'a rien de sentimental. L'époux vit l'essentiel de son temps à Rome, sa femme demeure à Florence. Le couple étant constamment séparé, Isabelle en profite pour mener une existence libre, voire libertine. Son mari ne s'élève pas contre ses incartades. Dépensier à l'excès, il s'est endetté auprès de son beau-père et peut difficilement s'édifier en moralisateur. En 1564, Cosme lui a prêté la somme faramineuse de 30 000 *scudi* contre l'autorisation de prendre pied dans le duché de Bracciano, une modique enclave territoriale appartenant aux Orsini. Grâce à ces petits arrangements familiaux, Isabelle s'organise selon son bon vouloir. Ses amitiés font l'objet de sévères critiques. Elle n'hésite pas à côtoyer Eleonora degli Albizzi, la maîtresse de son père, et pire encore, à fréquenter assidûment Bianca Capello, cette favorite honnie des pudibonds !

De ces secrets de famille, Jeanne ignore tout. La rigidité germanique ne saurait imaginer une telle légèreté de mœurs. Pour l'heure, la jeune femme se délasse dans les somptueux jardins qui courent jusqu'aux rives de l'Ombrone. Isabelle l'initie aux particularités de la propriété :

– Mon ancêtre Laurent de Médicis était un précurseur ! explique-t-elle avec fierté, soucieuse de mettre en valeur ses aïeux tout en occultant leur origine marchande. Voyez-vous, Votre Altesse, toute la conception de cette maison était à l'époque très novatrice. Les références aux merveilles de l'Antiquité, la hardiesse de mêler architecture et nature. Regardez autour de vous, n'avons-nous pas l'impression d'être aux portes du ciel ?

Dans son élan, Isabelle déclame en français quelques vers des *Bucoliques* de Virgile.

– Là, sur les bords connus de tes fleuves, près de tes fontaines sacrées, tu respireras le frais et l'ombre. Ici l'abeille d'Hybla, butinant sur les saules en fleurs qui ceignent tes champs de leur verte clôture, t'invitera souvent, par son léger murmure, à goûter le sommeil[1].

Jeanne l'écoute poliment, mais ne semble pas éblouie par cet envol poétique. Dans le hall d'entrée, cuirassée par ses dames de compagnie qui n'entendent rien à la langue italienne, elle suit la visite imposée sans l'enrichir de commentaires.

– Dans ce hall, s'enflamme Isabelle, se situe la quintessence de la peinture italienne ! Le pape Léon X, fils de Laurent le Magnifique et de Clarisse Orsini, avait alors hérité de la villa. Grand amateur d'art, il y a recruté les plus grands noms de la peinture. Pontormo, Andrea del Sarto, Franciabigio ont déposé sur ces murs les plus belles empreintes de leur génie !

Les descriptions d'Isabelle se prolongent tandis que Jeanne se tourne ostensiblement vers les terrasses, où elle aperçoit les préparatifs de chasse. Palefreniers et hommes de main courent en tous sens pour harnacher les montures. Chiens et chevaux piaffent d'impatience.

1. Virgile, *Bucoliques*, églogue 1 « Mélibée et Tityre ».

L'apparition des cavaliers et de leurs plaisantes amazones intensifie l'excitation des bêtes. Dans une cacophonie d'aboiements et de hennissements, la petite troupe se lance vers les forêts environnantes. Les terrains giboyeux de Poggio sont connus et appréciés. La jeune femme regrette de ne pas participer à ces cavalcades en plein air.

Obligée de s'en remettre au protocole, elle émet le souhait de se promener, abandonnant les fresques tant prisées d'Isabelle à leur passé. Dans les allées ombragées, la tendre lumière toscane adoucit son humeur. Elle admire les arbres centenaires qui parsèment la propriété, s'extasie devant les orangers et les citronniers dont les vasques baroques garnissent les terrasses. Sans se soucier de l'avenir, elle s'adonne à la jouissance de l'instant. Comment aurait-elle pressenti que ce paradis deviendrait le refuge préféré de Bianca Capello, cette noble Vénitienne aux mœurs décriées qui s'érigera en rivale et la poussera au désespoir ?

Chapitre 14

L'aigle impérial

Mais toujours le plaisir de douleur s'accompagne.

Pierre de Ronsard, *Sonnets.*

Tandis que les dames bénéficient d'une existence bucolique dans l'attente des noces, les princes retournent à Florence, où l'annonce du décès du pape Pie IV les prend au dépourvu. Déclarer un deuil officiel à quelques jours du mariage est inimaginable. Conseillers, diplomates et religieux se réunissent pour définir la stratégie à adopter. L'ambassadeur autrichien aimerait en référer à l'empereur mais ce dernier, resté à Vienne, ne pourra être informé avant plusieurs jours. Après de longs atermoiements et quelques oppositions émises avec componction par les représentants de l'Église, Cosme tranche : la date du mariage sera maintenue ! La sœur de Jeanne, Barbara, doit s'unir au duc Alphonse en janvier prochain. Florence ne subira pas l'humiliation de se voir devancée par Ferrare dans cette course au sang royal.

Sa décision prise, le duc s'enferme dans ses appartements avec son cabinet secret. Bien que la régence soit exercée par Francesco, il continue à s'immiscer dans les affaires de l'État, notamment quand la situation est grave, or le rappel à Dieu de Sa Sainteté Pie IV est une catastrophe !

Pour deux raisons de nature très différente. La première est d'ordre politique : Cosme entretenait d'étroites relations avec le souverain pontife. Il lui avait apporté son aide lors de la relance du concile de Trente. En retour, le pape lui avait promis son soutien dans l'obtention du titre de grand-duc. Au fil du temps, leurs liens s'étaient resserrés, le Vatican devenant un fidèle allié de l'État toscan. Cette disparition est vécue douloureusement par Cosme. À la tristesse de perdre un ami, s'ajoute la crainte de voir son *dominio* déstabilisé par l'élection d'une personnalité moins conciliante sur le trône de saint Pierre.

Le second tracas qui perturbe le prince est moins rationnel. Cosme est superstitieux, or cette date fatidique du 9 décembre correspond à quelques jours près à l'arrivée de l'archiduchesse sur le sol toscan. Une coïncidence troublante que ses sujets interpréteront comme un sombre pressentiment. Les Florentins sont perméables aux signes et se laissent facilement emporter par leur imagination. Le duc veut à tout prix éviter que sa bru n'endure ces stigmates de mauvais augure. Il se méfie aussi de cette femme qui a embrasé les sens de son fils. Quelles malices cette intrigante, son odieux époux et le clan de leurs partisans pourraient-ils propager dans les rues de la ville ? Il enrage du laxisme dont il a fait preuve envers cette Vénitienne ! Comment pouvait-il se douter que la charmante madone d'apparence si docile se transformerait en courtisane avisée ? Il aurait pu la faire emprisonner, mais il s'était contenté de lui infliger une réclusion temporaire. Sa réserve et sa timidité avaient adouci son jugement.

Puis vinrent les requêtes de *ser* Zanobi le suppliant d'alléger la servitude de ses enfants. Il avait tout accepté, suivant l'avis de ses conseillers. Peu à peu l'autonomie accordée s'était étendue. Cette fois sur les injonctions du régent. Si la menace d'un bannissement n'avait pas été levée, l'étau des restrictions s'était desserré. Désormais, le couple Bonaventuri avait le loisir de se déplacer dans les rues de Florence en toute liberté. Jamais il n'aurait cru que cet acte de clémence serait à l'origine du drame qui se nouait sous ses yeux. Bianca Capello avait envoûté son fils. Dieu sait quel sort cette passion éruptive jettera sur l'avenir matrimonial de l'innocente Jeanne d'Autriche ?

Contrairement aux craintes du duc Cosme, Bianca n'ourdit aucun complot. Elle baigne dans une torpeur bienfaisante. Ses peurs se sont atténuées, Francesco ne l'a pas abandonnée. De retour de Poggio où il est resté le temps de saluer sa future épouse, le prince est revenu auprès d'elle. Ses démonstrations d'affection se font plus impérieuses. Il la veut pour lui, près de lui, de jour comme de nuit. Son engagement auprès de Jeanne se limitera à ses strictes obligations protocolaires, lui affirme-t-il. Bianca ne s'indigne pas de ces propos peu conformes à la morale chrétienne. Les valeurs d'honnêteté inculquées dans son enfance se sont délitées. La fréquentation des Mondragone et autres flagorneurs peu soucieux des convenances lui a ôté ses dernières réticences. Parallèlement, elle subit l'influence de Pietro, dont l'arrogance n'a plus de frein : il brigue plus d'argent, plus de biens. La maison que le prince a mise à leur disposition lui paraît trop modeste. Ce manque de retenue bouleverse Bianca. L'hypocrisie n'entache pas ses rapports avec le prince. Ses sentiments sont sincères. Elle n'aimera que deux hommes dans sa vie, son mari et Francesco. Le premier la délaisse sans qu'elle puisse le quitter, le second l'adore mais doit en épouser une autre. Certes, elle apprécie les avantages matériels procurés par son statut de favorite, mais son amour pour le prince ne peut s'exprimer librement. Bianca souffre de cette clandestinité imposée par ce double rôle d'épouse et de courtisane. Elle aimerait obtenir une fonction qui lui accorde une aura de respectabilité. Elle pense à sa fille,

Pellegrina, si jeune encore, qui risque de subir le rejet dont sa mère est victime.

Le régent est sensible à cette aspiration. Dès que les fêtes nuptiales seront passées, il présentera officiellement sa maîtresse à la cour. Elle ira rejoindre le cercle prestigieux des dames de compagnie de l'archiduchesse. L'ironie de la situation aurait dû heurter Bianca. Loin d'en être choquée, elle s'enorgueillit de cette promotion. La réaction de l'archiduchesse n'entre pas dans ses préoccupations. À chacun son destin et son poids de bonheur ou de malheur. Hormis Isabelle Orsini, sa tendre amie, le clan Médicis se ligue contre elle. Cosme la vilipende, Ferdinand la considère comme une arriviste, le jeune don Pedro suivra l'avis de son frère. Quant au reste de la parentèle, fort nombreuse au demeurant, elle obéira au duc tant qu'il sera vivant. Peu importe les dangers encourus, les dés sont jetés. Malgré les réticences proclamées ou dissimulées, la favorite est bien décidée à s'accorder une place enviable sur l'échiquier princier.

En attendant que les rêves de Bianca prennent forme, la curiosité de la rue s'est reportée sur un autre visage. Le peuple réclame sa future souveraine ! Le trépas du pape n'a pas remué les âmes, l'humeur est à l'allégresse. Si les dignitaires locaux ont affiché un air affligé en mémoire de Pie IV, ils ne tiennent pas à faire pénitence. Tout ce qui brille en Europe est convié à l'événement royal. Chacun - nobles, marchands ou va-nu-pieds - entend s'accommoder des plaisirs à venir. Hormis une poignée d'ombrageux, la majorité des invités a confirmé sa présence. Si quelques ecclésiastiques, peu nombreux, se retirent par correction, la plupart ne quitteront pas Florence. Les cardinaux sont les seuls à se désister : ils doivent élire en conclave leur nouveau chef.

Malgré ces défections imposées par le rituel du Saint-Siège, la liste des convives s'avère prodigieusement longue.

Un défi que l'administration médicéenne relève avec zèle. Palais et auberges sont réquisitionnés. En centre-ville et aux alentours, tout est conçu pour que le mariage soit un événement légendaire. Les intellectuels voient dans ces épisodes festifs la volonté du prince d'affirmer son pouvoir, une utilisation intelligente de l'expression artistique comme outil de propagande et un moyen plaisant de mettre en valeur le régime du duché. Tous les Médicis ont usé de cette arme bien pacifique. Depuis le quattrocento, le faste des fêtes médicéennes alimente les chroniques. Imitées mais rarement égalées, ces démonstrations de puissance et de raffinement ne sont pas seulement le fruit d'un déploiement de richesses. La féerie tant enviée des étrangers s'inscrit dans les gènes d'une famille qui a utilisé avec subtilité l'art et la culture comme instruments de gouvernement.

En ce matin du 16 décembre 1565, Jeanne d'Autriche, pour quelques semaines encore, n'aura pas de rivale. Elle flatte doucement l'encolure du destrier qui l'entraîne vers les portes de Florence. En quittant la résidence de Poggio, elle a éprouvé un léger pincement au cœur. L'enchantement de ses premiers jours en Toscane n'est-il qu'un mirage fugace ? Chassant ces pensées néfastes, elle rassemble ses forces, la journée sera longue... L'entrée théâtrale étant prévue en fin de matinée, le cortège royal fait halte à la *porta al* Prato. Le duc Cosme s'est réservé le privilège d'introduire l'archiduchesse auprès des dignitaires étrangers ainsi que des membres les plus éminents de la noblesse florentine. Suivront les ordres cléricaux, les grands commis de l'État et les ambassadeurs, qui s'agenouillent devant elle avec vénération. Aucune dame n'assiste à ce fastidieux préambule. Seuls les hommes ont droit de cité. Jeanne se plie volontiers à ce rigide protocole. Son éducation l'y a préparée. Elle s'étonne cependant de l'absence du régent. Une question d'étiquette, lui murmure son conseiller.

Cette formalité achevée, la délégation repart, précédée d'une cohorte de musiciens qui notifie à grand renfort de trompettes l'arrivée de Sa Majesté. Des cavaliers aux costumes chamarrés ouvrent le chemin. D'un geste autoritaire, ils éloignent les importuns, évitant de piétiner la haie de curieux qui s'agglutine au passage des puissants. Sous les vivats d'une foule exaltée et chaleureuse qui hurle gaiement « *palle, palle*[1] », Jeanne avance fièrement. Des pages en livrées multicolores, aux armes impériales pour les uns, aux couleurs de Florence pour les autres, constituent sa garde rapprochée. La soldatesque est bannie de ce cérémonial. Consigne a été donnée de ne pas effrayer la souveraine par une présence guerrière disproportionnée.

En foulant pour la première fois les rues de cette cité des Lys dont elle sera bientôt la souveraine, Jeanne tremble d'impatience. Elle va enfin connaître les nobles dames qui composeront sa cour. Élégantes et déférentes, elles plongent dans un ballet gracieux en de profondes révérences. Vêtues de leurs plus beaux atours, ces femmes émerveillent la jeune Autrichienne. Le raffinement de leur tenue, coiffes entremêlées de perles fines et jupes de brocarts aux reflets changeants, lui donne l'impression d'être gauche et apprêtée. La rigidité de son col, le velours rêche de sa tunique lui semblent soudain d'une coupe démodée. Trop occupée à satisfaire son entourage, cet infime froissement d'orgueil lors de sa première confrontation avec la féminité italienne sera vite effacé. Son sang royal la place au-dessus de la mêlée et la délivre de ce trouble momentané. À la suite des dames, l'archevêque en charge du diocèse intervient pour la bénir en lui remettant entre les mains un crucifix finement ciselé. On chuchote qu'il

1. Petite boule correspondant à des tourteaux incrustés sur le blason des Médicis.

s'agit d'une œuvre sculptée par les mains d'ange de Cellini. Jeanne se penche pour baiser l'objet sacré. La présence de ce Christ en croix, supportant son martyre d'une joie douloureuse, la réconforte.

Au bras de Cosme, l'archiduchesse parcourt à pied le dernier kilomètre qui la sépare de la demeure ducale. Le prince égaye cette courte marche d'une conversation légère, cherchant à apaiser Jeanne, dont la nervosité s'affiche sur ses traits. Soumise depuis l'aube à un agenda chargé, elle semble harassée. Sans le laisser paraître, le duc se soucie de son bien-être. Il tente de lui apporter un peu de chaleur amicale pour estomper la froideur de Francesco, qui s'est contenté d'attendre sa future femme au *palazzo* Vecchio.

– Voyez-vous, souligne-t-il, nous voulions que notre ville soit digne de votre présence. La maison impériale des Habsbourg mérite ce qu'il y a de plus incomparable. Nous avons tenté modestement de répondre à la grandeur de votre lignée en embellissant nos rues et nos palais. Les arcs de triomphe que vous voyez déployés sont peints par les plus grands artistes.

Malgré sa lassitude, Jeanne l'interroge sur ces constructions éphémères faites de bois et de carton, dont la contemplation enflamme le cœur des Florentins. Cosme s'en réjouit. À l'unisson de ses concitoyens, il est transporté par la fantasmagorie qui illumine sa ville d'une lumière magique. Depuis l'époque de Laurent le Magnifique, l'ensemble des attributs ducaux se reflète dans ces décors d'une incroyable virtuosité. Les figures allégoriques s'inspirent des grands auteurs. Les personnages de *La Divine Comédie* de Dante, des *Triomphes* de Pétrarque ou de la *Vision amoureuse* de Boccace sont mis à l'honneur. Les scènes copiées de l'Antiquité sont également prisées, les héros mythologiques s'appropriant le visage des princes médicéens. Le culte de la beauté se traduit par un formalisme élégant, dont la complexité artificielle se pare d'une grâce aérienne. La recherche de la perfection se nourrit d'une imagination débridée dans le cadre d'une technique parfaitement codifiée.

Après un arrêt en grande pompe à la cathédrale Santa Maria del Fiore où une oraison psalmodiée par des centaines de fidèles est célébrée en l'honneur de l'archiduchesse, la procession s'achève devant l'austère façade du *palazzo* Vecchio. Dans le grand hall, Jeanne est reçue par le régent, superbement vêtu, qui la salue fort courtoisement, lui remettant sous le regard envieux des dames un sublime pendentif incrusté d'une mosaïque de gemmes filetées d'or. Ce ravissant bijou révèle l'inégalable savoir-faire des orfèvres de la capitale toscane. Une multitude de cadeaux venus d'Europe et d'Orient sont exposés sur un long buffet d'ébène. Malgré son épuisement, la jeune femme s'arrête pour admirer les joyaux, vases et tissus précieux, offerts par les invités de marque. Son tour protocolaire accompli, aidée de Francesco qui l'incite à se reposer, elle se rend à l'étage, où les dames de la cour l'accompagnent à ses appartements dans un bourdonnement joyeux.

Le lendemain, les festivités redoublent de fantaisie. Selon la coutume, quand il s'agit d'encourager la liesse populaire, un petit nombre de fontaines détournées de leur vertu initiale déversent dans leurs bassins des litres de bon vin. Les places et les carrefours, les rues et les quais sont agrémentés d'édifices fictifs qui les métamorphosent en des lieux paradisiaques où le réel cède la place à l'imaginaire. Partout, sur de petites estrades érigées à la hâte, des comédiens jouent des saynètes, souvent lestes, à la grande joie de l'auditoire. Les citadins ont la sensation d'être happés dans une farandole chimérique où les interdits sont temporairement levés. L'accès à un luxe d'ordinaire inaccessible pour les plus humbles crée une atmosphère fantastique et dionysiaque que les sybarites ne dédaignent pas. Le soir, à la lueur des torches, les joutes prennent le relais des mascarades. La *giostra*, divertissement consistant en une bataille équestre menée dans un endroit clos, a la préférence des Florentins. Ces scènes faussement martiales au cours desquelles les cavaliers sont censés désarçonner leur adversaire provoquent l'hystérie du public. Les armures flamboyantes des chevaliers, le cliquetis des lances et des épées et les capes décorées aux couleurs des familles patriciennes diffusent une atmosphère guerrière qui attise la combativité des spectateurs. La foule trépigne et s'insulte, chacun défendant avec force vociférations l'équipe de son choix.

À ces amusements, Jeanne ne sera guère associée. Son entourage la préserve pour la cérémonie du mariage. Bianca, en revanche, sans son amant mais avec l'assentiment de son mari, se noie dans ces bacchanales qui l'arrachent à ses angoisses. Elle veut s'étourdir pour oublier la peur qui la torture. Son élévation au rang de dame de compagnie lui semble inaccessible. Elle est terrifiée à l'idée de retomber dans son ancienne condition. Francesco ne va-t-il pas s'assagir et renier son existence passée ? Les promesses susurrées à son oreille ont-elles une réelle consistance ? Sans son soutien, elle est perdue ! Si Cosme a remis la régence à son fils, il garde la mainmise sur la magistrature des *Otto di Guardia*. Il n'hésitera pas à s'en servir. Elle se croit surveillée, se cache sous une large capuche pour ne pas être repérée. La masse qui se bouscule dans les rues lui accorde un anonymat censé la protéger. Cette euphorie collective sied à Pietro, qui se montre plus prévenant. Relevant fièrement la tête, il sillonne les rues en agrippant fermement le bras de Bianca, comme si sa femme lui appartenait encore.

Le 18 décembre, les folies de la veille se tempèrent pour quelques heures. Florence toujours aussi éblouissante est devenue plus sage. Les rues sont assainies, les passants avinés incarcérés. L'heure est à la prière et à la méditation. Les chansons grivoises sont remplacées par des cantiques à la gloire de la Vierge et de tous les saints. Francesco a précédé sa future épouse pour rejoindre la cathédrale où se déroulera la noce. Vêtu de noir selon son habitude, il a agrémenté sa tenue d'une courte cape aux couleurs flamboyantes. Un lourd collier aux armes de l'ordre de San Stefano brille sur sa poitrine. Le front soucieux, il traverse le porche de l'église et se fige au pied de l'autel. L'immense Christ qui domine le chœur l'oblige à un examen de conscience qui blesse son orgueil.

Tandis que son futur époux se livre à cette confession intime, Jeanne s'évade dans de doux songes. Tout de blanc vêtue, une couronne ceinte sur son front, ses longs cheveux ourlés de perles et de fleurs, assise dans un coche tiré par six alezans harnachés d'or et d'argent, l'archiduchesse rayonne. Souriant obligeamment aux passants qui l'acclament, elle s'habitue à l'agitation chaleureuse de ses nouveaux sujets. *Piazza* del Duomo, une haie de gardes aux cuirasses étincelantes se prosterne sur son passage. Un chambellan la guide vers la porte d'honneur joliment dénommée « porte du Paradis ». Conçu par Lorenzo Ghiberti, ce portail réputé pour l'exceptionnelle virtuosité de ses panneaux sera considéré par Vasari « comme la plus belle œuvre qui se soit jamais vue au monde, tant chez les Anciens que chez les Modernes[1] ».

L'entrée solennelle de l'archiduchesse dans la cathédrale Santa Maria del Fiore, encadrée par son beau-père et son frère, l'archiduc d'Autriche, engendre une émotion rarement ressentie dans une assemblée aussi blasée. Dans sa robe immaculée, Jeanne symbolise la candeur et la virginité. La blancheur de sa longue traîne aux ondes soyeuses,

1. Extrait de Giorgio Vasari, *Les Vies des meilleurs peintres, sculpteurs et architectes*, 1550.

l'éclat de sa chevelure formant autour de son visage une auréole lumineuse inspirent aux fidèles des sentiments de pureté et de décence dont ils sont majoritairement dépourvus. L'élévation de leurs âmes repentantes est une sorte de miracle. Francesco se trouble en apercevant cette silhouette habituellement disgracieuse qui semble flotter sur les pavés de la nef centrale. Médusé par le changement survenu, il tend la main vers Jeanne et l'attire en douceur à son côté. Scandée par des voix angéliques, une liturgie complexe, ponctuée d'homélies, de prières et d'incantations se déroule sans précipitation. Cosme se crispe. Fébrile, il attend la formule consacrée qui liera son fils à une princesse de sang royal. L'archevêque, d'une voix grave, prononce les paroles rituelles. Les deux époux se jurent fidélité, échangeant l'anneau nuptial. Par ce geste symbolique, l'union entre l'aigle impérial et la cité des Lys est définitivement actée. Cosme respire. Son rêve de grandeur s'est enfin concrétisé. Une ombre plane cependant sur sa félicité. Francesco n'a pas renoncé à ses amours passées. L'avenir du jeune couple est incertain. Jeanne pourrait devenir la victime expiatoire de ce mariage si magnifiquement orchestré.

Chapitre 15

La raison d'État

En politique, le choix est rarement entre le bien et le mal, mais entre le pire et le moindre mal.

Nicolas Machiavel, *Le Prince.*

Après un mois de décembre égayé par l'euphorie du mariage princier, l'an nouveau s'ouvre sur un horizon assombri. À l'issue d'un conclave secoué d'ambitions contraires, le 18 janvier 1566, le Sacré Collège élit son nouveau pape. Son choix s'est porté sur un cardinal ascétique qui régnera sous le nom de Pie V. Ce dernier n'est pas favorable au clan Médicis. Il s'était même vigoureusement opposé à l'élévation du jeune Ferdinand à la dignité cardinalice. D'où la réunion secrète qui regroupe les membres du cabinet de la *Pratica segreta*, Cosme, Francesco et leurs secrétaires respectifs, Bartolomeo Concini, Lelio Torelli et Antonio Serguidi. Aucune autre notabilité n'assiste à leurs débats. Les enjeux sont lourds de conséquences. Le visage grave, ils s'interrogent sur ce Saint-Père dont ils ignorent les intentions.

Cosme s'ébroue dans son bureau comme un lion en cage, furieux de la tournure des événements.

– Nous avions tous les atouts en main ! Les dernières lettres des ambassadeurs nous affirmaient que notre candidat serait élu !

Concini, le plus âgé et le plus aguerri des conseillers, tente de calmer l'agitation du prince.

– Votre Illustrissime Excellence, soyez patient. Le Saint-Siège a besoin de nos largesses, le nouvel élu n'a pas exprimé d'opinions négatives à votre encontre. L'abolition des sentences émises contre les Carafa ne nous concerne pas.

– C'est un mauvais présage ! Ces condamnations émanaient de la décision de Pie IV. Le premier geste de son auguste remplaçant est de les annuler !

Véritable affaire d'État, le procès Carafa fit couler beaucoup d'encre. L'acharnement de Pie IV avait été fortement critiqué par le cardinal Antonio Ghislieri, le futur Pie V. Le scandale avait éclaté quand Carlo Carafa, ancien militaire, dont le bras était « souillé de sang jusqu'au coude », avait obtenu la pourpre cardinalice sans être ecclésiastique ! Quant à son frère Giovanni, le duc de Paliano, il avait commandité l'assassinat de son épouse, accusée d'adultère. La vénalité et la brutalité de cette lignée d'origine napolitaine qui s'était immiscée dans les rouages du Vatican avaient indigné le peuple romain. Dès lors, Pie IV avait décidé de mener une guerre sans merci contre cette puissante famille. Une dizaine de ses membres fut arrêtée puis incarcérée au château Saint-Ange. Le procès dura plus d'un an et enflammera la péninsule. Selon les dires des juristes, « les actes compteront des milliers de feuillets et rempliront des caisses[1] » avant la proclamation du verdict. Carlo, malgré sa barrette de cardinal, fut étranglé dans sa cellule, son frère décapité et le reste de la dynastie vit ses biens confisqués. L'acte avait été

1. Detrez, Chanoine L., « La fin tragique du cardinal Caraffa (mars 1561) d'après un document inédit des Archives du Nord (analyse et texte) », *Revue du Nord*, novembre 1932.

signé des propres mains de Pie IV. Son successeur à peine élu s'empressa de rétablir la mémoire des Carafa, marquant ainsi sa volonté d'une rupture avec le passé.

– Les changements en gestation risquent de nous être préjudiciables. Ce pape est revêche. C'est un ancien commissaire de l'Inquisition. D'ailleurs, j'ai ouï dire qu'il a réquisitionné le palais du Saint-Office pour en faire l'étendard de cette odieuse institution. Un doctrinaire !

La virulence de Francesco ne sidère pas le petit cercle d'affidés. Chacun sait que le régent, depuis son séjour en Espagne, est fortement réfractaire à cette juridiction religieuse. Cosme acquiesce et reprend d'un air outragé :

– Pie V clame que l'atmosphère de son palais est viciée. Trop de luxe et de dissipation. Que peut-on attendre d'un être qui veut éloigner de sa vue le sublime *Apollon du Belvédère* sous prétexte de sa nudité décadente !

Les conseillers opinent en souriant à ces propos. Aucun Médicis ne pourrait admettre qu'une œuvre d'art soit mise à l'index pour de futiles raisons morales. Tous trois savent que la colère du duc n'est pas due à cette mise au pas de la cour papale. Son souci est d'un autre ordre. Le mariage royal qui vient d'être célébré a permis aux siens d'entrer dans le cercle convoité de la grande noblesse. La faveur des deux monarques les plus renommés d'Europe a été précieuse. Reste un obstacle, et non des moindres, à surmonter : celui de l'obtention du titre de grand-duc. Il ne s'agit pas seulement d'un caprice princier. Si la préséance sur les autres principautés flatte sa vanité, l'essentiel réside dans l'affirmation incontestable de l'emprise médicéenne sur la Toscane et la reconnaissance sacrée de leur dynastie héréditaire. Pie IV s'était montré sensible aux arguments de Cosme. Le duc était en phase avec ce pape jouisseur et amateur d'art. Le nouveau pontife, nettement plus intransigeant, se laissera-t-il fléchir ? Sa foi rigoureuse, les décrets qu'il promulgue, sévissant durement contre le concubinage et autres mœurs légères, n'augurent pas des négociations faciles. Le libertinage des Médicis est de notoriété publique. La liaison de Cosme avec Eleonora degli Albizzi et celle de Francesco avec Bianca Capello sont sévèrement commentées.

– Sa Sainteté Pie V, intervient Lelio Torelli, dont la formation de juriste l'incite à raisonner avec pragmatisme, est un homme très religieux. En fervent adepte de la contre-réforme, il lui importe surtout de raviver la foi catholique et de saborder l'influence huguenote. Il ne brigue pas des conquêtes militaires comme certains de ses prédécesseurs mais aspire à un renouveau spirituel. Il suffit de produire des gages de bonne conduite. Votre fils Ferdinand est établi à Rome. Sa charge de cardinal le met en contact constant avec la Curie. Donnons-lui les moyens de valoriser nos avantages et d'aider le pape à combattre l'hérésie.

Ces derniers mots sonnent désagréablement aux oreilles de Cosme et de Francesco. Tous deux sont des humanistes convaincus. Autocrates dans la sphère politique, ils s'affichent plus tolérants dans l'expression des idées. Le fanatisme religieux ne fait pas partie des gènes familiaux. Avec réticence, ils souscrivent aux préconisations de leur conseiller et promettent d'introduire un peu de modération dans leur vie privée.

Les promesses n'obligeant que ceux qui les écoutent, Francesco, en quittant la réunion, n'a aucune intention de limiter ses relations avec Bianca. Il convient cependant de les rendre moins ostentatoires. L'idée de la placer comme dame de compagnie de son épouse lui semble décidément judicieuse. Tout un cénacle de femmes entoure l'archiduchesse. La présence de sa maîtresse sera noyée, pense-t-il, dans cet essaim féminin. Il pourra ainsi la rencontrer sans alimenter les commérages. Stimulé par cette décision, le prince s'échappe du *palazzo* Vecchio. Les longues tractations politiques et diplomatiques l'ennuient. Il préfère s'entretenir avec Vasari, qui surveille avec diligence les travaux engagés tant à la galerie des Offices qu'au *palazzo* Pitti. À l'image de ses ancêtres, le régent se passionne pour l'architecture et la décoration. Grand amateur d'art, il rassemble les objets les plus insolites et les plus précieux.

L'obsession médicéenne pour l'« antique » n'a pas faibli depuis Cosme l'Ancien. Les statues des thermes de Dioclétien, exhumées à Rome au XVe siècle et transportées à Florence, ont été rejointes par un nombre impressionnant de vestiges plus ou moins monumentaux. Dès le quattrocento, la famille détenait la réserve de médailles et de camées la plus riche d'Italie. L'accès au pouvoir de Cosme le Jeune n'a pas tari cette soif de possession. Il a acquis un lot si considérable de monnaies datant de l'époque romaine qu'il fallut affréter quatre navires pour transporter l'imposante cargaison ! Collectionneur averti, Cosme Ier s'en remet à des émissaires bien informés, chargés de parcourir l'Europe et l'Orient à la traque de raretés. De même, il bénéficie de l'apport d'archéologues chevronnés, missionnés pour fouiller les sols et débusquer les prises de choix. Depuis l'instauration du principat, cet enthousiasme a pris un tour plus politique. Les débris découverts en terre toscane ont servi à l'élaboration d'une généalogie médicéenne qui s'inscrit dans les fondements de l'Empire étrusque. L'histoire de cette civilisation mystérieuse et conquérante, dont les prémices remontent à l'âge du bronze, fut récupérée par l'entourage du prince. Une mythologie à l'usage des Médicis se répandit dans les arts et la littérature. Des personnages fantastiques émanant d'un royaume disparu depuis deux millénaires s'insinuèrent dans l'imagination populaire pour nourrir la légende médicéenne. Une affabulation qui sera la risée de la vieille noblesse !

L'assortiment des pièces étrusques du prince est remarquable. L'un de ses joyaux, la *Chimère d'Arezzo*, contribuera à formaliser le mythe de la prétendue descendance des rois d'Étrurie. Initialement exposée dans le salon Léon X du *palazzo* Vecchio, le duc la fit rapatrier dans son *studiolo* au *palazzo* Pitti. Cellini s'émerveillait de voir Cosme « tirer grand plaisir en la nettoyant personnellement avec ses outils d'orfèvre[1] ».

Selon la tradition familiale, Francesco dispose, lui aussi, d'un réseau d'experts qui chinent pour lui ce qu'il y a de plus exceptionnel. Son champ d'investigation s'est élargi. Il s'intéresse aux curiosités d'histoire naturelle. Les fossiles côtoient désormais les gemmes et autres intailles. À l'image de son père, il s'occupe de ses trésors avec un soin maniaque. En caressant ces bibelots d'une valeur inestimable, il pense à Bianca. Toute cette richesse, il aimerait la partager avec elle. Sa présence lui est devenue indispensable. Il songe à l'installer dans l'un de ses nombreux palais. Une folie qu'il refoule avec amertume. Il doit préserver un minimum de bienséance.

Sa régence est sous tutelle. Cosme est encore très envahissant, ses conseillers omniprésents. Il lui faut agir avec prudence. Il envoie un homme de main enquêter sur un bien qui puisse correspondre à ses souhaits. Au 26, *via* Maggio, une vaste maison ayant appartenu à la famille Corbellini est à l'abandon. L'acquisition de ce palais vétuste n'éveillera pas les soupçons. Opportunément proche du *palazzo* Pitti où Francesco entend se fixer, il offre tous les agréments requis. Le mari de Bianca servira de prête-nom. Ce rôle d'intermédiaire aurait pu soulever dans la conscience de Pietro un sursaut d'orgueil. Bien au contraire, il se délecte de ces combinaisons ambiguës et perverses. Grâce aux largesses du prince, il est déjà devenu propriétaire d'une ferme dans le Mugello, qui lui rapporte une rente substantielle. Bianca est une source de revenus dont les copieux avantages lui font apprécier son statut d'époux bafoué. En

1. Extrait de l'autobiographie de Benvenuto Cellini, *La Vita*.

abusant de la richesse d'autrui, il aurait dû songer à cette phrase d'Ésope : « Il faut devenir sage aux dépens des autres et n'avoir rien à démêler avec les grands[1]. »

Pendant que le prince échafaude des plans d'avenir pour mettre à l'abri sa tendre favorite, le temps s'écoule. Jeanne d'Autriche se morfond dans ses appartements du *palazzo* Vecchio. Malgré tous les aménagements envisagés par Cosme avec l'appui de ses meilleurs artistes, la jeune archiduchesse trouve le lieu inconfortable. L'excès de couleurs, de dorures, de fresques et de tentures ne sied pas à ses goûts modérés. En réalité, son mal-être n'est pas de nature esthétique mais éthique. La corruption des mœurs de la cour médicéenne la scandalise. La séduction érigée en vertu, l'importance excessive accordée à l'art et la culture, l'accommodement avec la transgression religieuse heurtent ses valeurs morales. Femme pieuse et discrète, la volubilité italienne la déconcerte. Pour échapper à cette fièvre mondaine et à ses sempiternelles rumeurs, elle se sert de son aréopage germanique comme d'un bouclier. Les dames venues du Nord sont les seules à entrer dans son intimité. Cet ostracisme n'est guère apprécié, d'où les critiques vengeresses des courtisans qui se moquent en privé de sa petite taille, de son intelligence bornée et de son inculture. Cette vision emplie de fiel si commune aux âmes rouées n'est pas du goût des gens de la rue. Ils vénèrent leur souveraine et ne supportent pas qu'on puisse lui manquer de respect. À leurs yeux, Jeanne est une sainte femme, parée de tous les mérites chrétiens. Sa compassion envers les plus humbles a ému le cœur des Florentins. Une adoration qui augmentera à proportion de la méfiance éprouvée envers Bianca.

Durant ses premières années de mariage, Francesco s'efforce d'être suffisamment prévenant pour que son épouse ne souffre pas de ses absences régulières. La raison d'État,

1. Ésope, *Le Lion, l'Âne et le Renard.*

lui explique-t-il, justifie ses nombreux déplacements. Naïve et complaisante, Jeanne le croit. Fille et sœur d'empereur, elle est familiarisée avec les obligations imposées aux souverains. Son père Ferdinand Ier, en dehors des fêtes familiales et nationales, était continuellement occupé à sillonner son vaste territoire. Dès le début de son règne, son frère Maximilien II a été assujetti aux mêmes contraintes. Bien que les possessions de Francesco soient plus modestes, elle comprend que l'État toscan mérite du temps et de l'attention. Elle ne s'étonne pas de vivre une existence le plus souvent séparée de son époux. C'est la loi des familles régnantes. Elle s'y soumet, mais elle le déplore. Elle aimerait profiter de son mari : son allure la subjugue, son charme ténébreux l'envoûte.

Dans sa candeur, la reine ne se doute pas que son prince trouve le moindre stratagème pour éviter de se retrouver seule avec elle. Sa femme l'agace. Il lui reconnaît les qualités de tempérance et de commisération tant prisées du peuple. En revanche, sa pudibonderie et le désintérêt manifeste qu'elle éprouve pour les arts l'exaspèrent. Tout en Jeanne lui paraît pesant, sa conversation lui semble fade, sa foi trop obsédante. Il ne peut s'empêcher de confronter sa raideur à la vivacité de Bianca. Le physique sévère de l'une contraste avec la beauté lumineuse de l'autre. Le caractère sérieux et la retenue de l'épouse s'opposent à la gaieté débordante de la maîtresse. La comparaison, hélas, est peu flatteuse pour l'archiduchesse qui, dans l'ignorance de cette rivalité, se contente des visites protocolaires de son époux. Francesco assume régulièrement ses devoirs conjugaux, la dynastie réclame son héritier ! À l'été 1566, Jeanne est fière d'annoncer qu'elle est enceinte. Le 1er mars de l'année suivante, elle met au monde une petite fille, Éléonore. Chacun est rassuré, la reine peut enfanter. Cette naissance rapproche le couple princier. Un bonheur de façade qui durera l'espace d'un printemps...

Pendant que les Florentins se réjouissent, les conseillers du prince surveillent avec anxiété les événements extérieurs. Les guerres de Religion ont repris avec une violence accrue. Philippe II d'Espagne vient d'expédier une armée aux Pays-Bas pour calmer les partisans de la nouvelle religion. Cette « révolte des gueux » sera durement réprimée. En France, la situation est extrêmement agitée. La régente Catherine de Médicis, ordinairement tolérante, est forcée de sévir à la suite d'une tentative menée par le prince de Condé contre la famille régnante. Partout, catholiques et protestants s'entredéchirent. Ces guerres déstabilisent les équilibres européens et font craindre le pire aux principautés italiennes. La plupart d'entre elles, dont l'État toscan, sont redevables au roi d'Espagne, au Saint-Siège et au Saint-Empire. Les deux premiers, épaulés par une Inquisition belliqueuse, veulent imposer la foi catholique, par le glaive si nécessaire. Une position extrême qui n'est pas endossée par Maximilien II, les contrées germaniques étant plus ouvertes aux idées modernes et peu enclines à se plier aux diktats du chef de l'Église romaine.

Pris en étau entre ces influences antinomiques, Cosme, Francesco et leurs conseillers tergiversent. La présence de Jeanne d'Autriche leur assure la bienveillance de l'empereur. Comme lui, ils penchent vers une compréhension de bon aloi envers les religions réformistes. Tant que ces cultes sont pratiqués dans l'intimité et ne débordent pas sur la place publique, rien ne sert de provoquer des remous inutiles. Cette vision modérée n'est pas du goût de Philippe II, encore moins du Vatican. Pie V a réaffirmé à travers une série d'encycliques sa détermination à redonner à l'Église catholique la suprématie qui lui revient. S'appuyant sur une hiérarchie parfaitement organisée, le pape envoie ses émissaires dans toute l'Italie pour rappeler aux princes leurs devoirs de chrétiens. Vis-à-vis des Médicis, le souverain pontife détient l'arme suprême. De leur soumission à ses projets de restauration de la « vraie » foi, dépend son soutien à l'accession au titre de grand-duc. Les hésitations de Cosme seront de courte durée. Cette ascension représente la bataille de toute une vie. Il est prêt à sacrifier ses convictions profondes pour atteindre ce but. Son amitié avec Pietro Carnesecchi en est la triste illustration.

Fils d'une famille florentine aisée et notoirement fidèle au clan Médicis, Carnesecchi était un humaniste respecté. Affable, délicat dans ses propos, pondéré dans ses avis, soucieux d'écouter son interlocuteur et de tenir compte de ses croyances, il avait la réputation d'être un homme de bien. Ses nombreuses qualités furent repérées par Jules de Médicis qui l'engagea comme premier secrétaire lorsqu'il fut élu pape, en 1523, sous le nom de Clément VII. Sous la coupe de ce dernier, le jeune Carnesecchi fréquente un milieu de religieux érudits secoué par les débats autour de la réforme de l'Église. Esprit éclairé, il étudie les théories de Luther. Bien qu'il soit contre toute velléité de schisme, il se rapproche au fil des années de la mouvance protestante. Son influence dans les cercles littéraires et philosophiques s'amplifie. À la mort de son mentor, il devient *persona non grata* à la Curie et subit une chasse aux sorcières qui dure plus de quinze ans. Initialement protégé en France par Catherine de Médicis, puis réfugié à Venise, il retourne à Florence où Cosme, débonnaire, le reçoit dans l'intimité de ses palais. Las, l'amitié des princes est rarement éternelle. Quand Pie V réclamera la tête de l'hérétique, le duc y souscrira. Selon la tradition, Pietro Carnesecchi fut arrêté, à la propre table de Cosme, où il était convié à dîner. Extradé à Rome par les autorités inquisitoriales, il croupira plus d'un an en prison. Malgré les supplications de l'ambassadeur florentin, Pie V sera intraitable. Le malheureux fut décapité, son corps jeté aux flammes. Son martyre sera un déshonneur pour le clan Médicis, prêt à payer par le sang le prix de son élévation.

Chapitre 16

Le fait du prince

Le sage s'instruit en observant la faute des autres.

Lao-Tseu

La vague vertueuse qui recouvre d'un voile de respectabilité et de moralité le tumultueux État toscan n'atteint pas la sphère privée des princes. S'ils s'affirment pour des raisons stratégiques les fidèles alliés du pape et les zélés défenseurs de la foi catholique, s'ils sollicitent du peuple plus de modération, ils n'ont aucune intention de s'appliquer les consignes qu'ils prescrivent aux autres. Ainsi, le père comme le fils poursuivent leurs errements sentimentaux sans la moindre restriction. La passion de Francesco pour Bianca n'est plus une folie passagère. Elle s'inscrit durablement dans son existence. Quotidiennement, le couple se retrouve *via* Maggio. La maison se transforme peu à peu en un magnifique palais sous la direction de Buontalenti.

Francesco surveille les travaux et s'amuse des hésitations de sa maîtresse sur le choix des tentures :

– Mon prince, qu'en pensez-vous ? s'exclame gaiement Bianca en l'apercevant. Regardez ! Cette soie mauve ne rappelle-t-elle pas les champs de lavande de notre belle région ? Et ce taffetas d'un rouge flamboyant, les coquelicots qui parsèment nos campagnes l'été ?

Francesco se réjouit de son excitation. Trouver les bons tissus, les marier aux fresques qui ornent les murs est une tâche délicate. Surtout éviter les fautes de goût ! Le prince est féru de décoration et tempère les excès de la jeune femme. Tous deux se passionnent pour les ornements qui vont embellir la demeure.

– Ma douce amie, pas de précipitation. J'ai commandé pour vous une série de tapisseries évoquant les saisons. Vous y retrouverez l'ambiance bucolique qui vous agrée.

Bianca fait la moue et le fixe d'un air dubitatif. Puis, à l'image des nymphes de Botticelli saluant l'arrivée du printemps, elle exécute quelques pas de danse en feignant de s'envelopper dans des voiles imaginaires. Le régent sourit et lui enserre langoureusement la taille. Pris de frénésie, ils glissent dans un ballet intime, longeant l'imposant salon dont le luxe se conforme aux résidences princières.

Désormais, Bianca vit dans un faste notoire. Chaque semaine, Francesco lui fait livrer un présent pour agrémenter sa beauté. Colliers et pendentifs enrichissent une cassette déjà fort bien pourvue. Le temps où elle devait compter sur la générosité de la marquise de Mondragone est révolu. Sa garde-robe vaut celle des plus riches princesses de la cité. La favorite en titre dispose de surcroît d'un personnel nombreux et en livrée. Ses initiales sont sculptées avec audace sur le frontispice de son palais. Dans ses déplacements, elle est entourée d'une escorte chamarrée aux couleurs de sa maison. Cette absence de discrétion est une véritable provocation. Les esprits chagrins ne sont pas les seuls à s'en offusquer. La majorité des Florentins se scandalise d'une telle effronterie.

Le prince est trop infatué de sa maîtresse pour prendre conscience du danger qui les guette. Bianca, quant à elle, s'est plongée dans un bain de plaisir et d'opulence dont elle ne veut plus s'extraire. Les médisances qui lui sont parvenues ne réfrènent pas ses envies de jouir de sa corne d'abondance. Les années de privation sont encore proches. Elle a vingt ans, veut profiter de l'instant présent. Son mari, loin de calmer ses ardeurs, l'incite aux dépenses outrancières. Il cherche à attiser sa colère contre les arrêtés pris par Venise à leur encontre. L'accuse de ne pas se battre pour récupérer son héritage. Bianca, de nature insouciante, ne s'en préoccupe pas. Elle se sent en sécurité à Florence et n'éprouve pas l'envie de remuer des souvenirs douloureux. L'humiliation d'avoir été privée de sa dot lui paraît secondaire, compte tenu des largesses dont elle bénéficie.

Contrairement à Pietro, elle plaide l'apaisement. Elle écrit à son père pour réclamer son pardon et tente de renouer avec son jeune frère Vettore. L'entêtement de son mari fait voler en éclats ces prémices de réconciliation. À force d'intrigues et d'intimidations, Bianca cède aux récriminations et supplie Francesco d'intervenir sur ce dossier hasardeux. Le prince, fort malencontreusement, contourne la voie diplomatique traditionnelle en envoyant une missive directement au Conseil des Dix. Cette méthode d'approche jugée inconvenante par une institution imbue de ses prérogatives sera très mal perçue. L'ambassadeur toscan sera bien en peine de tempérer l'indignation des sages de la Sérénissime. Quand ils ont vent de cette démarche, les secrétaires du duc sont atterrés. Mettre en péril une paix si chèrement acquise avec la République vénitienne pour le montant dérisoire de 6 000 *scudi* frise le ridicule !

Les conseillers ne sont pas toujours les mieux placés pour contredire les dirigeants d'un régime autocratique. Le fait du prince est difficilement critiquable. La disgrâce est une épée de Damoclès qui émousse toute franchise superflue.

Antonio Serguidi, qui a servi Francesco durant son séjour en Espagne, sera le seul a osé s'exprimer :

– Votre Illustrissime Excellence, me permettrez-vous une remarque ?

Francesco le toise avec une moue renfrognée, comme un adolescent en passe d'être réprimandé. Antonio est son aîné de dix ans, son expérience et sa fidélité légitiment ce franc-parler.

– Nous sommes très anxieux... Votre attachement...

– Ne regarde que moi !

– Certes, mais la rumeur enfle... Elle se propage dans les rues ! Grâce à une vigilance accrue, la reine est maintenue dans l'ignorance, pour combien de temps encore ? Les courtisans sont bavards, sans compter les diplomates qui la côtoient régulièrement et sont d'ores et déjà au courant de votre liaison.

– S'ils s'avèrent indiscrets, annulez leurs accréditations !

– Il y a plus ennuyeux, vos rapports avec Son Altesse sont devenus distants. Elle souffre de votre froideur. Nous avons intercepté des lettres adressées à son frère, l'empereur. Elle s'y plaint de vos absences répétées, de votre manque de considération.

– J'accomplis mes devoirs, la reine est de nouveau enceinte. N'est-ce pas là sa mission première ? Me donner un héritier !

– Sans doute, mais son mécontentement risque de nous être préjudiciable. Que se passera-t-il si Maximilien II s'émeut du désarroi de sa sœur ? L'État toscan est un colosse aux pieds d'argile face à la toute-puissance du Saint-Empire, froisser un tel allié aura des effets désastreux... Votre père craint le pire.

– Mon père ! Seul compte pour lui le titre de grand-duc.

– Un titre qui vous reviendra...

– Depuis dix ans, nous nous battons pour l'obtenir ! Nous courbons l'échine devant Philippe II et les Habsbourg d'Autriche. Nous subissons les remontrances du pape alors que les caisses du Vatican s'alimentent de nos subsides. Croyez-vous que tant d'abaissements justifient une couronne ?

Serguidi ne le détrompe pas. Les bassesses commises pour s'emparer du sceptre de grand-duc ont coûté cher à l'État toscan, en argent et en compromissions. En retour, un titre aussi prestigieux renforcera l'emprise des Médicis sur leurs possessions. Un tel agencement mérite des sacrifices...

À la suite de cet échange houleux, Francesco se retire dans son atelier. La fonderie aménagée par Cosme à son arrivée au *palazzo* Vecchio est son lieu de prédilection. Burettes et éprouvettes y côtoient marteaux, burins et autres outils d'orfèvrerie. Selon son humeur il s'adonne à des expériences chimiques ou se contente de travailler quelques pièces de sa collection personnelle. Ces activités le délassent et lui font oublier la pesanteur de sa fonction. La conversation qu'il vient d'avoir avec son subordonné l'irrite. La tutelle paternelle l'étouffe. Malgré sa pseudo-abdication, Cosme est sur tous les fronts. La relation entre les deux hommes s'en ressent. Le fils s'énerve des conseils de tempérance de son père, qui lui envoie de longues missives louant les vertus de Jeanne et reprochant à son fils un comportement indigne, selon lui, d'un prince de sang.

Francesco est d'autant plus amer que les deux premières années de son mariage, il s'est montré prévenant. Il a accompli son devoir d'époux et tenté de créer un lien avec Jeanne, assumant auprès d'elle et sans mauvaise grâce les obligations publiques induites par ses charges. Avec le temps, ces fragiles retrouvailles ont perdu de leur substance. L'évidence s'impose : tout les sépare - tant leurs intérêts intellectuels et spirituels que les personnes qu'ils fréquentent. Jeanne juge l'entourage de son mari superficiel et libertin, Francesco se moque de la bigoterie des proches de l'archiduchesse. L'excès de religion est contraire aux traditions de sa caste. Le prince s'exaspère de ces ecclésiastiques qui envahissent les appartements de la reine à la recherche d'oboles pour leurs œuvres de charité.

À ces oppositions s'ajoute une incompréhension des attentes de l'autre. Francesco estime que son épouse est traitée selon son rang. Elle est assurée de revenus importants grâce au trésor princier. Sa dot lui est en partie acquise, elle peut y puiser comme bon lui semble. L'archiduchesse détient une liberté d'action rarement consentie aux épouses royales. Pourquoi se plaindrait-elle ? L'égoïsme du prince occulte l'essentiel. Ce qui manque à sa femme, lui seul peut lui offrir : un peu de présence et d'amour. Les requêtes de Jeanne ne sont pas excessives. Elles sont insurmontables pour un homme qui s'est donné corps et âme à une autre. Il n'arrive plus à cacher son irritation devant les marques de tendresse témoignées par son épouse. Leur union est un échec et les admonestations de Cosme n'arrangent rien.

En repensant aux lettres de son père, Francesco se cabre. La petite figurine qu'il tenait si adroitement dans ses mains se brise sur le sol. D'un geste brusque, il renverse la table sur laquelle il avait soigneusement rangé ses outils. Ce fracas inhabituel fait sursauter ses assistants. Il aimerait hurler sa rage. Tel un Vulcain destructeur, le feu qui le dévore brûle tout sur son passage. La raison d'État n'affaiblira pas sa flamme. Bianca est à la fois son amante, son amie, et son épouse de cœur. Il ne cédera jamais aux injonctions de ses mentors ni de ses ambassadeurs, ces oiseaux de mauvais augure qui, semaine après semaine, envoient des rapports alarmants de Madrid, de Vienne ou de Rome pour lui signifier la conduite à suivre. Son propre frère, Ferdinand, le rappelle à ses devoirs, usant du *galero cardinalice*[1] comme d'un glaive menaçant ! Quant à son père... Comment ose-t-il lui recommander de se séparer de Bianca ou tout du moins de se montrer plus mesuré, lui qui vit sans complexe avec une jeune maîtresse de l'âge de sa fille ?

Ces désaccords ne limitent aucunement les rendez-vous amoureux de Bianca et son prince. S'ils évitent de s'afficher ensemble dans les rues de Florence ou se lassent de s'enfermer dans le palais de la *via* Maggio, ils se rejoignent dans les différentes villas médicéennes limitrophes de la cité. Bianca s'est mise à l'équitation. Avec l'aide de professeurs attentionnés, elle s'est habituée aux exigences de cet art. Sans être une cavalière émérite, elle fait preuve de témérité. En amazone fougueuse, elle suit avec enthousiasme les chasses à courre orchestrées par la suite du prince. Quand le temps le permet, elle profite des jardins de Poggio a Ciano, se promenant langoureusement au bras de son amant. Son entrain arrache Francesco à sa morosité. Elle plaisante gentiment de ses airs sombres, lui prépare des petites fêtes sur des thèmes qu'il apprécie.

Pour le distraire, elle organise des jeux, reçoit chez elle des comédiens qui jouent de bouffonnes pantomimes. Sans avoir reçu une éducation aussi raffinée que sa confidente Isabelle Orsini, elle affectionne la compagnie des gens de lettres. Les œuvres féminines l'attirent plus particulièrement. Après avoir découvert la poésie sulfureuse de Veronica Franco, elle lit avec avidité le dialogue *De l'infinité de l'amour* de Tullia d'Aragona. Ces écrivaines l'impressionnent par la qualité de leurs écrits et leur indépendance d'esprit.

Elle s'identifie dans leur plaidoyer en faveur d'une destinée sans entraves, où les deux sexes suivent librement

1. Chapeau à larges bords agrémenté de glands, porté par les cardinaux.

leurs inclinations. Son goût pour la poésie la lie d'amitié avec Laura Battiferri[1], épouse du célèbre Ammanati. Ses rimes d'influence pétrarquiste charment la sensibilité de Bianca.

Très éloigné des envolées poétiques de celle qu'il voue aux gémonies, Cosme se débat dans des difficultés domestiques nettement moins éthérées. Depuis la naissance de son fils illégitime, don Giovanni, qu'il a eu avec Eleonora degli Albizzi, l'année où Jeanne d'Autriche a accouché de sa première fille, il hésite sur la voie à suivre. Le rigorisme de Pie V s'accommode mal de sa galanterie. Le titre de grand-duc étant mis dans la balance, il n'a guère de choix. Pour remettre de l'ordre dans sa vie, il entend reconnaître l'enfant, et épouser la mère. Cette décision qu'il s'efforce de tenir secrète s'est ébruitée. En l'apprenant, Francesco redouble de rage contre son père. Ses deux frères, Ferdinand et Pietro, se rallient à sa cause. Face à la virulence de cette bronca familiale, le duc baisse les armes. Pour redorer une image ternie par son inconduite, il se sépare d'Eleonora. Hypocritement, il tient à y mettre les formes. Soucieux, lui dira-t-il, de lui procurer un avenir honorable, il la donnera en mariage en 1567 à Carlo Panciatichi, de noble lignée. Ce dernier acceptera la proposition pour échapper à une condamnation. Une bien triste fin pour une si douce amante.

Cosme s'assagit, temporairement du moins. Les tensions entre Francesco et son père s'atténuent. La santé du duc s'amoindrit. Il souffre de la goutte et de rhumatismes articulaires. Retiré à Pise ou dans sa Villa di Castello, il attend son heure. Non pas celle de son trépas mais son heure de gloire. Son rapprochement avec Pie V porte ses fruits. L'État toscan ayant promis clandestinement de soutenir le pape dans sa croisade contre les protestants, les Otto-

---

1. Poétesse (1523-1589), auteur du *Premier Livre des œuvres toscanes.*

mans et les hérétiques de tous horizons, les relations se sont réchauffées. L'entente est si cordiale que le souverain pontife, sans en référer aux monarques européens, accède unilatéralement aux vœux les plus chers de Cosme. Il lui octroie, sous le regard de Dieu, le titre de grand-duc ! Le 27 août 1569, un délégué de Sa Sainteté, sous les vivats d'une foule exaltée, pénètre solennellement dans la cité des Lys pour annoncer la bonne nouvelle. La querelle de préséance avec le duché de Ferrare, « qui s'est traduite par une longue bataille d'ambassadeurs, sur la noblesse et les droits comparés des deux maisons[1] » n'a plus de raison d'être.

Flatté dans son orgueil, Cosme est surtout soulagé. Le combat de toute une vie vient d'être récompensé : cette titulature met sa dynastie à l'abri de toute contestation. Les réjouissances florentines, qui prennent une belle ampleur, n'obtiennent pas les mêmes échos dans les nations ibériques, ni dans les contrées germaniques. Philippe II et Maximilien II sont courroucés de ce passe-droit décroché sans leur aval. L'un comme l'autre ne tiennent pas à donner trop d'importance à un État somme toute assez récent, dont la taille n'est pas à la hauteur de sa prétention. De même, les deux souverains redoutent que la forfanterie des Médicis ne mette en péril l'équilibre si précaire de la péninsule Italienne. Alphonse II d'Este, malgré la proximité de son épouse Barbara avec sa sœur Jeanne, envoie immédiatement un émissaire à Vienne. Il vilipende son beau-frère, le blâmant d'accaparer un titre indigne d'une lignée de marchands de laine et estime que le pape a outrepassé ses droits. Enfin, il implore l'empereur de se venger, lui rappelant de façon fort peu diplomatique l'aide apportée à grands frais par son petit duché lors de ses démêlées avec Soliman Ier en Hongrie.

1. Jean Boutier (dir.), *Florence et la Toscane, XIVe-XIXe siècles, op. cit.*

Les réticences royales et impériales, la jalousie atrabilaire du duc de Ferrare ne troublent pas la joie de Cosme. En mars 1570, il réunit une immense suite qui, de Florence aux portes de Saint-Pierre, magnifie l'épopée médicéenne. Cavaliers et fantassins, valets, commis et palefreniers, tous portant haut les couleurs de l'État toscan, forment de longues files qui s'étirent à l'infini. La foule rassemblée au bord des chemins menant à Rome admire le superbe cortège à la tête duquel Cosme, entouré de ses fils Francesco et don Pietro, se dresse fièrement tel un nouveau César. Aux marches du Saint-Siège, ils sont accueillis par le troisième des fils, Ferdinand, escorté d'une pléiade de cardinaux et de notabilités romaines, venus leur rendre hommage. Le 5 mars, malgré la réprobation des ambassadeurs espagnols et autrichiens dont l'absence officiellement proclamée passe totalement inaperçue, la cérémonie se drape d'un faste royal. Cosme aurait rêvé de descendre la majestueuse allée de la basilique Saint-Pierre, mais elle est toujours en construction. Son dôme n'est pas encore achevé. Michel-Ange, décédé quelques années auparavant, n'a pas terminé cette œuvre monumentale entreprise « pour l'amour de Dieu et en l'honneur de l'apôtre ».

L'âme de ce génie universel flottera cependant au-dessus des épaules de Cosme, sa couronne lui étant remise dans la chapelle Sixtine. L'immense fresque du *Jugement dernier* aurait pu instiller dans l'esprit des participants les vertus d'humilité tant prisées des serviteurs du Christ. La profusion d'or et d'argent sur les parures et les objets de culte n'incite pas à cette conversion. Le souverain pontife, dans sa soutane immaculée, sa tiare vissée sur le front, agrippant sa férule agrémentée de gemmes, s'avance vers l'autel à pas lents. Cosme le suit avec dévotion dans une tenue qui ne prédispose pas à la modestie.

Vêtu d'une cape de velours cramoisie doublée d'hermine, son torse est ceinturé d'une chaîne d'or. Sur sa hanche, une épée d'apparat incrustée de rubis, d'émeraudes et de diamants rivalise de richesse avec le lourd collier plaqué sur son pourpoint. Ses hauts-de-chausses composés de bandes multicolores dont les crevées dévoilent de délicates soieries sont un peu démodés. Sa culotte descend jusqu'aux genoux, contrairement à celles de ses fils, coupées à mi-cuisse dans un ballonnement gracieux qui sied mieux à leur âge. Le duc se déplace avec lenteur. Ce pas cadencé est interprété comme un regain d'orgueil. En réalité, si le duc ralentit sa marche, c'est en raison d'une infirmité qu'il ne souhaite pas souligner. Ses jambes percluses de rhumatisme le font souffrir. Pendant combien de temps pourra-t-il dissimuler ce mal qui l'amoindrit ?

Secondé par son gendre, Paolo Orsini, qui porte les attributs du titre tant convoité, il s'agenouille devant Sa Sainteté. La lecture des passages de l'Évangile retient moins l'intérêt que les scènes de La Genèse dont l'inspiration néoplatonicienne est assez paradoxale dans ce lieu paré de vertus chrétiennes. Des chœurs de jeunes castrats accompagnent de leurs voix virginales le rituel final. Le pape, tout en prononçant les formules d'usage, d'un geste auguste, dépose sur la tête de Cosme la couronne qui le consacre grand-duc de Toscane. Simultanément, le cardinal Ferdinand lui remet le sceptre symbolique orné à son sommet d'une boule rouge sur laquelle se devine une fleur de lys. Ce que les armes avaient accompli en portant Cosme Ier au pouvoir, la religion le pérennise grâce à la bénédiction divine du descendant de Saint-Pierre.

Chapitre 17

Une nouvelle ère

Plus je tiens les yeux fixés sur lui,
Plus je m'y donne, plus je m'y livre toute,
Goûtant déjà un peu de ce qu'il m'a promis...

Boccace, *Décaméron.*

Savourant son apothéose romaine, Cosme s'en retourne à Florence auréolé de gloire. Les critiques acerbes de ses détracteurs ne l'ébranlent pas. Sa dynastie est bien ancrée dans le sol toscan, rien ni personne ne pourra l'en déloger ! Une ombre plane cependant sur ce tableau enchanteur, aucun héritier mâle n'est encore enfanté. L'infortunée Jeanne s'est pourtant donnée corps et âme. Depuis la naissance d'Éléonore en 1567, elle a accouché en cinq ans de quatre filles, Romola, Anna, Isabella et Lucrezia. Trois d'entre elles mourront en bas âge. Le sort s'acharne contre l'archiduchesse, qui épuise sa santé à mettre au monde des êtres trop frêles pour survivre. Jeanne maigrit, ses joues se creusent, des cernes profonds assombrissent ses prunelles. Une pénible scoliose déforme son corps, lui infligeant une démarche malhabile. Elle subit douloureusement sa claudication mais refuse de se plaindre.

Sa véritable souffrance est d'une autre nature. Des âmes charitables lui ont laissé entendre que son époux entretenait une liaison suivie avec l'une de ses dames de compagnie. L'archiduchesse n'est pas si naïve. En quittant Vienne, sa vieille nourrice l'avait avertie contre l'inconstance masculine. Que son mari soit volage ne l'étonne pas. Elle en ressent de la peine sans pour autant lui en vouloir. C'est la norme, se dit-elle, les hommes peuvent agir à leur guise. Selon sa duègne, ils sont victimes de pulsions physiques irrépressibles. D'où cette nécessité d'affirmer leur virilité hors du lit conjugal. La plupart des dames de son entourage se soumettent à cette réalité sans en prendre ombrage. Jeanne réagit de même tant que Francesco lui présente ses respects régulièrement. Cet équilibre matrimonial précaire, sous les coups de boutoir des méchantes langues, a volé en éclats.

Les yeux de Jeanne se sont décillés. Quand elle s'était plainte l'année précédente de la froideur du prince, elle ne se doutait pas des raisons profondes de son indifférence. Cette fois, la vérité ne lui échappe plus. Aucun détail ne lui a été épargné. Les absences répétées ne sont pas dues à des engagements officiels ou à des aventures sans lendemain. Non seulement son époux la trompe, mais il vit quasi maritalement avec sa maîtresse. Il a même osé la produire à la cour ! En voyant cette Vénitienne déambuler sans vergogne dans les couloirs de son palais, l'archiduchesse est scandalisée. Mortifiée aussi. Elle se sent si démunie... Comment peut-elle rivaliser avec celle dont l'emprise sur le régent est indéniable ? Cette intrigante cumule toutes les qualités dont elle est dépourvue : un teint de lys, un sourire enjolivé de fossettes, un front délicatement bombé et des yeux pers. Cette apparence flatteuse s'enrichit d'un corps voluptueux. Le léger embonpoint qui alourdit les hanches de Bianca, selon les goûts de l'époque, est un gage de sensualité. Jeanne tente de réprimer sa colère. Elle ne veut pas donner prise aux commérages et cherche à préserver un minimum de décence. De bonnes intentions trop teintées d'amertume pour perdurer.

Peu à peu, le couple princier se déchire. Les bonnes manières des premiers temps cèdent la place à des scènes où la courtoisie n'est plus de mise. La jalousie de sa femme, parfaitement justifiée, irrite Francesco au point de le rendre violent. Verbalement tout du moins. Les cris et les pleurs, les supplications aussi, loin de l'attendrir, le rendent de plus en plus désobligeant. L'agressivité du prince, son insolence et son mépris dépassent les bornes de la bienséance. Malgré le peu d'écho de ses premières missives, Jeanne en réfère de nouveau à son frère. Ce dernier reçoit ses appels à l'aide par le biais de ses ambassadeurs, horrifiés du traitement infligé à leur souveraine. Maximilien II, qui considère le grand-duc et son fils comme de banals vassaux, ne supporte plus leur outrecuidance. À l'humiliation de sa sœur, s'ajoute la fourberie de Cosme qui s'est précipité à Rome sans son consentement. Une autre raison attise l'exaspération de l'empereur. Outre ce couronnement intempestif, le récent accord par lequel l'État toscan s'engage unilatéralement à rejoindre la Sainte Ligue[1] est inadmissible. La coupe est pleine, ces trublions de Médicis paieront un jour pour leur impertinence !

Pendant que la maison d'Autriche rumine sa riposte, un autre souci crée des remous dans le clan des Habsbourg. Définitivement retiré à Pise, Cosme se démet de ses obligations. Il a réalisé son rêve, n'a plus rien à prouver. Son état de santé ne s'améliore pas. Ses rhumatismes s'aggravent, il ne se déplace plus sans l'aide d'un valet. Pour agrémenter ses vieux jours, il a pour dame de compagnie une ravissante personne aussi jeune que la précédente, plus jolie et nettement plus rusée. L'ascendant de Camilla

1. Coalition voulue par Pie V, regroupant les États pontificaux, le royaume d'Espagne et diverses principautés italiennes, dont la Toscane.

Martelli sur le duc vieillissant est manifeste. Ce dernier ne lui refuse rien. En plus des bijoux et des robes, lot habituel d'une courtisane, il lui achète des terres et lui concède les revenus de son domaine de Grosseto. Tous ces bienfaits ne suffisent pas. Sa maîtresse veut assurer son héritage et aspire à plus de respectabilité. Leur fille Virginia, fruit de cette liaison clandestine, mérite d'être légitimement reconnue. Sur la ferme injonction de Pie V et sans en informer ses fils, Cosme décide de régulariser ses relations avec Camilla. La cérémonie a lieu dans la plus stricte intimité. Le régent en est averti deux jours plus tard ! À travers une lettre qui se veut conciliante, son père lui explique ses motivations, affirmant qu'il s'agit d'une union morganatique. *Sachez qu'en quittant mes fonctions, je suis devenu simple citoyen. Il est donc de mon droit d'épouser la personne de mon choix, quels que soient son rang et sa naissance.* Un jugement qui est peu prisé.

Le peuple est indigné, les cours européennes offusquées. Le courroux de Maximilien II en est décuplé. Quelle déchéance pour un Habsbourg d'accepter dans son cercle familial une aventurière issue d'une noblesse de si petite extraction ! Avec son oncle Philippe II, ils envoient une vive protestation au pape, arguant qu'il est dégradant d'avoir remis un titre aussi prestigieux que celui de grand-duc à un homme ayant choisi de s'abaisser au niveau d'un « simple citoyen ».

Cet événement, fâcheux pour les uns, heureux pour les autres, ne facilite pas les échanges entre le père et le fils. Francesco éprouve une véritable aversion pour celle qu'il est forcé de considérer comme sa belle-mère. Il la trouve grossière, inculte, avide. Il enrage que cette dévergondée puisse porter atteinte à la mémoire de sa mère, Éléonore de Tolède, si élégante et raffinée. Ce rejet viscéral se double d'une méfiance croissante vis-à-vis de la cupidité de Camilla, qui se voit octroyer en 1573 un fonds de 140 000 ducats et une rente annuelle de 5 700 *scudi.* Cet acte notarié signé de la main de Cosme ne pourra être annulé. Tant que le père sera vivant, le fils devra s'incliner. Écumant à l'idée d'être ainsi usurpé de ses droits, le prince se retire auprès de Bianca et partage avec elle ses inquiétudes.

– Imagine, ma douce, que cette odieuse femme ait un fils et que de mon côté aucun héritier ne voie le jour ? Le trône sera en péril !

– Vos frères y pourvoiront... Pourquoi ne pas anticiper cette éventualité par un pacte entre vous ?

– Jamais je ne m'abaisserai à leur en parler. Ils supputent déjà mes chances de devenir grand-duc. La régence est actée, mais le titre que porte mon père lui appartient encore !

Le régent se méfie de ses frères. Il n'ignore pas l'ambition de Ferdinand, la vénalité de don Pietro. S'ils resserrent les rangs quand l'honneur de la famille est en jeu, leur rivalité les oppose. Bianca a été le témoin de cette inimitié fraternelle. Elle la déplore tout en profitant des avantages qui en découlent. Elle est devenue l'unique confidente de cet être ténébreux et compte lui souffler, sans le heurter, quelques suggestions.

Au début de leur relation, son amant, dans sa fougue, lui avait promis de s'unir à elle dès qu'il échapperait à la tutelle paternelle. Depuis, Francesco avait dû se résoudre à épouser une princesse de sang royal et cette éventualité n'était plus d'actualité. Cependant, l'idée avait fait son chemin. Bianca se garde bien d'exprimer ses attentes mais ne peut s'empêcher d'y penser. Ni l'un ni l'autre ne sont libres. Cependant, les folies de Pietro lui seront un jour préjudiciables et l'archiduchesse, fragilisée par ses grossesses, s'affaiblit avec les années. Il serait injuste d'imaginer que la belle Vénitienne caresse des vœux malveillants. Elle ne désire pas le trépas de son mari, ni de

Jeanne. Son tempérament n'est pas démoniaque. Pour autant, la morale n'interdit pas d'anticiper. L'avenir d'une favorite est imprévisible, mieux vaut parer les morsures de la vie...

Pendant que Bianca évalue ses chances d'accéder à un état plus estimable, Francesco se satisfait d'être seul maître à bord, tout en rechignant à assumer tous les devoirs qui incombent à sa charge. Orgueilleux et fier d'être *primus inter pares*, il tient à exercer son pouvoir selon son bon vouloir. Il délègue à ses proches conseillers les interventions les plus fastidieuses, pour s'évader dans l'étude de diverses disciplines très éloignées de l'administration de la cité. L'art, les sciences et la technique stimulent sa curiosité. Les grandes opérations urbaines caractéristiques du règne de Cosme diffèrent de son style personnel. Ses propres ambitions sont moins spectaculaires. Ce qu'il apprécie est plus intime, en adéquation avec ses penchants scientifiques ou artistiques. Dès 1570, il confie à Buontalenti la construction du *casino* San Marco.

La mode des *casini*, en vogue depuis la seconde moitié du XVIe siècle, a pour particularité d'agencer les salles de réception au rez-de-chaussée. Reléguées autrefois au premier étage, elles devaient éviter les regards indiscrets. Cette tradition est jugée obsolète, la modernité impose de s'ouvrir sur le monde et d'offrir aux invités une vue élargie, côté rue et côté jardin. Dans ce lieu que Francesco fréquentera assidûment avec Bianca – elle-même passionnée de sciences occultes –, le prince s'adonne à des expérimentations. Il y développe son engouement pour les pierres dures, les cristaux et la céramique. Il aime manipuler les matériaux et réussit, avec l'aide d'artisans qualifiés, à élaborer une technique novatrice pour fabriquer de la porcelaine. Les produits réalisés entreront en compétition avec ceux venus de Chine. L'activité sera si intense qu'un ensemble d'ateliers s'accolera au *casino* initial.

Parallèlement à cette ruche industrieuse, le régent souhaite créer au sein du *palazzo* Vecchio un écrin fabuleux et ésotérique, pour accueillir sa collection personnelle. Cette utopie sera transfigurée par les plus grands artistes de son temps. Élaborés sous la direction de Giorgio Vasari et Vicenzo Borghini, les thèmes retenus sont à l'opposé de l'atmosphère guerrière des fresques de la salle des Cinq-Cents. Le *studiolo* doit refléter l'âme du prince, l'harmonie du cosmos, les mystères de l'univers. Tout autour de la voûte, les délicates peintures de Jacopo Poppi détaillent les quatre éléments - l'air, le feu, l'eau et la terre -, ainsi que les quatre saisons. Les quatre humeurs - flegmatique, sanguine, bilieuse, mélancolique -, si chères à Hippocrate, y sont également symbolisées. Au centre du plafond, *Prométhée recevant les joyaux de la nature* s'impose comme le point névralgique de ces magnifiques compositions. La pièce est entièrement couverte de boiseries dont les décors reproduisent les activités humaines. Derrière ces panneaux de bois sculptés, se cachent des objets rares. Pour orner les murs, le souverain a commandé à Alessandro Allori, l'un de ses peintres favoris, des portraits de petite dimension mettant en scène sa famille ou des êtres chers, dont Bianca est le parangon. Ce goût pour des représentations intimistes le démarque de son père dont le règne s'est consacré à des créations plus monumentales. Véritable cabinet des merveilles où le prince entrepose ce qu'il a de plus précieux, le *studiolo* sert à la fois de bureau, de laboratoire et de refuge pour cet homme bilieux et introverti.

Se moquant des critiques, Francesco impose sa favorite à toutes les fêtes civiles ou religieuses et, pire encore pour son épouse, à toutes les rencontres officielles. Cet outrage ne crée pas les remous attendus. Contrairement aux espoirs de l'empereur d'Autriche, l'implication de l'État toscan dans la Sainte Ligue protège le blason médicéen. Cette alliance appelée à lutter contre les Ottomans réunit la république de

Venise, les Habsbourg d'Espagne, les États pontificaux et une série de principautés italiennes. Participer à un combat d'une telle envergure permet au grand-duché d'intégrer le cercle restreint des nations qui comptent. Cette lutte commune resserre les attaches entre la péninsule Ibérique et la Toscane. Maximilien II, isolé dans ses terres du Nord, peu enclin à se glisser sous la bannière d'un catholicisme belliqueux, calme sa rancœur. Les soucis d'ordre privé sont relégués parmi les sujets de moindre importance, d'autant que la Sainte Ligue remporte une victoire magistrale contre les infidèles le 7 octobre 1571 à Lépante. La flotte turque est anéantie, perdant lors de ces affrontements près de deux cents vaisseaux et plus de vingt mille hommes ! Cette bataille mémorable marque d'une croix blanche la fin de l'expansion ottomane en Méditerranée.

À l'issue de ce succès retentissant, le clan Médicis abandonne ses prétentions guerrières pour des plaisirs plus suaves. Don Pietro, le plus jeune frère du grand-duc, doit convoler en justes noces avec sa cousine, Leonora Álvarez de Tolède. Appartenant à la branche princière, hispanique et napolitaine des Tolède, la jeune femme a été élevée à la cour de Florence. La proximité avec l'Espagne progresse, la consanguinité aussi ! Le père de la fiancée n'est autre que l'oncle de don Pietro. Une anomalie courante dans les familles princières. Dès le XIe siècle, l'Église s'était élevée contre ces unions quasi incestueuses arguant, entre autres raisons, que ces arrangements nuptiaux étaient néfastes à la vigueur de la lignée. Ces judicieuses recommandations ne furent guère suivies d'effet. Bien des siècles plus tard, la tradition se maintenait. Les Médicis, nouveaux entrants dans ce monde clos, appliquaient les mêmes méthodes. La parentèle s'unissait au gré des intérêts du clan. Les noces ont donc lieu, malgré les réticences du Vatican et pour le plus grand malheur de la jeune épousée. Don Pietro était connu pour sa brutalité et son penchant pour la débauche.

Les fêtes familiales achevées, Francesco décide de jouir de l'aura acquise grâce au succès de la Sainte Ligue. Il ne rend plus de comptes à personne, surtout pas à son père dont la santé décline. Bianca, sans le pousser à la dépense, lui enjoint de donner libre cours à ses envies. L'un de ses rêves le plus fantastique, mais aussi le plus dispendieux, s'est réalisé avec la construction de la villa médicéenne de Pratolino. Cette demeure grandiose, érigée à douze kilomètres au nord de Florence, ancrée au pied des Apennins, le prince la conçoit essentiellement pour Bianca. Il l'envisage comme une métaphore de ses passions : l'amour pour sa maîtresse, la dimension cosmogonique de ses croyances, l'interprétation du rapport entre l'homme et la nature. Bernardo Buontalenti, son ami et architecte préféré, sera le maître d'œuvre de ce projet fastueux. Sur les terrasses, des *scherzi d'acqua* animent des automates à intervalles réguliers. Ces fantaisies aquatiques répandues dans tout le domaine surprennent les visiteurs en émettant sur leur passage de délicieuses mélodies. Des statues antiques détournées des réserves médicéennes sont disséminées dans les allées. Michel de Montaigne, qui fut l'un des premiers témoins des « merveilles de Pratolino », décrira avec enthousiasme la profusion d'ouvrages qui enrichissait les parterres. « Un carrousel impressionnant de sculptures de personnages, d'animaux, de dieux et de héros épiques ; grottes, fontaines, jeux et plaisanteries d'eau ; spectacles d'automates automoteurs actionnés à l'eau, orgues hydrauliques qui reproduisaient des musiques suaves, machines automatiques qui reproduisaient le chant des oiseaux[1]... »

Dès que les travaux sont assez avancés, le prince et Bianca y passent l'été. Les jardins plantés d'essences rares offrent au couple un abri paradisiaque. Échappant au remugle citadin, ils organisent des fêtes et des chasses. Quand la

1. Montaigne, *Journal de voyage en Italie*.

chaleur s'installe, ils se réfugient dans des grottes artificielles, profitant de la fraîcheur bienfaisante pour y servir des banquets d'inspiration naturaliste. Au cœur du parc, surplombant les alentours, le *Colosse des Apennins* veille à la tranquillité des lieux. Ce géant de pierre de quatorze mètres de hauteur, sculpté par Giambologna, cache dans ses entrailles un système très élaboré de canalisations qui alimentent les points d'eau environnants. Les caprices de Pratolino, révolutionnaires dans leur conception, seront loués par les poètes mais vertement critiqués par les citoyens, heurtés par le coût exorbitant de leur réalisation...

À Florence, les années se suivent et ne se ressemblent pas. La décennie nouvelle n'a pas apporté le lot de réjouissances escomptées. Si l'art est à son zénith et l'architecture magnifiée, les peines et les drames assombrissent l'existence des princes. Le décès de Cellini est vécu comme un mauvais présage par Francesco. Cet artiste majeur, « en tout audacieux, fier, vivace, rapide, terrible, capable de dire leur fait aux princes autant que d'employer son esprit et sa main aux œuvres d'art[1] », venait de réaliser un ravissant petit médaillon représentant le grand-duc. Ce dernier lui avait demandé de graver au dos de ce charmant camée dédié à Bianca ces quelques mots : *En recevant ce portrait, reçois aussi mon cœur.* Tous ces signes d'affection, si naturels et émouvants pour un couple amoureux, se couvrent de boue et de honte dans les libelles populaires. Sur la façade du palais de la *via* Maggio, à la nuit tombée, des cornes de toutes origines sont subrepticement accrochées aux murs. Ces attitudes irrespectueuses demeurent impunies. Bianca ne réclame pas justice, elle a peur des représailles. Son surnom de *detestabile*[2] court dorénavant sur toutes les lèvres.

---

1. Giorgio Vasari, *Les Vies des plus excellents peintres, sculpteurs et architectes italiens depuis Cimabue jusqu'à notre époque.*
2. « Détestable ».

Pietro Bonaventuri, le premier visé par ces insultes avilissantes, n'en a cure. Il se croit au-dessus de la mêlée, hors d'atteinte de ce peuple qu'il méprise. Son dédain ira croissant avec le temps. Il ose toiser les représentants des plus grandes familles et s'adresser familièrement à l'archiduchesse. Il engage des procédures vindicatives contre toute personne lui manquant de respect, se montrant particulièrement cruel envers les petites gens. Cette posture de plus en plus outrancière effraie Bianca. Elle tente de le raisonner, en retour il la menace d'un constat en adultère ! Trop orgueilleuse pour se plaindre à son amant, Bianca se résigne à voir sombrer Pietro dans la disgrâce. Francesco, en effet, commence à se lasser de cet individu pervers qui, malgré sa complaisance, lui apparaît comme un obstacle à sa passion.

Aveuglé par sa vanité, Pietro séduit les femmes de la noblesse, provoquant une série de scandales. Le dernier en date le conduira à sa perte. Il concerne sa liaison transgressive avec Cassandra Bonciani di Ricci. Issue d'une lignée florentine ancienne, d'une beauté ravageuse, cette veuve joyeuse, d'une réputation sulfureuse, ne s'embarrasse pas de préjugés. Plusieurs amants de bonne naissance ont partagé sa couche. Certains ont payé cette audace de leur vie. Pietro le sait mais selon son habitude, par insouciance ou impudence, il se moque des dangers qui le guettent. Il promène sa nouvelle conquête comme un trophée. Ce comportement de boutefeu offense la très vénérable famille Ricci, qui s'en émeut auprès du prince. Par déférence pour Bianca, Francesco condescend à régler les bassesses de ce flagorneur en le prévenant du risque encouru : les Ricci sont puissants et n'hésiteront pas à venger leur honneur par le sang.

La semonce princière reste sans écho. Au lieu de mettre fin à cette aventure tapageuse, Pietro raille les Ricci, les qualifie de pleutres. Le ton insolent qu'il emploie aggrave son cas. Le nombre de ses ennemis s'accroît de jour en jour, sa disparition serait un soulagement pour tous... Le prince, sans l'avouer, ne s'en désolera pas. Des rumeurs de vendetta enflent à la cour. Le 26 août 1572, au milieu de la nuit, en se rendant à son domicile *via* Maggio, Pietro est agressé par une poignée de malandrins qui s'acharnent sur lui. À sa décharge, il se bat avec courage : malgré tous ses défauts, cet homme sans scrupule a la qualité de ne pas être lâche. Le nombre de ses agresseurs ne lui offrant aucune chance, il est laissé pour mort aux abords du *ponte* Vecchio. Sa dépouille, recueillie par des passants, est déposée à l'entrée du *palazzo* Capello. En voyant ce corps lacéré de coups de poignard, Bianca est dévastée. N'en déplaise à la médisance populaire, son chagrin est sincère. Pietro avait été son premier amour, celui qui l'éveilla à la volupté et la libéra de son enfermement. Avec sa fille Pellegrina, elles seront les seules à pleurer son absence. *Ser* Zanobi avait depuis longtemps renié son fils, dont la mémoire sera vite oubliée.

Maquillé en larcin, ce crime commandité par Roberto Ricci restera impuni. Cassandra, la maîtresse de Pietro, subit un sort aussi peu enviable que celui de son amant. Quelques jours après le décès de Pietro, on la retrouve gisant sur son lit de plaisirs, une plaie béante à la place du cœur. Si le prince n'a pas trempé dans cette machination, il a certainement fauté par omission. Quant à Bianca, accusée par la rumeur d'avoir ourdi ce guet-apens, elle endure ces attaques comme autant de blessures. Son rôle d'épouse lui concédait un vernis d'honorabilité. Désormais, elle sera seule à assumer son destin. Une nouvelle ère se dessine, un chemin d'ombre et de lumière aux contours imprécis.

Chapitre 18

L'envol

Hélas ! Quel fol espoir enivrait ta pensée !
Les voilà, ces beaux yeux de ce plaisir vainqueur
Aiment lancer les feux qui dévorent ton cœur.

Torquato Tasso, dit Le Tasse,
La Jérusalem délivrée.

En ce mois d'août 1572, la consternation règne dans les cours européennes. La nouvelle du massacre de la Saint-Barthélémy s'est propagée au-delà des frontières françaises et provoque un véritable séisme. Catherine de Médicis en est rendue responsable. Cette accusation injustifiée sidère le grand-duc. Cette lointaine parente, fille de Laurent le Magnifique, s'était toujours montrée tolérante vis-à-vis des religions protestantes. Bien que ce drame n'ait pas d'incidence directe sur la diplomatie transalpine, il crée un réel malaise. La légende noire des Médicis se pare d'une aura diabolique. Les rumeurs aiment se repaître d'histoires sanglantes, et la lignée médicéenne a été entachée à travers les siècles par les homicides et les empoisonnements. Le meurtre de Pietro n'est qu'une misérable goutte d'eau dans ce flot de turpitudes. Bianca est bouleversée en apprenant l'affreux événement qui s'est déroulé le 24 août à Paris. La coïncidence des dates avec la disparition de son époux la trouble au point de croire qu'elle sera la prochaine victime de cette violence endémique.

Terriblement affectée, elle s'enferme dans une maison récemment acquise aux environs de Florence. La peur s'insinue dans son esprit. Les meurtres perpétrés sur contrat sont monnaie courante dans cette Italie du XVIe siècle où les dissensions se règlent le plus souvent par le poignard. Elle craint pour sa vie, pour celle de sa fille. Son amie Isabelle Orsini, de passage dans la villa médicéenne de Cerreto Guidi, son étape favorite quand elle quitte Pise avant de rejoindre Florence, lui propose de venir s'y réfugier. Bianca accepte l'offre généreuse de celle qui sera son seul appui pendant cette période affligeante. En se promenant dans les jardins de cet élégant relais de chasse, les deux femmes se réconfortent. L'existence d'Isabelle n'est pas non plus exempte de critiques. La liaison qu'elle entretient avec Troilo Orsini, le cousin de son mari, est de notoriété publique. Bianca se sent en confiance avec cette âme sœur et lui confie ses peines :

– Ma chère princesse, j'ai honte de vous ennuyer avec mes soucis, mais je n'ai confiance qu'en votre jugement. Je ne sais comment agir. Ce deuil m'oblige à fuir la cour. Cette absence va se prolonger de longues semaines. Mes ennemis vont s'en emparer pour m'effacer aux yeux du prince. Que deviendrais-je sans lui ?

– Ne soyez pas si pessimiste ! se récrie Isabelle dont l'humeur joyeuse tente d'apaiser les doutes de Bianca. Mon frère vous aime ! Ne l'a-t-il pas prouvé après toutes ces années ? Ne vous tourmentez pas.

– Son amour me protège, oui, peut-être... Pour combien de temps encore ? Le peuple me déteste, les courtisans me jalousent. Si l'on complote contre moi ?

– Francesco ne le permettra pas ! Ses espions sont partout et dénoueront le moindre piège. On ne vous fera aucun mal.

La favorite acquiesce sans trop y croire. Le statut d'Isabelle, fille, sœur et épouse de princes, lui accorde une immunité dont Bianca est dépourvue. Elle ne relève pas cette disparité, son amitié avec la princesse Orsini est trop précieuse pour la gâcher par des remarques déplaisantes. Elle se retient de lui avouer une autre de ses appréhensions : malgré l'opulence dont elle dispose, elle est à la merci de l'iniquité dont la gent féminine est victime. Selon la loi, elle ne peut être propriétaire en propre de ses biens. Son mari décédé, *ser* Zanobi devient automatiquement le tuteur légal de Pellegrina et le gestionnaire de son patrimoine. Sans le bouclier princier, Bianca n'a plus de statut juridique. Elle redevient une apatride entièrement dépendante du bon vouloir du clan Bonaventuri. Certes, l'ombre du souverain lui évite des confrontations houleuses avec sa belle-famille, mais la fragilité de sa position la place au bord de l'abîme. Elle refuse de s'y laisser entraîner.

Contrainte de se retirer du monde, Bianca ne s'apitoie pas sur son sort. La vie lui a enseigné que la faiblesse est mauvaise conseillère. Cette retraite forcée lui accorde paradoxalement une pause bénéfique dans la folle ascension commencée dix ans auparavant. Évaluant ses atouts, elle dresse un plan de bataille. Son voile de veuve dissimule l'énergie qu'elle déploie en secret pour conserver les faveurs du prince. La maturité lui confère une clairvoyance très éloignée de l'insouciance de ses jeunes années. La stratégie échafaudée sera parfaitement manœuvrée... Si l'idée d'un hymen ne peut se concrétiser, un enfant engendré par le grand-duc permettra de rééquilibrer les forces en présence. La reine, malgré ses grossesses répétées, n'a pas comblé le duché d'un héritier. Une cinquième fille, Marie, future reine de France, est née en 1573. Depuis, les fausses couches se succèdent. Aucun descendant mâle n'a encore vu le jour. Bianca fait un pari sur l'avenir. Si elle accouche d'un garçon, si le prince le légitime, elle sera définitivement à l'abri des attaques.

L'isolement de la favorite n'est pas resté inaperçu. Ses opposants en profitent pour susurrer que son ascendant sur le prince s'affaiblit. On murmure qu'il ne se rend plus à son chevet. Malgré les messagers qui galopent sur les routes, les prévisions sont en sa défaveur. Le courrier que Francesco délivre à la veuve éplorée est commenté par toutes les bouches. S'agit-il de lettres de consolation ou d'ultimes marques d'attachement avant la rupture finale ? Les supputations vont bon train. Au fil des semaines, les paris condamnent la belle Vénitienne à une chute imminente. Cosme est le premier à spéculer sur cet amoindrissement, réel ou supposé, du pouvoir de Bianca. Sa faiblesse physique n'altère pas sa ténacité, il suggère à son fils d'exploiter cette accalmie sentimentale pour se rapprocher de sa femme. Ce sage conseil, et chacun s'en étonne, est écouté.

Dans un élan de bienséance, Francesco invite l'archiduchesse à l'accompagner dans la tournée de son *dominio*. Jeanne se réjouit de ce voyage et l'exprime avec enthousiasme :

– J'entrevois ce déplacement comme une renaissance. Puissions-nous y découvrir la voie de nos retrouvailles !

Son mari reste silencieux et esquisse un maigre sourire. Touché par la sincérité de sa femme, il se sent coupable de n'éprouver pour elle qu'un peu de compassion. Contrairement à Jeanne qui aspire pour son couple à un renouveau salutaire, il n'attend rien de cette excursion protocolaire.

L'archiduchesse, privée quotidiennement de la présence de Francesco, se berce de douces illusions. Ce bonheur éphémère ravive son teint et contribue à égayer son âme. Dans un premier temps, le cortège s'arrête à Pise, où

Cosme s'enchante d'accueillir sa belle-fille. Il s'est toujours préoccupé de son bien-être. Ébloui par son sang royal, il occulte volontairement son physique disgracieux.

Jeanne se confie à lui, se plaint de sa solitude et de cette courtisane qui accapare son mari. Ces dernières années, ils se sont souvent écrit. Bien qu'ils se voient rarement, une véritable complicité les lie. Le duc connaît aussi les affres d'un mariage mal assorti. Le caractère acariâtre de Camilla a transformé sa vie en enfer :

– Votre Majesté, ma tendre belle-fille, lui murmure-t-il, l'éloignant de l'aréopage qui ne cesse de les épier. Si vous saviez l'horreur de ma situation ! Camilla est odieuse, elle veut placer sa parentèle à des postes qui ne conviennent pas. Récemment, elle a provoqué un esclandre auprès de Serguidi pour obtenir la promotion de son cousin, le chevalier Domenico Martelli. Il a beau lui dire que ces nominations dépendent du régent, elle insiste et l'insulte ! Elle a même refusé de venir *imbocare*[1] hier soir au moment de mon souper !

L'archiduchesse est horrifiée par ce comportement indigne et compatit à ses malheurs. Sans trop s'attarder sur les siens, elle offre au duc des gages de tendresse qui adoucissent sa vieillesse.

Entre-temps, à Florence, les conversations se noient en conjectures. L'attitude de Francesco intrigue. Le revirement spectaculaire de son comportement déconcerte ses propres conseillers. Le trépas de Pietro devrait être une aubaine pour le prince, une entrave de moins qui le sépare de l'objet de son affection. Cette analyse à courte vue ne prend pas en compte la personnalité complexe du prince. Sa crédibilité est en jeu. Il se sait scruté par ses proches

1. Littéralement « donner la becquée ». Cosme aimait que ses « femmes » lui mettent les morceaux de nourriture dans la bouche. Extrait de l'ouvrage *Lettres royaux et lettres de missives inédites*, de Charles Casati.

et ses sujets. Par orgueil, il refuse d'être considéré comme l'ancien rival de Pietro ; par calcul, il met de la distance entre le crime perpétré et sa condition de grand-duc. En réalité, c'est bien malgré lui que Francesco se prive de la présence de Bianca. Le périple entrepris en compagnie de Jeanne a pour but de raffermir son hégémonie.

Partout où le couple se présente, à Pise, à Livourne ou dans les villages alentour, les habitants les acclament. La reine est particulièrement choyée. On la révère comme une sainte. Les femmes lui tendent leurs nourrissons pour une bénédiction. Sa réputation de bonté et de charité la précède. Le prince s'amuse de cet engouement, en prend ombrage aussi. Peu à peu, ses bonnes intentions s'estompent. Son rôle de conjoint fidèle et complaisant lui pèse. La cité des Lys lui manque et avec elle, une autre fleur d'une grâce inégalable. Après un mois d'absence, Francesco reprend le chemin de Florence. Les exigences de la vie publique sont des alibis précieux quand il s'agit de masquer sa passion.

Le retour du prince sonne le glas des espoirs de Cosme. Jeanne ne retrouvera pas la place qu'elle mérite dans le cœur de son fils. Bianca lui a tout pris. Son deuil achevé, la Vénitienne, qu'il hait avec constance, s'est réinstallée *via* Maggio et son influence prend de l'ampleur. Le duc estime que ce joug sentimental empêche Francesco de gouverner sereinement. « Il n'est pas bâti, répète-t-il à l'envi, pour le titre qui lui a été octroyé. » Ferdinand et don Pietro partagent l'opinion de leur père. La dépendance du prince est néfaste pour le rayonnement de la Toscane. Soucieux de la probité de leur nom, les deux frères cherchent à réduire l'emprise de Bianca. À Rome, Ferdinand, le plus intelligent et le plus ambitieux de la fratrie, consolide un réseau d'alliances utile à son avenir. Sa vision va bien au-delà de la cité romaine. Il se forge une stature d'homme d'État en traitant avec les ambassadeurs et toute personne de haut rang qui transite par la cité papale. Autour de lui, un cercle d'intermédiaires l'informe des agissements des cours européennes. Persuadé que Rome deviendra l'épicentre de la diplomatie en Italie, il soutient les intérêts de son pays à la demande de son frère et pour sa propre cause. Vivant fastueusement dans son *palazzo* du Pincio[1], où il n'hésite pas à se faire représenter par Jacopo Zucchi en *Jupiter régnant sur les arts*, il surveille avidement les aléas de la politique locale et internationale. Fervent admirateur de Jeanne, ennemi juré de Bianca, il peaufine ses prétentions d'héritier en second.

En avril 1574, une triste nouvelle accable le pays. Cosme Ier de Médicis vient de s'éteindre. Prince aux multiples facettes, il était à la fois haï et révéré. Sa cruauté envers ceux qui se plaçaient en travers de son chemin était légendaire. Les Florentins se souviennent encore de la conjuration de 1559, écrasée dans le sang, et du corps lacéré de Pandolfo Pucci honteusement pendu à une fenêtre du Bargello. La mort atténue la noirceur des trépassés.

Les crimes de Cosme s'effaceront devant ses exploits. De son règne, seuls les aspects les plus mémorables sont exaltés : l'intégration de la république de Sienne dans l'orbite toscane ; la maestria avec laquelle il a superbement implanté son petit État sur l'échiquier italien ; enfin et surtout, la consolidation de sa dynastie. Il avait aussi, dans la continuité de ses ancêtres, maintenu une généreuse politique de mécénat qui servait ses intérêts et renforçait la renommée de sa cité. Il laissait ainsi en héritage l'*Accademia fiorentina* et la glorieuse *Accademia del Disegno*.

Grâce à lui, les artistes disposaient d'un statut qui les mettait en adéquation avec les autres domaines intellectuels. Autrefois toisées comme activités « serviles », la peinture, la sculpture et l'architecture intégraient désormais la caté-

1. Pincio : colline située dans la partie historique de Rome, sur laquelle est érigée la villa Médicis.

gorie des arts libéraux. De ce fait, les plus talentueux dans ces disciplines nouvellement promues pouvaient accéder à l'Olympe des hommes illustres. Un honneur qui leur était autrefois interdit. Cette revendication, formulée dès le XVe siècle par Alberti[1], avait obtenu sous le règne de Cosme ses lettres de noblesse. À sa mort, le duc est vénéré comme « chef, père, guide et redresseur des arts ». La communauté artistique pleure son protecteur. Le peuple aussi et, de façon plus mesurée, les membres de sa famille. Les funérailles seront à l'aune du titre que feu le grand-duc a arraché de si haute lutte : majestueuses et solennelles.

Francesco ne cache pas sa satisfaction de devenir – enfin – l'unique dépositaire de la couronne ducale ! Le poids étouffant de la présence paternelle, ses perpétuelles exhortations et son aversion envers Bianca lui étaient devenus insupportables. Il entend gouverner selon ses convictions et organiser sa vie privée selon son inspiration. Le deuil est trop récent pour qu'il prenne des décisions hâtives. Son union avec Jeanne est indissoluble. Il doit composer avec cette chaîne nuptiale qui entrave ses désirs. Cosme disparu, l'archiduchesse perd un allié inconditionnel. Son mari a repris ses détestables habitudes et la traite avec une désinvolture humiliante. Sans l'amour de ses sujets et l'amitié de Ferdinand, elle serait totalement abandonnée. Son frère Maximilien II a d'autres préoccupations, il ne lui est d'aucun secours. La proximité entre le *palazzo* Pitti, où la famille régnante s'est installée et la *via* Maggio oblige la souveraine à croiser sa rivale. Des scènes pénibles en résultent. La suite de Jeanne s'en prend à celle de Bianca. Les invectives manquent de retenue. Pour éviter que l'ordre public ne souffre de ces altercations, fâcheuses pour la dignité

1. Leon Battista Alberti (1404-1472) : génie polymorphe du quattrocento, il était philosophe, peintre, mathématicien, architecte et linguiste.

princière, Francesco achète à son aimée une charmante villa dans l'Oltrarno. Connue pour ses sublimes jardins, les *Orti Oricellari*, elle fut en son temps le refuge privilégié de l'*Accademia platonica* tant appréciée de Cosme l'ancien.

Ironie du sort, les deux femmes auxquelles Francesco est indissolublement lié, par devoir envers l'une, par amour pour l'autre, ont une même obsession : enfanter un fils. Si Jeanne donne un héritier au grand-duc, elle perpétue la descendance et son rôle dans la hiérarchie familiale en sera sublimé. Quant à la favorite, elle a pour unique ambition de consolider son rang. Les portes de sa cage dorée se sont entrebâillées, elle est prête à prendre son envol. Reste cette malédiction qui hante ses nuits : malgré dix années de relations suivies avec Francesco, Bianca n'est jamais tombée enceinte. Cette grossesse dont elle rêve et qui serait son sauf-conduit vers une existence plus stable s'avère hypothétique. Elle a mis tous les moyens de son côté : les meilleurs médecins la conseillent ; elle part prendre les eaux aux sources thermales les plus réputées ; elle suit un régime strict censé stimuler la fertilité. Dans cette course à la procréation, Bianca doute de sa victoire. Son mal-être ne peut empiéter sur son rôle de courtisane. Malgré sa fatigue, les fêtes qu'elle organise sont toujours aussi nombreuses et joyeuses. Les larmes de découragement, elle les garde pour elle.

Avec son regain de contrôle sur la cour, Bianca s'est tressé un lacis de connaissances qui lui sont dévouées. Lorenzo Corboli, cet homme terrifiant dont parlait autrefois *ser* Zanobi d'une voix blanche, est l'un de ses affidés. Malgré cette récente assurance, ses angoisses persistent. Si elle ne craint plus l'attaque insidieuse d'un coupe-jarret ou un revirement de son amant, elle tremble pour sa réputation. La haine que lui voue le peuple ne s'éteint pas. Elle est brocardée comme « la putain du prince ». On lui prête des actes de sorcellerie. Ses longs moments passés avec

Francesco au *casino* de San Marco ou dans la fonderie du *palazzo* Vecchio la desservent. Sa beauté n'est plus un don du ciel mais une supercherie du diable pour ensorceler le grand-duc. Malgré les contributions régulières qu'elle verse aux œuvres de charité, les dons aux hôpitaux ou aux orphelinats, elle est perpétuellement vilipendée en place publique. L'éternelle comparaison avec Jeanne ne joue jamais en sa faveur. Seule la maternité la laverait de toutes ces avanies. Du moins tente-t-elle de s'en convaincre.

En attendant que l'enfant paraisse, d'autres soucis majeurs secouent les autorités en place. Au début du mois d'avril 1575, dans le secret de son bureau, Francesco apprend par une missive venue de Rome que ses jours sont en danger. Le cardinal Ferdinand a eu vent d'une machination ourdie contre le grand-duc. L'affaire est suffisamment grave pour qu'il fasse remonter l'information en haut lieu. Si le cadet blâme l'inconséquence de son frère aîné en privé, il s'oppose fermement aux actions malveillantes susceptibles de déstabiliser la dynastie. Depuis une quinzaine d'années, à la suite de la conjuration de Pandolfo Pucci et de l'implacable répression qui en résulta, les clans patriciens s'étaient en majorité ralliés à l'étendard médicéen. La « série de guerres, de complots, de révoltes et de coups d'État », détaillée par Machiavel dans son *Historie fiorentine*, semblait appartenir à un autre âge. La lettre de Ferdinand brise cette belle certitude. Les conseillers du prince, dubitatifs, considèrent que les bruits colportés manquent d'épaisseur et lui recommandent la prudence. S'il s'agit d'une simple *fantasia politica*, mieux vaut ne pas l'ébruiter. Riposter sans discernement se retournerait contre l'État toscan.

D'après les sources romaines, les coupables présumés sont de jeunes nobles florentins. Les accusations sont vagues, les preuves inconsistantes. User des voies diplomatiques et mobiliser les cours européennes pour une poignée de godelureaux sans cervelle serait contre-productif. Ces sages avertissements ne sont pas entendus. Ferdinand et Francesco, par orgueil ou calcul, persuadent leur entourage de la gravité de l'affaire. Leur ambassadeur à Venise confirme que des armes ont transité par la lagune avant d'être introduites clandestinement à Florence. Par qui et dans quel but ? Nul ne le sait. On ignore également si le grand-duc était la cible de cet acheminement. Qu'importe ! Ce dernier valorise ces quelques éléments pour affirmer son autorité.

Parmi les conjurés, on cible Orazio Pucci. Fils de Pandolfo, il a assisté au martyre de son père, c'est une prise de choix. La vengeance est un motif suffisant pour justifier sa culpabilité. La personnalité falote du garçon ne concorde pas avec celle d'un chef de bande. Le tribunal criminel des *Otto di Guardia* ne s'embarrasse pas de ces considérations. Fin avril, le soi-disant factieux est arrêté. Soumis à la torture, il révèle les noms de ses compagnons sans pour autant donner des explications claires sur leurs motivations. Francesco prend prétexte de ces aveux pour donner de l'ampleur à la rébellion. La majorité des comploteurs est en fuite, ce qui place le prince dans une posture délicate. L'aide des amis souverains lui est indispensable. Dès le mois de mai, il incite les principautés italiennes à se méfier de ces séditieux qui ont voulu attenter à sa personne. Dans ses lettres, il décrit ces fauteurs de troubles comme d'effroyables criminels capables de porter atteinte à la sécurité de l'État ! Dans son exaltation, il n'hésite pas à proclamer au commandeur de l'ordre de Malte, sans doute abasourdi, que « de telles machinations pourraient induire une agitation et un désordre préjudiciables à la chrétienté[1] » ! Pendant que les

1. Extrait d'une lettre de Francesco Ier de Médicis (1575) citée dans Jean Boutier, « Trois conjurations italiennes », *Mélanges de l'école française de Rome*, 1996.

spadassins du prince poursuivent les fuyards, Orazio est condamné à mort le 6 août 1575. Quinze jours plus tard, il est pendu à la fenêtre du Bargello, celle-là même où son propre père fut supplicié.

Trois années durant, le grand-duc traque inlassablement les membres de cette mystérieuse conspiration. Tous appartiennent aux plus vieilles familles toscanes. Pucci, Ridolfi, Capponi, Machiavelli, Alamanni, Altoviti, Lenzi, Rinieri, Martelli... Hormis Orazio qui avait une raison objective de s'en prendre aux Médicis, les autres ne sont que des adolescents dont les parents ont depuis longtemps abandonné toute velléité d'opposition. Pourquoi tant de haine ? Le profil de ces nobliaux, plus enclins à s'adonner aux plaisirs de l'instant qu'à se lancer dans des projets politiques séditieux, laisse perplexe l'entourage de Francesco. Ce dernier, pour magnifier l'ampleur de l'événement, ne se contente pas de prendre à témoin les États de la péninsule. Toute l'Europe doit être au courant du crime de lèse-majesté dont il a failli être la victime ! Des missives sont ainsi envoyées à l'empereur d'Autriche, au roi d'Espagne, à Elizabeth Ire d'Angleterre, à Henri III de France...

Avec le temps, l'attitude de Francesco qui dépense des sommes exorbitantes pour obtenir l'extradition des exilés, irrite les monarchies amies. L'ingérence du prince sur le sol étranger via ses bretteurs qui usent de l'épée, du poignard et du poison pour arriver à leurs fins est très mal perçue. Au final, le bilan de ce coup d'État avorté est mitigé. L'image du grand-duc n'en sort pas grandie. Son obstination ne consolide pas son autorité mais ébranle le prestige de son État. La dureté de la répression sur un groupe de jeunes gens dont l'aîné a à peine vingt ans choque ses contemporains. La cupidité qui sous-tend cette action – 300 000 ducats seront récupérés par le trésor princier grâce à la confiscation des biens des condamnés –

exhale un relent de corruption préjudiciable à la popularité du prince. Francesco ne s'en formalise pas. Imprégné du traité de Machiavel, il est persuadé qu'un prince « s'attire la haine en faisant le bien comme en faisant le mal[1] ». L'humeur des Florentins ne le déviera pas de la voie qu'il s'est tracée.

1. *Il Principe* ou *De Principatibus* (*Le Prince* en français) : traité de politique rédigé par Nicolas Machiavel au début des années 1500 et dédié par l'auteur à Laurent II de Médicis.

Chapitre 19

La caverne de la nouvelle tyrannie

Pourquoi faut-il que l'amour, qui est si doux d'aspect, mis à l'épreuve, soit si tyrannique et si brutal ?

William Shakespeare, *Roméo et Juliette.*

Contrairement aux rapports circonstanciés adressés à la Sérénissime, par le *clarissimo messer* Andrea Gussoni, ambassadeur de Venise à Florence, Francesco n'est pas un souverain « *amato dall'universale, e specialmente dal popolo*[1] ». Sa personnalité énigmatique crée autour de lui des zones d'ombre dont le peuple se méfie. Son caractère s'affirme sur un terrain peu propice à la compassion. Il devient tyrannique, soupçonneux, cruel. Tout en s'écartant de ses devoirs d'homme d'État, il punit sévèrement la moindre réprobation. Les arrêtés sur les crimes de lèse-majesté et la loi Polverini, qui permet de s'approprier les biens des personnes condamnées ou bannies, servent ses intérêts. Florence devient « la caverne de la nouvelle tyrannie », métaphore peu flatteuse, que Le Tasse, dans sa vanité blessée, avait inventée pour brocarder la suffisance des Médicis.

1. « Universellement aimé et spécialement du peuple. »

Le virage autocratique du grand-duc a des conséquences néfastes sur l'organisation de son *dominio*. Son père avait eu l'intelligence de gouverner avec une main de fer doublée d'un gant de velours. L'État toscan est encore récent. Les nombreuses bourgades passées sous la coupe de la cité des Lys acceptent leur soumission contre un minimum d'autonomie. Cet équilibre précaire, Cosme avait su le maintenir en accordant des avantages aux notables en échange de leur fidélité. Francesco prend et ne donne rien. La fiscalité s'alourdit, l'octroi de privilèges se tarit. Si les cités sujettes sont suffisamment muselées pour ne pas s'insurger, la population en pâtit. En ce milieu de la décennie 1570, la situation économique sans être désastreuse est moins encourageante. Face à ce ralentissement, le prince réagit avec dureté. Il accroît les impôts et diminue les dépenses publiques. Sous couvert d'austérité, il inflige un rigorisme monétaire préjudiciable au commerce. L'État s'appauvrit sans que le train de vie du grand-duc se réduise. Les cadeaux somptuaires dont il couvre Bianca irritent les plus fortunés et désespèrent les plus pauvres.

Ce qui se fomente dans les palais médicéens n'améliore pas son image. L'intransigeance dont il fait preuve vis-à-vis de Camilla Martelli est mal perçue. Dès la disparition de Cosme, Francesco s'est acharné contre sa belle-mère. Les funérailles à peine achevées, il lui ordonne de se retirer dans un couvent qu'elle ne doit quitter sans autorisation. La malheureuse est tout d'abord emmurée à la Santissima Annunziata delle Murate, qui avait recueilli autrefois la petite Catherine de Médicis. Grâce à l'intercession du cardinal Ferdinand auprès de Sa Sainteté Grégoire XIII[1], elle est transférée au cloître de Santa Monaca, où elle pourra recevoir amis et connaissances. La clémence du pape empêche le grand-duc de durcir ce règlement. Pour un

1. Grégoire XIII succédera au pape Pie V, décédé le 1er mai 1572.

temps seulement. En 1586, Francesco adressera une lettre au nouveau pape Sixte V, lui réclamant instamment d'intervenir pour faire cesser le scandale de ces dispositions trop libérales qui discréditent la mémoire de son père et la réputation du couvent ! Son entêtement, quand il s'agit d'atteindre ceux ou celles qu'il considère comme des entraves à sa volonté, est sans pitié.

Son propre sang n'est pas exempté de ce principe. En 1576, la malédiction des Médicis s'abat lourdement sur la gent féminine. Le 9 juillet, l'exquise Leonora Álvarez de Tolède, qui avait épousé le frère cadet du prince au moment où la Toscane fêtait sa victoire contre les Ottomans, meurt brutalement. Elle passait un court séjour dans la villa médicéenne de Cafaggiolo avec son mari, usage assez rare car le couple vivait séparé. Funestes retrouvailles ! Don Pietro l'avait attirée dans ce lieu éloigné de Florence pour accomplir son projet démoniaque. On prêtait à sa femme une aventure avec Bernardino Antinori, un jeune noble de la cour. Pour laver un honneur dont il est totalement dépourvu, le frère du grand-duc fait assassiner Antinori et étrangle Leonora sans le moindre remords. Le lendemain de cette nuit tragique, il annonce le décès avec désinvolture, le maquillant en crise d'apoplexie. Nul n'ignore la barbarie de cet être amoral et violent. La rumeur de son forfait se répand dans les rues de Florence. Malgré la désapprobation de la population et de ses conseillers, cette fin honteuse restera impunie. Francesco ne prend pas la peine de pleurer la défunte, à laquelle il concède tout de même un enterrement princier. Pour éviter que la cour espagnole ne se scandalise d'un tel affront - les liens hispaniques de Leonora exigent un minimum de diplomatie -, il fait savoir au roi Philippe II que la dignité d'époux de son frère étant en jeu, le châtiment est à la mesure de l'humiliation ressentie...

Ce drame bouleverse les proches de la suppliciée, particulièrement la princesse Isabelle Orsini. Elle était avertie des penchants malsains de son frère, don Pietro, et ne doute pas de sa culpabilité. L'impunité dont il bénéficie la révolte et la terrifie. L'assassinat de sa cousine Leonora, qu'elle aimait tendrement, lui fait craindre le pire. Toutes deux ont connu une union désastreuse : des maris tyranniques, avides de plaisir, éternellement absents. L'envers de cette triste médaille leur a offert la liberté d'agir à leur guise et de s'entourer d'une cour brillante. Leurs charmes attirent de nombreux jeunes gens, artistes ou lettrés, ravis de profiter de leur obligeance et du confort de leurs palais. L'autonomie dont elles jouissent, notamment Isabelle, froisse la conscience des dévots. Son intelligence et sa beauté se conjuguent à un tempérament énergique et fantasque, souvent provocateur. Comme toujours à la cour, des âmes généreuses préviennent le prince contre les débordements de sa sœur. On lui raconte, ce qu'il savait déjà, qu'elle entretient une relation suspecte avec Troilo Orsini. Cet amour illicite remonte à une dizaine d'années. Le mari d'Isabelle, Paolo Giordano Orsini, en désertant Florence pour s'installer à Rome, a donné pour mission à son cousin Troilo de surveiller son épouse. La surveillance fut étroite. Un peu trop aux yeux de ses proches. Paolo ne s'en formalisait pas outre mesure, jusqu'au jour où il croise le chemin de Vittoria Accoramboni.

Passionnément amoureux de sa nouvelle conquête, Paolo Orsini, au préalable indifférent aux mœurs de sa conjointe, clame son infortune de mâle bafoué. Impatient de se libérer de ses chaînes nuptiales pour convoler avec son amante, il cherche une échappatoire. L'exemple de don Pietro qui s'est si lâchement délivré du joug conjugal l'inspire. Puisque seule la mort sépare ce que Dieu a uni, il se résout à adopter sans attendre une solution radicale. Mi-juillet, moins d'une semaine après la disparition dramatique de Leonora, Paolo insiste pour emmener sa femme à la villa médicéenne de Cerretto Guidi, lieu qu'elle apprécie tant et qui l'aidera à surmonter le deuil de sa cousine. La princesse se méfie, si l'endroit lui convient - elle y a de merveilleux souvenirs dont de longs séjours passés en compagnie de Bianca -, elle s'étonne de la sollicitude de Paolo à son égard. À leur arrivée, le personnel habituel les accueille mais aucun membre de leur famille ou de la cour n'a été convié. Son mari se justifie en arguant du besoin de se retrouver seuls après tant d'années de séparation. Sans être dupe, Isabelle se plaît à imaginer un retour de flamme. Le nom de Troilo n'étant pas prononcé, elle abaisse ses défenses. Abusée par son orgueil, elle présume que son appartenance à la fratrie médicéenne la met à l'abri d'un excès de fureur. Un manque de discernement qui lui sera fatal.

Le 15 juillet, après avoir renvoyé ses valets, Paolo se glisse dans la chambre de sa femme. Celle-ci s'apprête à se coucher. Son mari congédie la servante qui l'aide dans ses préparatifs et semble décidé à rester pour la nuit. Isabelle a-t-elle su à cet instant précis que son sort était scellé ? Aucun témoin ne peut l'affirmer. Aux dires des domestiques présents dans la demeure, on n'a entendu ni dispute, ni cri. La force de Paolo s'est imposée silencieusement. À l'aide d'une laisse de chien, il a serré le cou délicat de sa proie. Le lendemain, on découvre le corps sans vie de la princesse Orsini. Son visage tuméfié, les rougeurs autour des paupières, la noirceur et le gonflement de la langue ne soulèvent aucune ambigüité sur l'origine de son trépas. Si l'on déclare officiellement que la victime souffrait d'une faiblesse du cœur, officieusement on flaire qu'il s'agit d'un meurtre. La fin sordide de celle qui fut l'éclatante Isabelle Orsini, fille de Cosme Ier et sœur du grand-duc Francesco de Médicis, ne produit guère de remous. La peur de représailles et l'égoïsme d'une cour qui vibre au diapason du prince musellent les critiques. Si Ferdinand a pu verser quelques larmes, il se retranche derrière sa morale de cardinal. Il ne réclame pas justice, le péché d'adultère méritant d'être expié ! Quant à Francesco, s'il n'a pas fomenté ce crime, il n'a rien fait pour l'éviter. Selon un échange de lettres, la veille de cet acte odieux, il aurait donné son assentiment à son beau-frère... Troilo échappe à la sentence qui pèse sur ses épaules en fuyant vers la France. Catherine de Médicis lui offre asile et le protège de la hargne de ses lointains cousins.

La folie meurtrière qui ébranle les Médicis sidère Bianca. Bien qu'elle soit assurée des sentiments de son amant, ces épisodes subits et féroces l'incitent à la plus grande prudence. Elle est dévastée mais ne le montre pas. Malgré la profonde affection qui la liait à Isabelle, elle ne se lamente pas. Tout du moins en public. Ses sanglots seront silencieux, cachés derrière un voile d'indifférence. Elle doit réagir à l'unisson du prince. Bien que ce dernier ait prévu pour sa sœur des obsèques dignes de son rang, il n'a pas émis le moindre regret ni esquissé le moindre geste visant à réparer le martyre enduré. Pire encore, il héberge son beau-frère dans son palais et le traite avec bonhommie ! Hormis l'archiduchesse qui prie pour l'âme de sa belle-sœur, la cérémonie des funérailles terminée, la mémoire d'Isabelle ne sera plus jamais évoquée.

Bianca n'a d'autre choix que de respecter l'omerta prescrite. Elle n'est ni ingrate, ni insensible et ne renie pas l'aide apportée par la princesse, quand elle n'était qu'une modeste favorite. Bien sûr, cette gentillesse n'était pas désintéressée. En soutenant la maîtresse de son frère, Isabelle se conciliait sa bienveillance. Son goût pour le luxe dépassait les rentes qui lui étaient allouées. La générosité fraternelle en la matière lui était précieuse. Bianca n'est plus une ingénue. Elle connaît le prix des amitiés qu'elle suscite. On l'utilise pour obtenir la mansuétude du grand-duc. Les suppliques passent souvent entre ses mains. Avec Isabelle, l'échange était équilibré, la princesse lui apportait un parrainage bienfaisant auprès de la noblesse toscane ; la favorite contribuait à couvrir ses dépenses extravagantes. Son absence lui manque cruellement. Dans le secret de son alcôve, au creux d'un petit secrétaire aux multiples tiroirs, Bianca a glissé les lettres que son amie lui envoyait de Pise. Elle les relit à la lumière tremblante d'une bougie. Tous ces poèmes, ces confidences échangées entre rires et larmes font partie du passé. Aucune autre figure féminine ne remplacera celle qui fut son unique alliée.

La mélancolie qui trouble le sommeil de la belle Vénitienne ne s'éternise pas. Il lui faut chasser ces mauvaises pensées. Un heureux événement se prépare, elle doit le savourer pleinement. Son espoir de donner un enfant au prince s'est concrétisé. Pietro Capelli, le médecin officiel de la cour, lui a confirmé son état. Cette grossesse tant désirée tient du miracle. Bianca souffre d'hydropisie et frôle la trentaine, un âge avancé pour une maternité, selon l'opinion de son siècle. Quand Francesco apprend que son vœu est enfin exaucé, son amour prend une dimension quasi mystique. Il entoure la future mère de mille prévenances, garantit sa sécurité et son bien-être. Chaque jour, il fait livrer des paniers de légumes et de fruits frais. Très attentionné, il lui intime l'ordre de se reposer, freine les fêtes et les sorties nocturnes. Nul n'est comparable à sa maîtresse dont la présence et les conseils lui sont indispensables. Loin d'elle, il n'a plus la force d'agir. Bianca constitue son alpha et son oméga.

Cette dépendance qui heurtait Cosme et déplaît tant à Ferdinand dépasse l'entendement. Les ambassadeurs raillent ce comportement de marionnette consentante. Ils se trompent sur cette apparente soumission. Francesco ne se laisse pas influencer dans ses décisions politiques.

Bianca n'a pas non plus la prétention de le guider. Elle se contente de donner son avis sur des sujets qui la touchent. Son intelligence pragmatique et son éducation éclairée lui confèrent une capacité de raisonnement salutaire pour calmer un prince de nature impétueuse. L'ascendant est donc réel mais tempéré. Ses détracteurs l'analysent autrement et lui forgent une image d'Agrippine, peu conforme à la vérité.

Le 29 août 1576, alors que de fortes chaleurs s'abattent sur la ville, Bianca met au monde un fils. Prénommé Antonio, en l'honneur de saint Antoine, protecteur de la fertilité, il est immédiatement reconnu par son père. Ce statut officiel qui lui ouvre le droit de prétendre à l'héritage familial provoque un raz-de-marée d'indignation. La première horrifiée est Jeanne d'Autriche. Elle écrit à ses frères, les archiducs Ferdinand de Tyrol et Charles d'Autriche-Styrie, pour qu'ils l'épaulent dans sa détresse. Elle les adjure de plaider sa cause auprès de l'empereur Maximilien, afin qu'il accepte son retour à Vienne. L'archiduc Ferdinand, le plus véhément des deux, était déjà entré en conflit avec Francesco au sujet de sa sœur. Quand le scandale de la favorite avait éclaté des années auparavant, il avait pris fait et cause pour Jeanne et réclamé une sanction exemplaire. Maximilien avait affiché une position plus tolérante, se cantonnant à de simples remontrances. Son mécontentement lors du mariage morganatique de Cosme et son aigreur vis-à-vis de la Sainte Ligue étaient depuis longtemps oubliés. Si cette naissance illicite choque ses convictions, elle ne fera pas l'objet de tensions diplomatiques. L'empereur a d'autres préoccupations, l'alliance de l'État toscan lui est nécessaire. Il a d'ailleurs récemment délivré à Francesco un parchemin scellé attestant sa qualité de grand-duc. Les mésaventures de sa sœur représentent le moindre de ses soucis.

Pendant que Jeanne aiguise le peu d'armes dont elle dispose pour s'affranchir de la tutelle de son mari et se réfugier dans la ville de son enfance, Son Excellence le cardinal Ferdinand ourdit un complot d'une tout autre nature. L'apparition de ce rejeton engendré par le grand-duc le crucifie. Bien qu'Antonio, reconnu mais non légitimé, n'entre pas dans la succession dynastique, le risque existe. Francesco est versatile, imprévisible et venimeux vis-à-vis de ses frères. Les chances de Ferdinand de s'approprier la couronne ducale vacillent. Par ailleurs, soucieux de défendre un titre si récemment obtenu, il craint que ces esclandres à répétition ne brisent la glorieuse distinction si chèrement acquise par son père. Pour contrer cette vision apocalyptique de l'avenir médicéen, il monte un dossier à charge contre Bianca, avec « preuves » à l'appui. Initialement, il n'ébruite rien. Son frère tient les cordons de la bourse familiale, or il a besoin de ses largesses pour asseoir son prestige à Rome. Le cardinal est un homme patient, persuadé que le temps jouera en sa faveur. Petit à petit, à l'aide de témoignages fictifs, d'écrits dont la validité reste à démontrer, il construit un récit des plus romanesques. Selon lui, le machiavélisme de Bianca n'ayant aucune limite, elle aurait simulé sa grossesse !

De ce présupposé découlent des péripéties rocambolesques, de femmes enceintes achetées et séquestrées, d'un nourrisson arraché à sa mère et subrepticement introduit dans la villa de l'Oltrarno où Bianca doit accoucher. Certains témoignages - totalement farfelus - évoquent des allées et venues suspectes, une ombre serrant dans ses bras un paquet de la taille d'un nouveau-né emmailloté ! Les uns ont cru discerner des vagissements dans les jardins, les autres affirment qu'une paysanne a été trucidée à l'aube du 29 août après avoir mis au monde un robuste garçon. Sous la foi du serment, une petite bonne autrefois au service de Bianca jurera que cet assassinat a bien eu lieu et que « l'infâme Vénitienne » en est la commanditaire.

Toutes les déclarations qui viendront enrichir les accusations du cardinal seront de la même veine. Compte tenu de la teneur des propos, il est bien difficile de souscrire à cette fable. Comment Francesco, qui s'est déplacé tous les jours auprès de son aimée, aurait-il pu se faire berner pendant neuf mois sans détecter la supercherie ? L'entourage de Bianca, sa fille Pellegrina, le personnel qui vit au palais se seraient doutés du mensonge. De même, le médecin qui la suivait aurait pu déjouer la tromperie. Si l'argent achète bien des silences, les fadaises de cette gestation imaginaire paraissent trop invraisemblables pour y apporter le moindre crédit. Las, le peuple est naïf. Les artifices utilisés par Ferdinand ont beau être grossiers, ils porteront leurs fruits et saliront à jamais la mémoire de Bianca. En attendant son heure, le cardinal conserve précieusement ces fausses accusations dans une chemise enrubannée. S'attaquer à une favorite en pleine puissance serait un mauvais calcul. L'affabulation, de surcroît, ne porte pas uniquement préjudice à celle qu'il surnomme en secret la *Puttana*, son frère, le grand-duc y perdrait aussi toute sa superbe !

Comme toute chose à la cour, un écho en chasse un autre, une information en efface une autre. En octobre 1576, l'empereur Maximilien décède. L'archiduchesse, terrassée par le chagrin, implore son neveu, Rodolphe II, qui hérite de l'empire, de se pencher sur sa triste destinée. Un frêle espoir vite déçu. La pieuse Jeanne n'a personne pour la plaindre. Hormis ses dames de compagnie qui l'ont suivie depuis les lointaines contrées du Nord et dont la fidélité est à toute épreuve, elle est abandonnée. La seule issue pour l'arracher à sa triste condition serait d'enfanter un héritier. Elle s'y emploie avec constance et part en pèlerinage pour s'assurer que Dieu, cette fois, répondra à son appel. Alors que l'épouse du prince est confite en dévotion au pied de la Vierge, Bianca poursuit sa route vers les sommets. La naissance d'Antonio la propulse au rang de souveraine. Si elle n'en possède pas le titre, elle en a tous les attributs : les palais, les armoiries, les valets en livrée, les voitures empanachées sur lesquelles ses initiales sont gravées. Elle reçoit les personnalités étrangères dans ses villas, donne des fêtes auxquelles tous se précipitent. Le cardinal lui-même, malgré sa haine, ne dédaigne pas d'y participer quand il est de passage. Aux messes officielles, on peut apercevoir la favorite et sa fille, agenouillées sur des coussins brodés, privilèges généralement réservés à la famille princière.

Bianca règne sans partage sur le cœur de Francesco et n'a aucune intention de se priver de cette prérogative. Rien ni personne ne s'interposera entre elle et les choix dictés par son bon vouloir. Elle a renoué avec sa famille vénitienne. À la mort de Pietro, elle avait envisagé un moment de retourner à Venise. Un courrier échangé avec ses cousins l'avait convaincue que le retour de la fille prodigue n'était pas une option. Son statut de veuve la mettait sous la coupe de son père, qui n'aurait pas hésité à la placer sous tutelle et récupérer ses biens. Florence, dans sa situation, est une alternative plus rassurante. Depuis que la protection du prince lui est tout acquise, elle ne craint plus le décret des Dix ni la voracité des siens. Bien qu'elle ne se fasse aucune illusion sur les sentiments de Bartolomeo à son égard, elle a besoin de réhabiliter son nom.

Les Capello appartiennent à une très ancienne noblesse vénitienne, elle tient à s'en prévaloir. Les lettres seront nombreuses, parfois orageuses, mais l'argent apaise les réticences des plus incorruptibles. Après bien des atermoiements, quelque peu emphatiques, le père outragé décide de se rendre à Florence. Se revoir après quinze ans d'un silence pesant n'augure pas un étalage de tendresse immodéré. Malgré le tempérament volubile et affable de Bianca, la première entrevue est empreinte de froideur. Bartolomeo n'a jamais été expansif et sa vanité est mise à rude épreuve face à l'existence luxueuse de sa fille, lui qui vit modestement dans son vieux palais. Quant à Bianca, elle doit pardonner à son père de l'avoir non seulement reniée mais avilie aux yeux de sa parentèle. La rancune est tenace. Ces deux êtres si longtemps séparés doivent s'apprivoiser. L'enjeu de la réconciliation n'est pas négligeable, chacun en est conscient. Bianca a besoin d'un adoubement vénitien, Bartolomeo de revenus plus importants. L'entente, sans être cordiale, sera fructueuse pour les deux partis.

– Mon père, si vous saviez l'honneur que vous me faites par cette visite tant espérée ! Que de larmes ai-je versées en pensant à vous...

Bartolomeo ne se laisse pas attendrir par cet aveu inattendu et reste sur ses gardes. Le contenu des missives que sa fille lui a transmises n'a rien de sentimental. L'objet est explicite : Bianca veut retrouver l'honneur de son nom et obtenir une reconnaissance de la part des sages de la République vénitienne.

– Mon père, cette sentence de bannissement qui me poursuit depuis près de quinze ans n'a plus de raison d'être. Si Venise a été froissée de l'intercession de Francesco en ma faveur, c'était il y a six ans ! Aujourd'hui, les relations entre la Toscane et notre patrie se sont normalisées. Ma place auprès du grand-duc n'est plus contestée. Il est temps, je crois, de réitérer ma supplique. Soyez, je vous en prie, mon messager !

Cette démarche n'est pas sans risque pour Bartolomeo. S'adresser à la *Signoria* sur un sujet, somme toute d'ordre privé, peut offusquer les Dix. Par ailleurs, obtenir le consentement de ses pairs impose des obligations qu'il ne peut assumer. Sa bourse est vide, or traiter avec Venise coûte cher.

– Ma fille, vous savez comme moi que je n'ai en l'occurrence aucun pouvoir de décision. Je ne suis qu'un faible pion au sein de cette respectable autorité.

– Vous êtes l'un des leurs, notre famille est puissante !

– La Sérénissime est exigeante, mes appointements inexistants... ou presque. Grâce au ciel, je n'ai pas déchu comme ces méprisables *barnabotti*. Cela étant, mon ascendant s'est considérablement réduit... Il me faut des moyens !

Tout en parlant, Bartolomeo s'échauffe. Assise face à lui, Bianca l'écoute avec amertume. Son père n'a pas changé, seul l'argent crée chez lui un semblant d'émotion. Elle aurait aimé un geste d'affection, elle ne reçoit que plaintes et récriminations. Finalement, ce rendez-vous familial se résume à un marché bien ordonné. Bianca puise dans sa cassette pour attribuer à son père une rente annuelle de plusieurs milliers de *scudi*, ainsi que des sommes importantes pour amadouer les honorables dirigeants du *Stato del mar*. Bartolomeo usera de toutes ses relations pour faire valoir les droits de sa fille, dont l'influence à la cour des Médicis n'est plus à démontrer.

Chapitre 20

Un mariage secret

Hâte-toi de bien vivre, et songe que chaque jour est à lui seul une vie.

Sénèque, *Lettres à Lucilius.*

La providence peut se montrer facétieuse. Bianca en fait l'amère expérience. Elle se croyait inatteignable, bien ancrée dans son royaume, or contre toute attente, le 20 mai 1577, la reine Jeanne met au monde un garçon. Cet héritier tant espéré fait figure de légende. Les six accouchements précédents étant conjugués au féminin, la chance de passer au mode masculin paraissait improbable. L'arrivée du petit don Filippo a réfuté tous les pronostics. Certes, le nourrisson est fragile, mais il survit. Le grand-duc est perplexe. Toutes ces vaines attentes, ces déceptions et soudain, ce fils inattendu, dont la légitimité incontestable renforce la dynastie des Médicis. Francesco est ému, décontenancé devant ce bébé malingre qui le relayera sur le trône de Toscane. Son caractère s'en ressent. Il se penche avec tendresse sur la récente parturiente qui gît, blême mais heureuse, sur la couche princière. Jeanne ne crie pas victoire, elle se contente de relever la tête, doucement, sans provocation. Elle sait que cette naissance est son viatique pour une vie conjugale plus sereine. Dans le regard de son mari transparaît la fierté de tenir dans ses bras l'enfant du miracle. Il s'agit de son héritier et l'Europe l'apprend à grand renfort de lettres et de messages circonstanciés.

Cette fois, le peuple vit à l'unisson de son prince. Les réjouissances durent plusieurs semaines. Des banquets se déroulent devant les palais. Des fontaines de vin frais s'installent sur les places. Des feux d'artifice et des jeux s'improvisent pour célébrer ce merveilleux événement. Des messes sont dites dans les églises de Florence et de Pise, les canons des forteresses crachent des feux d'allégresse. Quand les excès enfreignent la bienséance, la soldatesque intervient avec bonhomie pour rétablir un ordre quelque peu malmené. Les prisonniers pour dettes sont graciés, les indigents gratifiés de pièces de monnaie. Les mères confectionnent des couronnes de fleurs qu'elles déposent au pied des Vierges qui ornent les sanctuaires. Au passage du prince, des vivats jaillissent de toutes les bouches. La liesse est infinie. Les patriciens se mêlent à la population dans une joyeuse cacophonie. Les frères de Francesco ajoutent leurs voix à la félicité générale et alimentent l'exaltation avec leurs propres deniers. Le grand-duc leur en sait gré. La fratrie, pour une fois, se rassemble dans un même élan d'enthousiasme. Avec l'apparition de Filippo sur l'échiquier toscan, son oncle Ferdinand perd un atout supplémentaire dans son accession au pouvoir. Il ne semble pas en prendre ombrage. Ce qui compte pour lui, c'est la filiation, la vraie, celle qui découle d'un grand-duc et d'une archiduchesse, descendante de la prestigieuse lignée des Habsbourg.

Tandis que les Florentins festoient, Bianca s'enferme dans son palais. Elle rumine sa déception, si ce n'est sa défaite. Elle se doute qu'Antonio a beau être reconnu par son père, il ne peut plus prétendre à la succession. Désormais, qu'adviendra-t-il de son enfant ? Depuis qu'il a vu le jour, il vit retiré dans la villa de l'Oltrarno. Certes, son jeune âge justifie qu'il ne réside pas à la cour. Qu'en sera-t-il dans quelques années ? Ces réflexions torturent Bianca au point d'affaiblir sa santé. La haine du peuple à son égard ne s'amenuise pas. Elle ne se sent plus en sécurité à Florence et se retire à la campagne. Elle se fixe deux objectifs : laisser passer l'humiliation de ce revers de fortune, entreprendre un plan de reconquête. Bianca n'est pas un chêne qu'on abat sans efforts. Elle résiste à l'orage, plie au gré du vent pour mieux se redresser.

Quelques mois avant l'annonce de la naissance miraculeuse, Bianca avait obtenu le consentement du prince pour unir sa fille à un homme d'excellent lignage. Le promis appartient à la grande noblesse bolognaise. Ulisse Bentivoglio Manzoli a accepté cet arrangement sans arrogance.

Pellegrina a hérité de la beauté de sa mère. Elle a des traits fins, un élégant port de tête, de grands yeux bruns et de beaux cheveux châtains qui coulent sur ses épaules en cascade bouclée. L'éducation princière reçue grâce aux libéralités du grand-duc en fait une épouse convoitée, d'autant que les biens de sa mère sont fort généreusement pourvus. À peine sortie de l'adolescence, la jeune Pellegrina est ainsi promptement mariée. La cérémonie sera à la hauteur de la réputation de la maison Bentivoglio. Des fêtes somptueuses sont orchestrées en l'honneur des époux. L'oligarchie toscane est conviée à ces noces quasi princières. Bianca, par le biais de cette brillante union, confirme son emprise sur les choix du prince et son assise dans l'aristocratie locale.

Patience et longueur de temps, voilà des mantras dont Bianca sera une fervente adepte. Exilée loin de Florence dans l'une des nombreuses villas qu'elle possède, entourée de sa fille, de son gendre, du petit Antonio et de ses fidèles, elle attend. Elle subodore que Francesco va se lasser de sa gentille épouse. L'amour qu'il porte à son fils ne rejaillira pas sur Jeanne. Elle tente de s'en persuader. Les jours passent, les semaines aussi. Le prince lui envoie des missives, l'adjure de revenir à Florence. Elle s'y refuse. Attiser le désir est une excellente tactique. Il ne s'agit pas d'un calcul bien établi, mais d'une intuition. Une façon aussi de se protéger, car la virulence populaire ne s'est pas apaisée. Le baptême du petit prince va de nouveau relancer les solennités. Mieux vaut éviter d'y participer. Cette résolution judicieuse n'est pas complètement innocente. Si Bianca prévoit de se soustraire à cette manifestation, Pellegrina la représentera.

Le dernier dimanche de septembre, le cérémonial débute au son des clairons pour honorer les longs défilés de personnalités venues de tous les horizons européens. Sur la *piazza* del Duomo s'alignent des cavaliers en armures d'apparat. Les prestigieux invités suivent en cortège le couple princier, le nonce apostolique et les cardinaux. Cette foule brillante et cosmopolite pénètre dans le baptistère San Giovanni, bâti selon la rumeur sur les fondations d'un ancien temple païen dédié au dieu Mars. Sa forme octogonale, surprenante pour les non-initiés, reflète le « huitième jour de la semaine », symbole chrétien d'éternité et de résurrection. À l'intérieur, si la coupole byzantine demeure intacte, une partie du bâtiment a été remodelée par Buontalenti à la demande du grand-duc. Rien n'est trop beau pour l'enfant-roi !

Autour des fonts baptismaux se regroupent les ecclésiastiques les plus éminents. L'envoyé du pape et le cardinal Ferdinand se penchent sur le petit être pour verser sur son crâne une eau préalablement bénite, avant d'oindre son front de saint chrême. Les paroles rituelles prononcées, de jeunes choristes vêtues de chasubles immaculées entonnent des cantiques accueillant l'arrivée d'une procession aux allures célestes. Plusieurs centaines de jeunes femmes vêtues de voiles soyeux s'agenouillent devant le petit baptisé, puis, guidées par Pellegrina, défilent devant une assemblée subjuguée par leur beauté diaphane.

Bien que physiquement absente, l'âme de Bianca survole les lieux. Par le biais de sa fille, elle signifie que son aura n'est pas éteinte. Les étrangers maîtrisant difficilement les intrigues florentines s'étonnent de sa disparition soudaine. Ils en concluent que son charisme décline, en profitent pour ironiser. Les courtisans en place, mieux informés, éludent les critiques trop acerbes. L'avenir de l'archiduchesse et celui de don Filippo sont assez incertains. Jeanne est épuisée par ses grossesses successives. Elle apprend qu'elle est de nouveau enceinte. Sa santé défaillante en pâtit. Quant au nouveau-né, il est maladif, trop maigre, trop pâle. Les médecins ont promis qu'il vivrait. Leur prédiction semble s'accomplir. Pour combien de temps encore ?

À l'inverse des commérages qui emplissent les rues et les tavernes, Bianca ne souhaite ni la mort de Jeanne, ni celle de Filippo. Sans vénérer la souveraine, elle admire sa foi, son admirable sens du devoir. Quant au garçonnet, elle n'aspire pas à le voir souffrir. En décidant de rentrer à Florence, la favorite ne cherche pas à se venger. Elle veut seulement réaffirmer sa place dans la société florentine, sa primauté dans le cœur du grand-duc. Son ascendant sur le prince n'a pas varié. Les conseillers de ce dernier lui sont entièrement dévoués. Antonio Serguidi et Belisario Vinta la tiennent en haute estime. Ils apprécient ses jugements et son rôle modérateur auprès de Francesco. À travers elle, ils font passer des messages que leurs propres paroles ne parviennent pas à instiller à l'attention de leur maître. Bianca est incontournable et entend le rester.

La vertu d'une épouse étant rarement récompensée, Jeanne se résigne à son sort. L'intermède de douceur s'est achevé. Le grand-duc est repris par ses démons, et sa femme se ronge de désespoir. Sa nouvelle maternité ne l'enchante pas. Avec juste raison, elle ne s'en relèvera pas. Ses spasmes la reprennent. Son anémie s'accentue. En se rendant à la messe pour implorer Dieu de lui donner un autre fils, elle est victime d'un malaise et s'effondre sur le parvis de la basilique Santissima Annunziata. Sa chute violente est fatale. Elle décède quelques semaines plus tard, le 10 avril 1578, délivrant un enfant mort-né. Triste fin pour cette pauvre souveraine dont les qualités humaines étaient si peu adaptées à la cour médicéenne. Ses derniers mots seront pour celui qui lui infligea les plus grands tourments : « Rappelez-vous que je vous ai aimé tendrement. »

Francesco est dévasté par ce décès brutal et ordonnance des funérailles dont la magnificence n'efface pas le martyre subi par son épouse. Ses larmes n'émeuvent personne. La culpabilité, à l'origine de ce chagrin, offre peu de place à la compassion. Personne ne plaint le prince, mais tous pleurent l'archiduchesse. Le peuple défile devant son catafalque exposé selon la tradition dans l'immense vestibule du *palazzo* Vecchio. Son trépas réveille les mauvaises consciences à la cour et on encense celle qui fut si dédaigneusement traitée. Son excès de piété, dont on se moquait en aparté, se transforme en sainteté. On exhume les lettres échangées par la souveraine avec la vénérée Catherine de Ricci. On vante sa curiosité intellectuelle, rappelant que Jeanne avait demandé à la sainte Inquisition l'autorisation de compulser le *Décaméron*, mis à l'index par le Vatican. Ainsi, toutes ses aptitudes volontairement occultées ou méprisées se parent de sagesse et d'intelligence. Enterrée dans la Sagrestia Nuova de San Lorenzo, elle rejoint à son corps défendant la nécropole des Médicis, cette famille qui l'a tant délaissée de son vivant.

L'affliction de Francesco dure l'espace d'un printemps. Surveillé de près par les monarchies européennes, notamment espagnole et autrichienne, il fait amende honorable et se terre dans l'une de ses propriétés, entamant un deuil protocolaire. Cette retraite qui aurait dû lui permettre de réfléchir aux conséquences dévastatrices de son amour illicite a pour unique résultat d'aviver sa passion. Bianca, de son côté, fuit de nouveau Florence. L'absence du prince la rend très vulnérable. La douleur du peuple et la sidération de la cour, désorientée par le départ brutal de leur souveraine, ne sont pas de bon augure. Rien ne transpire derrière les lourdes tentures noires. Un silence accablant annonciateur de tempêtes ? Les revirements des courtisans sont rapides et destructeurs. En tant que maîtresse du prince, on la craint. Dès les premiers signes de lassitude de son mentor, elle sera une cible de choix. Les langues acérées n'hésiteront pas à la déchiqueter.

Réaliste, Bianca n'ignore pas que la famille princière s'efforce de la marginaliser. Le cardinal s'agite déjà en coulisse. De son palais romain, il recommande à son frère don Pietro de suivre les faits et gestes de cette Vénitienne qu'il exècre. Les deux hommes ne s'aiment guère mais unissent leur force contre la *detestabile Bianca*.

Ferdinand n'a pas attendu la fin des funérailles pour fournir aux conseillers du grand-duc le nom de princesses dignes d'être épousées. Obsédé par la nécessité de défendre le prestige de sa maison, le cardinal abat ses cartes avec discrétion. La santé du petit Filippo auquel il semble très attaché s'étiole. L'espoir de le voir atteindre l'âge adulte se délite. Don Pietro est un rustre, englué dans ses dettes et ses fréquentations douteuses. Il faut que d'autres fils naissent pour garantir la descendance. D'autres que cet Antonio, à la légitimité hasardeuse. Le temps, pense-t-il, joue en sa faveur. Le deuil imposé par le rituel en usage lui permettra d'affiner ses plans matrimoniaux.

Contrairement aux vœux non avoués de ses proches, dès la fin de son isolement, de retour à Florence, Francesco réclame Bianca à son côté. Il la veut au *palazzo* Pitti, motivant ce désir par le besoin d'être secondé dans sa vie quotidienne, notamment auprès du petit prince, si durement sevré de sa mère ! Le couple est enfin libéré de toute entrave. Pietro Bonaventuri n'est plus, Jeanne est enterrée. Ils peuvent vivre leur amour au grand jour. Une ombre entache ce tableau idyllique : Bianca refuse de s'enfermer dans le rôle de concubine en titre. Quatorze ans se sont écoulés depuis leur première rencontre. Plus d'une décennie de compromis et de tractations pour que la favorite soit reçue à la cour, à l'image des nobles dames de la cité. Autant de luttes pour se forger une condition stable dans la société florentine, autant de vexations à supporter, d'obstacles à surmonter. Sa maternité au rabais n'a pas contribué à l'intégrer dans le cénacle médicéen. Aux yeux des nations européennes, elle est une intrigante qui a ensorcelé l'âme du prince. Une rouée qui s'arroge des prérogatives que son pedigree ne saurait justifier. Le moindre signe de désamour et l'hallali sonnera. Bianca a pris la mesure du danger et pose un ultimatum à son amant. Elle le fait à sa façon, enrobée de charme et de douceur.

Au-delà de l'aisance et du pouvoir, Bianca, à l'image de la jeune fille d'autrefois, endure une soif criante de respectabilité. Seul un serment sacré pourra lui apporter ce confort moral qu'elle brigue pour elle-même et son fils. Il ne s'agit plus de bijoux ou de palais, mais d'une alliance glissée à son doigt et bénie par un prêtre. L'enjeu est d'importance pour le prince. Le scandale qui envenime sa liaison avec la belle Vénitienne était jusqu'à présent d'ordre privé. Un mariage lui donnera une tout autre ampleur. Les fondements de son trône risquent de vaciller. L'empire d'Autriche et le royaume d'Espagne vont-ils interpréter ce geste comme une insulte ? Face à des réactions hostiles, son propre clan ne le soutiendra pas. Ce raisonnement, qui ne laisse entrevoir aucun avantage ni pour sa fonction ni pour son image, n'influence pas sa décision. La raison du cœur l'emporte sur celle de l'État.

C'est ainsi que dans les dernières semaines du mois de mai, tandis que le peuple pleure la mort de sa chère souveraine, le grand-duc Francesco Ier de Médicis s'apprête à épouser Bianca Capello, veuve de Pietro Bonaventuri et fille du sieur Bartolomeo. Le secret est de mise. Personne ne doit savoir ce qui se trame dans les couloirs du palais. Les domestiques assistent à des allées et venues fantomatiques. Des frères en robe de moine se glissent dans les salons du prince. Le confesseur de Bianca déambule avec elle sur la terrasse menant aux sublimes jardins dont les ramifications s'étendent sur la colline de Boboli. Les pas sont feutrés, les voix se fondent en de longs murmures. Aucune visite n'est tolérée aux heures de ces conciliabules.

Nul n'imagine l'issue de ces échanges. Que le prince puisse épouser sa maîtresse semble trop déraisonnable. Personne n'adhère à cette rumeur qui circule à la cour, le grand-duc ne saurait s'abaisser à une telle compromission... Et pourtant, dans la nuit du 5 juin 1578, au fond de la chapelle du *palazzo* Pitti, entre deux témoins, les futurs époux prosternés devant l'autel reçoivent la bénédiction nuptiale. Cet acte aussi soudain qu'imprévisible n'est pas le fruit d'une foucade. L'idée germe depuis des années dans les rêves tourmentés des deux amants. À la mort de Pietro, Francesco avait juré à Bianca, la main sur la croix, que leur sort serait lié pour l'éternité. Sa liberté recouvrée, il accomplit une promesse qui offense l'ensemble de son entourage : son clan, ses sujets, les nations amies et plus grave encore, le Vatican.

Tous ces paramètres, Francesco les a analysés. Ses transports sentimentaux ne lui retirent pas sa lucidité. Il devine que la nouvelle provoquera un véritable séisme. Il se souvient de sa propre réaction quand son père s'était amouraché de Camilla Martelli, cette belle-mère tant détestée ! Il s'était élevé vigoureusement contre cette union morganatique et avait détourné le testament de Cosme en privant Camilla de ses droits. Comment a-t-il pu renier ses convictions en imitant son père ? L'amour ne l'a pas rendu aveugle mais calculateur. Il a consulté un nombre important de prélats pour être en adéquation avec les règles canoniques. Que ses frères s'en formalisent, peu lui chaut ! Les manœuvres de Ferdinand concernant de potentielles fiancées l'ont agacé. Le cardinal comme don Pietro lui sont redevables. Leurs dettes ne peuvent être soulagées sans son accord. Leurs avis ont peu de poids. Dans son esprit, il s'agit d'un acte intime dont la portée morale n'entraîne pas d'implications politiques majeures.

Cette vision intimiste n'est guère partagée par Bianca. Depuis sa jeunesse, elle glisse sur des sables mouvants. Son état d'épouse devrait la rasséréner ; en devenant la femme du prince régnant, elle obtient la sécurité qui lui manquait. Pourtant, au faîte de sa puissance, elle sent que son avenir n'est pas durablement assuré. Le pape n'a pas certifié son appui, son mariage peut être annulé à tout moment. Par ailleurs, elle n'a pas de titre. Lors des cérémonies officielles, quel sera son rôle ? Devra-t-elle s'incliner devant les personnalités florentines ou étrangères sans droit de préséance ? Ces questions la taraudent. Sa supplique portée par Bartolomeo auprès des autorités de la lagune n'a pas encore reçu d'écho. Cette Venise qu'elle a négligée toutes ces années lui devient irremplaçable. Sans l'aval du doge et le concours du clan Capello, elle n'obtiendra pas le sceau aristocratique qui lui fait tant défaut.

Chapitre 21

Le défi de la grande-duchesse

Toute la substance de l'ambition n'est que l'ombre d'un rêve.

William Shakespeare, *Hamlet.*

La vie est un éternel recommencement. Concernant Bianca, la spirale du destin l'entraîne vers des rives autrefois interdites. Cette Venise qui l'a rejetée, vilipendée, se tourne désormais vers elle avec les yeux de Chimène. Son mariage, dont le secret devait être si bien gardé, a fait le tour de l'Europe en quelques semaines. Les sages de la Sérénissime en ont pris bonne note. La famille Capello aussi. Le père et le fils sont traités avec déférence sur la lagune. La générosité de Bianca s'est exprimée par l'achat d'un palais sur le *rio* di Palazzo, non loin de la *piazza* San Marco, dont les clefs sont confiées à sa parentèle. Ce rapprochement d'ordre privé se traduit par un réchauffement des relations entre Venise et Florence. Le prince s'en réjouit. Depuis le refus de la *Signoria* de lever la sentence de Bianca des années auparavant, il ressent une certaine froideur vis-à-vis de ces Vénitiens, qu'il juge arrogants et sournois. Ce mécontentement princier trouble le Conseil des Dix. Les relations entre les deux États ont d'importantes répercussions sur l'équilibre de la péninsule. Modérer le courroux médicéen peut apporter à la République quelques avantages. Venise a des visées sur certaines contrées de la « terre ferme », la Toscane a besoin d'alliés. Ainsi, d'une relation amoureuse, chaotique et répréhensible, naît une complicité potentiellement favorable aux appétits des deux parties.

Pendant que les diplomates florentins s'entretiennent avec leurs homologues vénitiens, les fuites sur le mariage princier créent des remous sur le sol florentin. Au sein du clan Médicis, la consternation règne. Cette élévation de la favorite au rang d'épouse bouleverse tous les codes. Que vont penser les monarchies amies de ce mépris des conventions ? La mémoire de l'archiduchesse est offensée, le deuil écourté. Contre toute attente, l'Autriche et l'Espagne ne réagissent pas, ou si peu. Les enjeux sont faibles. Ces deux pays ont leurs propres soucis ou obsessions. Celle de Philippe II est d'agrandir sa flotte, de créer une « invincible armarda » pour bouter l'Anglais hors des mers. Quant au Saint-Empire, il perd peu à peu de sa superbe et se concentre sur ses territoires. Dont acte pour Francesco. Il a fait le pari de décider pour lui-même sans se laisser intimider par le diktat des grands souverains.

Le cardinal enrage. Il n'a pas vu venir ce coup de Jarnac préparé par son frère, malgré les espions qui pullulent à sa solde au sein de l'administration toscane et à la cour. Il se sent floué, humilié. Une colère froide l'envahit. Admettre que Bianca soit devenue sa belle-sœur lui est odieux, il se retire à Rome. La rupture entre les deux frères est inévitable. Don Pietro partage les mêmes rancœurs sans pour autant les exprimer ouvertement. Ses dettes l'obligent à plus de discrétion... Il se contente, selon ses habitudes, de répandre de méchants propos sur ce couple honni, tout en feignant la loyauté. Les seuls qui relèveront la tête et critiqueront l'attitude du prince seront les Florentins. Le peuple s'indigne et le fait savoir par des libelles de plus en plus insultants. L'ambiance n'est pas encore au soulèvement mais l'agitation est palpable. Pour pacifier la cité, les nouveaux mariés estiment plus judicieux de quitter la ville, le temps d'un été.

En attendant que les foules reviennent à de meilleurs sentiments, Bianca et Francesco organisent des fêtes dans la villa féerique de Pratolino. Parmi les invités, on compte le frère de Bianca, ce jeune Vettore auquel elle servait de répétitrice quand il n'était encore qu'un enfant. Le dégel de ses relations avec Bartolomeo lui a permis de reprendre contact avec ce frère tant aimé qu'elle n'a pas revu depuis son mémorable enlèvement. Le garçonnet de l'époque a cédé la place à un jeune homme au port altier. D'un physique avenant, il a malheureusement hérité des défauts de son père : l'arrogance et la vénalité. Sa carrière prometteuse ayant subi quelques échecs, ses revenus ne suffisent plus à son train de vie. En renouant avec sa sœur, il entend, sous le vernis d'une affection sincère, vivre à ses dépens. Bianca ne s'en formalise pas. N'étant pas avare de ses deniers, elle fera la fortune de son frère. Sa présence la réconforte. Avec le temps, les réminiscences de son passé vénitien l'enveloppent d'une douce mélancolie.

Contrairement à Bartolomeo, qui réside à Venise, Vettore s'est installé en Toscane. Il préfère être au plus près du soleil... Ambitieux et d'une obséquiosité confondante, il s'est rendu indispensable. Francesco l'apprécie et lui concède de nombreuses faveurs, excessives selon l'opinion de ses conseillers qui se sentent menacés par ce Vénitien intrigant. Bien que son intégration à la cour médicéenne soit récente, il se mêle de tout, donne des avis sur tout, s'imaginant jouer le rôle d'éminence grise auprès du prince.

Sa sœur tente de calmer ses prétentions, tout en lui concédant sa protection. Vettore est son lien privilégié avec Venise. Il maîtrise les arcanes de cette République si soucieuse de son prestige. Bianca se fie à son instinct et lui confie ses inquiétudes :

– Mon frère, il me faut ton appui.

– Chère sœur, tu sais que je te suis entièrement dévoué ! se récrie Vettore d'un air offusqué.

– Je n'en doute pas. Il s'agit là d'une affaire délicate, ou tout du moins complexe. Ce mariage dont je suis si heureuse, et toi si fier, n'est pas une fin en soi.

– C'est-à-dire ?

– Que je ne peux me contenter d'être une simple épouse morganatique.

– En quoi puis-je t'aider ? Seul le grand-duc a le pouvoir de changer ton statut. Il peut décider de rendre votre lien public, d'ailleurs il l'est devenu.

– Oui... par le biais des rumeurs mais sans annonce officielle !

– Tu as tous les attributs d'une princesse.

– En apparence peut-être, en vérité je n'ai pas plus d'avantages qu'une favorite.

– Que te faut-il de plus ?

– Un titre !

– Je n'ai aucune compétence en ce domaine. Hormis ton époux, je ne vois pas qui...

– Un titre vénitien !

– Voyons, ma sœur, c'est impossible... La République est dirigée par des magistrats, seul le doge est considéré comme un prince, encore n'est-il pas libre de ses actes.

– Tu oublies Caterina Cornaro, elle était reine et vénitienne.

– Elle était unie au roi de Chypre...

– Mais le Sénat l'avait qualifiée de « fille de la République » pour qu'elle puisse épouser ce monarque.

Vettore fixe sa sœur avec perplexité :

– Et tu voudrais que les sages fassent de même à ton égard ?

– Les Capello appartiennent au *Maggior Consiglio* de la Sérénissime depuis le XIIe siècle, notre lignée vaut largement celle des Médicis. Il suffit d'en référer à la *Signoria*, aux Dix ou au Sénat.

– Une démarche délicate...

– Mais nécessaire ! Vettore, sans cette reconnaissance, comment veux-tu que je puisse m'élever au rang de grande-duchesse ?

Ce que Bianca veut, Dieu le lui octroie ou peut-être le diable, selon les points de vue. Peu après cette conversation, Vettore retourne à Venise où il relate les désirs de sa sœur à son père et à son oncle Grimani dont les sentiments à l'encontre de sa nièce ont amplement changé de nature. La situation de Bianca, les richesses dont elle dispose l'ont convaincu de prendre son parti. Le scandale de sa fugue et le décret si rageusement sollicité sont désormais relégués aux cendres de l'histoire. Il estime que le temps du pardon est venu. Par intérêt personnel et pour le bien de Venise, l'ancien patriarche d'Aquilée se range derrière la famille Capello pour que l'ascendance vénitienne de sa nièce soit portée en triomphe. À leurs allégations tout en subtilité, se joignent les interventions des ambassadeurs envoyés par le prince.

Le grand-duc, nul ne l'aurait imaginé, notamment le cardinal Ferdinand persuadé que son frère ne céderait pas à cette manigance, s'est rendu aux arguments de son épouse. Dès les premiers mois de l'année 1579, il envoie des missives conciliantes aux représentants de la Sérénissime pour les assurer de son amitié et suggérer, non sans moult circonvolutions, d'accorder à celle qui partage sa vie le titre si prestigieux de « fille de la République ». Bianca elle-même rédige des missives où elle se confond en excuses sur ses erreurs passées tout en soulignant son indéfectible fidélité à son pays de naissance. Ne reculant devant aucune audace, elle affirme se mettre au service de toutes les autorités de la digne République, comme le firent ses ancêtres, comme le feraient son père et son frère, qui n'hésiteraient pas, écrit-elle, à sacrifier leur vie à la mère patrie si la nécessité l'exigeait…

Les approches pour amadouer Venise sont couronnées de succès. Début juin, en grande pompe, les sénateurs rassemblés dans la salle d'apparat du palais des Doges procèdent à une élection qui déterminera l'avenir de Bianca. Le résultat est communiqué devant un parterre d'ambassadeurs et de fonctionnaires florentins de haute volée. Le doge, avec lenteur, pour marquer l'impact de la résolution, déroule un long parchemin qui retrace les étapes justifiant la décision des sages. Dans un silence déférent, il s'offre une pause théâtrale, avant de proclamer solennellement Bianca Capello « *vera et particolar figliola della Repubblica*[1] ». La roue a définitivement tourné à l'avantage de la belle Vénitienne.

Dès la publication de cette mythique déclaration, Vettore se précipite à Florence pour être le premier à en informer le grand-duc. Immédiatement, fidèle à son caractère impétueux, le prince décide de réitérer ses vœux nuptiaux. Cette fois, le serment sera prononcé au grand jour, devant un parterre de notabilités afin d'authentifier son union avec celle qui règne sur son cœur depuis quinze ans. Bianca, d'ordinaire si démonstrative, n'exprime pas sa joie de façon intempestive. Elle mesure la haine de ses futurs sujets. Elle sera éternellement regardée comme l'usurpatrice d'un titre qu'une autre de sang royal aurait dû s'approprier. Sa lucidité tempère ses réactions. Trop intelligente pour donner libre cours à sa jubilation, elle reste en retrait. Face au prince étonné de sa réserve, elle se contente de plonger dans une gracieuse révérence et de lui prêter respectueusement une promesse d'allégeance.

Dès le lendemain, Francesco lance des ordres pour accélérer les préparatifs. La noce se tiendra, au grand scandale de la communauté germanique, en la basilique San Lorenzo,

1. « Fille vraie et particulière de la République » (vénitienne).

le lieu même où il s'était uni à l'archiduchesse ! Le pape Grégoire XIII a accordé sa bénédiction : il estime que ce mariage apaisera les relations entre la Toscane et Venise. Parallèlement, une dépêche est envoyée au roi d'Espagne, Philippe II, pour obtenir un consentement, qui est immédiatement agréé. Le souverain Très Catholique ne pouvait qu'approuver un acte soumis à la caution de l'Église. Informé par les voies diplomatiques, l'empereur Rodolphe II, plus préoccupé par son *Kunstkammer*[1] que par les incartades d'un petit État italien, ne réagit pas à ce camouflet imposé à la mémoire de feu sa tante, Jeanne d'Autriche. Son indifférence vaut acceptation. Au grand dam de ses frères et de son peuple, aux yeux d'une Europe ébahie, Francesco affiche publiquement Bianca comme son épouse légitime.

Le 10 juin 1579, un an après leurs vœux prononcés en secret au *palazzo* Pitti, le grand-duc et Bianca les renouvellent, cette fois à la vue du monde. Des feux d'artifice éclatent aux quatre coins de la ville, les rues sont couvertes de fleurs, les cloches sonnent à toute volée. Au *palazzo* Pitti, sous un dais érigé à la hâte, superbement assise auprès de Francesco, Bianca reçoit les égards de toutes les sommités de la cité. Ces hommes respectables s'avancent sans conviction vers celle qu'ils affublaient il y a peu du qualificatif d'« exécrable favorite ». Sa beauté resplendissante les envoûte, sans diminuer pour autant le sentiment d'humiliation qu'ils ressentent en s'agenouillant à ses pieds. Dans l'esprit de ces doctes personnages, cette Vénitienne immorale aurait mérité le bannissement, si ce n'est le gibet...

La cérémonie est fastueuse, comme à l'accoutumée chez les Médicis : les banquets succèdent aux jeux, les bals aux spectacles équestres. Cependant, rien de tout cela ne sera comparable à l'extraordinaire déploiement de richesses de la fête

1. Cabinet de curiosités. Celui de Rodolphe II était considéré en Europe comme l'un des plus remarquables.

du couronnement, programmée au mois d'octobre suivant. Le grand-duc, si parcimonieux quand il s'agit de ses frères ou de ses administrés, se révèle dispendieux pour encenser la gloire de son aimée. À cette volonté de rendre hommage à l'objet de sa passion, s'ajoute l'orgueil d'un prince florentin qui veut éblouir une République vénitienne trop imbue de sa supériorité ! Le défi est de taille car sur le plan politique, la Sérénissime quoique déclinante, supplante, sur terre et sur mer, les principautés italiennes. Ses talents commerciaux ne sont plus à démontrer, son aura culturelle et artistique non plus. Francesco, sans entrer dans une vaine compétition, ne veut pas apparaître comme le parent pauvre de cette récente alliance. Du côté de la lagune, le sentiment est le même. La vanité stimule de part et d'autre l'imagination et les dépenses.

Le sort est facétieux. Bianca, longtemps reléguée à un rang subalterne, est propulsée sur le devant de la scène. La grande-duchesse est l'enjeu de chassés-croisés incessants. Les sages souhaitent que leur « vraie et particulière fille » brille de tous les mérites hérités de ses honorables aïeux. Le prince fait valoir auprès des cours étrangères le rayonnement de ce parrainage vénitien : il confère à Bianca le nimbe aristocratique qui lui faisait défaut et entérine le bien-fondé de son choix matrimonial.

Si les objectifs des deux parties se rejoignent sur le fond, reste à définir la forme. La légendaire susceptibilité des sages met à contribution l'art et la technique des diplomates. Les détails de préséance sont analysés, décortiqués ; les conclusions apportées, réfutées ou amendées. À force de patience et d'accommodements, les ultimes sujets de friction sont levés mi-septembre.

Las, début octobre, un drame éclate. L'ambassadeur Tiepolo, le très estimé mandataire de la Sérénissime, réclame au nom de sa nation l'honneur de poser la couronne ducale sur le front de Bianca. Une faveur vivement contestée par le nonce apostolique. Le titre de grand-duc a été généré grâce à la bienveillance du pape, il revient donc de droit à son émissaire d'assurer ce geste symbolique. Le ton monte, les propos s'enveniment. Bianca tente de freiner cette bronca inattendue et Francesco, guidé par une horde de juristes, finit par trouver une solution acceptable. La thèse est peu convaincante mais la constance des monarques ayant ses limites, le temporel devancera le spirituel : sieur Tiepolo couronnera Bianca en sa qualité de « fille de la République » et le nonce procédera à la bénédiction de la couronne et du couple.

Épouse, Bianca le sera trois fois. La première secrètement, la seconde officiellement, la troisième majestueusement. Après tant d'années de doutes et d'incertitudes, celle qui fut si durement dénigrée atteint son apothéose. La famille vénitienne est présente au grand complet. Arrivée quinze jours avant la cérémonie, elle est accueillie avec courtoisie par don Pietro, qui les accompagne au *palazzo* Pitti. Les visiteurs illustres y seront également logés.

La cité fourmille de délégations étrangères de qualité, venues souvent de loin, pour assister à l'événement. Le matin du 12 octobre 1579, une charge de canons remplace l'harmonieux carillon des cloches de la cité, pour saluer les épousailles. Dans l'opulente salle des Cinq-Cents, l'ancien emblème du pouvoir de la République florentine, se dresse un dais bordé d'or et de velours cramoisi. Cinq chaises y sont disposées en demi-cercle. Des rangées de bancs leur font face.

Au son des trompettes, les portes s'ouvrent et le prince pénètre dans le fastueux salon, suivi du nonce apostolique, de tous les dignitaires de l'État et des représentants des nations conviées. Francesco Ier de Médicis s'assied au centre, le délégué du pape à son côté. Les individus les plus éminents prennent place sur les bancs. Quant aux hôtes de moindre importance, ils s'agglutinent autour du dais. Une salve de tambour requiert le silence. L'entrée imminente de la grande-duchesse est un moment crucial que nul ne veut manquer. Souriante et affable dans ses augustes atours, Bianca se plie avec grâce aux contraintes de ses nouvelles charges. Entourée de messire Tiepolo et de son oncle Giovanni Grimani, elle salue avec naturel les personnalités qui la gratifient d'un baisemain ou d'une génuflexion. Une longue procession de nobles vénitiens la suit avec gravité. Plusieurs dizaines de ravissantes dames splendidement vêtues retiennent sa traîne. Puis viennent les courtisans qui se faufilent avec difficulté dans une salle déjà bondée. Après les discours de bienvenue déclamés par les conseillers du prince, l'ambassadeur Tiepolo se lève et se dirige vers un coffre estampillé aux armes des Médicis. Avec componction, il en extrait la couronne ducale et la dépose délicatement sur le front de celle dont la filiation vénitienne est notifiée haut et fort sous les vivats de l'assemblée. Le nonce prend alors la parole pour bénir l'hymen princier. Francesco se tourne vers son épouse, leurs mains se joignent, signalant par ce geste délicat l'amour qui les unit. Bianca sourit, les yeux embués de larmes. La grandeur de sa position lui donne un miroitement particulier. Aucun dessein de revanche ni de futile arrogance n'occupe son esprit. L'hommage de Venise la transporte dans un état de béatitude, elle peut enfin laver le nom des Capello de ses inconséquences passées...

Les fêtes durent plusieurs jours, magnifiques et provocantes.

Le peuple, sans déborder d'allégresse, profite des avantages offerts par la folie ambiante. Chaque place reçoit son quota de divertissements. Comédies burlesques, chants et danses débordent dans les rues et dans les maisons. Des combats de taureaux sont donnés en spectacle, des animaux exotiques tenus en laisse par des personnages mystérieux originaires d'Asie ou d'Afrique déambulent dans les allées. Des parties de chasse s'organisent en pleine ville, des batailles à cheval se tiennent au pied des palais.

Tout est permis ou presque. La fureur se mêle à la joie. La licence frôle l'indécence. Les sommes dilapidées dépassent l'entendement. Au *palazzo* Pitti, la démesure est de règle. Hormis les immenses banquets qui jalonnent le jardin de Boboli où des centaines de participants sont nourris et entretenus durant plusieurs jours, une fantaisie aquatique retient l'admiration. La cour centrale du palais est transformée en lac ! Un énorme chapiteau délimite les abords d'un bassin éphémère alimenté par des canalisations construites pour l'occasion. Assis sur les gradins qui jouxtent ce plan d'eau artificiel, les invités contemplent, médusés, le ballet mené par des navires aux couleurs flamboyantes, simulant une bataille navale parfaitement orchestrée. Inspirée des reconstitutions nautiques ayant cours à Rome à l'époque d'Auguste, cette naumachie géante a pour ambition de valoriser les exploits de la marine toscane, qui n'a guère défrayé la chronique, mais dont Francesco est si fier.

D'autres plaisirs sont également exposés aux yeux des spectateurs. De merveilleuses créatures drapées à l'antique descendent du ciel grâce à un système de poulies sophistiqué. Des panneaux mobiles chargés de références mythologiques émerveillent l'assemblée. Ce monde chimérique, magique et fantastique verse dans les âmes cette part de rêve si consubstantielle au génie médicéen. Un livre doré sur tranche retraçant cet événement fabuleux sera remis un mois plus tard au « Sérénissime don Francesco de Médicis, grand-duc de Toscane et à la Sérénissime, son épouse, la Dame Bianca Capello ». Daté du 10 novembre 1579, ce *Feste delle Nozze* rédigé par Raffaello Gualterotti et publié par la célèbre maison d'édition Giunti décrit avec force détails l'incroyable effervescence créatrice de ces épisodes festifs[1].

1. Raffaelo Gualterotti, *Feste nelle nozze del Serenissimo Don Francesco Medici gran duca di Toscana et della sereniss. sua consorte la Sign. Bianca Capello.*

Objet de toutes les attentions, Bianca n'affecte aucune morgue. Les amusements achevés, elle ne s'installe pas au *palazzo* Pitti, elle y séjourne. De même, au *palazzo* Vecchio, elle ne prétend pas à des appartements remodelés à son image. Sans sombrer dans un excès de modestie, elle connaît le prix de sa victoire et ne sous-estime pas la haine que son accession au titre de grande-duchesse a engendrée chez ses beaux-frères. Cette famille lui fait peur. Elle se souvient d'Isabelle et de Leonora. Leur vie a été rayée de la carte fraternelle sans le moindre remords. Ils ne peuvent rien contre elle, désormais protégée par son titre. Qu'adviendrait-il si Francesco disparaissait ?

La gageure est de taille, d'autant que Venise ne s'entremettra pas pour défendre ses droits. Le prodigieux collier de diamants remis par messire Tiepolo au nom des sages n'est pas un gage de fidélité. Louangée l'espace d'une journée par les envoyés de la Sérénissime, elle leur servira de pion dans les négociations diplomatiques tant que son influence se maintiendra. Ensuite, elle sera seule face à son destin florentin. La hardiesse de sa jeunesse s'est modérée. La grande-duchesse s'enferme dans son nouveau rôle de souveraine. Elle ne veut plus frayer avec le peuple, non par orgueil mais par crainte. Les gens de la rue lui sont hostiles. Elle n'a pas oublié l'épigramme si hargneusement murmurée lors de sa dernière apparition publique :

Il Gran Duca di Toscana
Ha sposata una puttana
Gentildonna, Veneziana[1].

1. « Le grand-duc de Toscane a épousé une putain, gentille dame vénitienne. »

Chapitre 22

Un bonheur trop fragile

Cueillons la rose de ce jour brillant, le soir elle sera flétrie.

Torquato Tasso, dit Le Tasse,
La Jérusalem délivrée.

Contrairement à son tempérament naturellement doux et bienveillant, Bianca s'est durcie depuis son accession au trône toscan. Elle se méfie de son entourage et s'adosse à une garde rapprochée composée de ses proches et d'amis fidèles. Elle n'hésite pas à se séparer des courtisans qui lui semblent dangereux. Ceux qui ont pris sa gentillesse pour de la naïveté s'en sont repentis. Elle ne faiblit plus devant les attaques insidieuses et rend coup pour coup. Désormais, elle en a les moyens, et ses ennemis le savent. En revanche, Bianca connaît ses limites. Trop fine pour imaginer imposer ses vues dans le domaine politique, peu soucieuse aussi d'empiéter sur un terrain que le prince entend se préserver, elle agit dans l'ombre. Quand son mari, fatigué du poids de ses charges, se réfugie avec elle à Pratolino, elle l'écoute sans prendre parti :

– Ma douce, je suis si las. Tous ces courtisans qui me poursuivent de leurs requêtes, les uns pour un poste, les autres pour régler de futiles querelles de préséance.

Et Ferdinand qui m'éreinte de ses lettres et me rebat les oreilles avec son Vatican ! Et l'Espagne qui veut mon assistance pour prendre de force le royaume du Portugal et sollicite un prêt alors que le monarque regorge d'or avec ses Amériques !

Souriant avec indulgence à ces plaintes dont le prince est coutumier, Bianca l'encourage à assumer ses responsabilités avec plus de recul. Son rôle est de l'apaiser et de calmer cette neurasthénie qui trouble le caractère de Francesco. Loin d'être une Messaline assoiffée de pouvoir, de luxe et de plaisirs, Bianca rêve d'apaisement et d'entente familiale. Si les conseillers du grand-duc lui confient secrètement quelques missions d'ordre diplomatique, s'ils lui demandent parfois d'intercéder auprès de son époux, ils savent qu'elle ne souhaite en aucun cas outrepasser le rôle qui lui est dévolu. Francesco lui en sait gré. Sans être aussi passionné que son père Cosme par l'art de gouverner, son caractère possessif et ombrageux le pousse à agir sur un mode solitaire. Une pratique qui nuit à son image. On lui prête des visées tyranniques, voire sataniques. Son engouement pour les sciences de la nature et son penchant cabalistique ont tendance à dévaloriser son action. Son mariage avec une femme abhorrée de ses sujets consolide cette image sulfureuse.

Bianca est-elle consciente de cette image maléfique dont son mari est victime ? Elle ne peut ignorer l'aversion dont il est l'objet. Les livrets injurieux remis en mains propres par Lorenzo Corbelli, le secrétaire des *Otto di Guardia*, tant haï des Florentins, n'épargnent pas la personne du grand-duc. Il y est qualifié d'autocrate aux pieds d'argile, soumis au bon vouloir d'une intrigante. D'autres expressions nettement plus grossières traînent leur union dans la boue, jetant l'opprobre sur la dynastie des Médicis. Elle souffre de ces critiques odieuses mais refuse de s'en rendre responsable. Pour y remédier ou tout du moins les atténuer, la grande-duchesse s'implique dans des missions de charité, augmentant ses offrandes aux institutions religieuses en charge des orphelinats et des hospices. Elle s'efforce d'obtenir des avantages pour ceux qui en appellent à sa bonté.

Malheureusement, tous ces gestes ont peu d'écho dans la population. Cette compassion tant louée chez Jeanne d'Autriche devient suspecte quand il s'agit de l'ancienne favorite. Le qualificatif de *pessima* lui est définitivement dévolu, comme une marque au fer rouge dont elle ne peut se défaire. Malgré tout, Bianca persiste. S'il lui est impossible de se faire aimer des Florentins, elle cherche à améliorer les rapports familiaux. Une tâche malaisée et risquée. La susceptibilité du grand-duc est légendaire. L'amour peut être versatile et, malgré son titre, Bianca n'est pas à l'abri d'un changement d'humeur. Quand elle croise son reflet dans un miroir, son teint lui paraît moins radieux, ses joues plus creuses. Quelques rides se dessinent autour des yeux et au bord des lèvres. Certes, elle est encore belle mais à bientôt trente-cinq ans elle a perdu la fraîcheur de sa jeunesse. Ses dames de compagnie, pour la plupart, sont ravissantes et aguichantes. Certaines œillades ne lui ont pas échappé.

Conserver toute l'attention du prince demeure son unique viatique. Son entremise dans la querelle fraternelle nécessite du doigté. Si don Pietro a courbé l'échine au moment des fêtes de couronnement, le cardinal ne s'est pas présenté à la cérémonie. Francesco interprète son absence comme une insulte envers sa femme. Il retire à son frère tout droit de participer à la vie publique de son État. Sans revenir sur les émoluments perçus de droit par Ferdinand, il refuse de lui accorder des revenus supplémentaires. De même, les manigances de don Pietro et sa façon d'observer ses faits et gestes l'exaspèrent. Il ne rêve que d'une chose, les envoyer au diable et récupérer une partie de leurs biens.

Face à cette situation explosive, Bianca, tout en étant consciente du danger, décide de jouer les médiatrices. Autant le benjamin lui est indifférent, trop brutal et perclus de vices, autant l'amitié du cadet lui tient à cœur. Le cardinal est un homme brillant, toujours courtois, et sa tempérance serait utile pour aider le grand-duc à maîtriser son impulsivité. Par le biais d'une correspondance où elle lui propose son appui, elle tente d'amadouer les réserves que le prélat éprouve à son égard. Le contenu des lettres, assez nombreuses, envoyées par la grande-duchesse à son beau-frère, révèle cet appel à la réconciliation. Dans un premier temps, son initiative se conclut par un succès. Le cardinal a besoin d'un prêt et ne rechigne pas à demander à sa « chère » belle-sœur de lui servir d'intermédiaire. Francesco pardonne à son frère, lui alloue les sommes demandées et lui suggère de reprendre sa place à Florence. Ferdinand n'y tient pas. Son enracinement à Rome, affirme-t-il, sera plus utile à la Toscane qu'un retour sur sa terre natale. Cet homme ambitieux a d'autres objectifs. Son neveu Filippo ne respire pas la santé. Si par malheur le garçonnet venait à décéder, il reprendrait son rang d'héritier en second. Antonio, fils bâtard, ne compte pas dans ses calculs. Les rêves de grandeur du cardinal lui font oublier certaines réalités. Il l'apprendra très vite à ses dépens.

En attendant que la guerre de succession reprenne ses droits, Francesco se complaît dans ses fonctions de mécène. Il surveille avec délectation l'achèvement du palais des Offices dont le premier étage est destiné à recevoir des bureaux administratifs et le second à accueillir des appartements privés. En 1581, le grand-duc met son érudition au service de la beauté en réclamant à Buontalenti un « temple de l'art » qui se traduira par la construction d'une salle affectée aux merveilles autrefois accumulées au *palazzo* Vecchio, notamment au sein du *studiolo*. De forme octogonale, la pièce de taille imposante laisse filtrer en son sommet la lueur du jour. Les quatre éléments y sont représentés. La lanterne accrochée au point central du dôme, « imitation de la Tour des vents d'Athènes », évoque l'air ; les murs tendus d'étoffes cramoisies, le feu ; les incrustations de nacre en forme de coquillage, l'eau ; le sol en mosaïque de marbre, la terre.

Les aspirations philosophico-naturalistes du prince s'expriment avec élégance grâce à ce lieu magique imaginé pour le plaisir des yeux. Au centre de la salle, un petit temple en ébène abrite pierres précieuses et monnaies anciennes. À mi-hauteur, des étagères supportent les objets en cristal et les statuettes antiques. Sur les zones supérieures sont accrochées les peintures les plus significatives du génie artistique du quattrocento. La partie inférieure est ornée de remarquables fresques imaginées par Jacopo Ligozzi, véritable hymne à l'enchantement du monde. Tout est pensé pour subjuguer le visiteur. À travers ce lieu exceptionnel agrandi au fur et à mesure le long des couloirs de la galerie, le grand-duc inaugure la première tentative muséologique de l'époque moderne. Une démarche originale et novatrice qui sert à magnifier la suprématie médicéenne sur la scène artistique occidentale.

D'autres projets occupent l'esprit du grand-duc. Hormis ses recherches scientifiques dans son *casino* de San Marco, il se passionne pour le théâtre, une frénésie italienne qui sera imitée par les cours européennes. Le plus souvent jouées en plein air, les pièces sont inspirées de drames antiques ou de récits mythologiques. Giovan Battista Cini est particulièrement apprécié. Ses fables relatant les aventures de Cupidon et Psyché sont symboliquement dédiées au souverain et à son épouse. Elles font l'objet de mises en scène fastueuses entrecoupées d'intermèdes musicaux transcrits par Alessandro Striggio, le compositeur en titre de la cour des Médicis. Les intérêts culturels du prince favorisent l'éclosion de nouveaux modes d'expression artistique. La *Camerata fiorentina* créée par Giovanni Bardi renoue avec le récitatif parlé et chanté selon la tradition grecque, ouvrant ainsi les portes à l'avènement de l'opéra.

Par ailleurs, des académies de toutes natures voient le jour. L'*Accademia fiorentina* est soumise à la censure de l'Église et subit la mainmise médicéenne. Son hégémonie est contestée par la création de cercles littéraires plus dynamiques. L'*Accademia degli Alterati* est l'une des plus actives. Fondée par sept jeunes gens appartenant aux meilleures familles de Florence, elle s'inspire de l'idéal de perfection d'Aristote, avec pour objectif de combattre l'ignorance en étudiant toutes les formes de pensées. Parallèlement aux *Alterati* dont le champ d'investigation est quasi universel, l'*Accademia della Crusca*, inaugurée en 1582, a pour but de défendre la pureté de la langue toscane. Séparer le bon grain (*crusca*) dont Dante et Pétrarque sont les détenteurs de l'ivraie dont le malheureux Torquato Tasso sera le symbole, résume le combat permanent des membres de la docte institution.

Cet enivrement culturel est partagé par Bianca. Le couple reçoit à sa table les érudits florentins les plus talentueux ainsi que les personnalités étrangères de passage. Montaigne, dans son *Journal de voyage*, relate un souper passé en compagnie du grand-duc et de sa femme, laquelle, écrit-il, « était assise au lieu d'honneur... Belle à l'opinion italienne... elle sembla bien avoir la suffisance d'avoir enjôlé ce prince et de le tenir à sa dévotion longtemps ». Le rayonnement de la grande-duchesse, exalté par tous ses contemporains, se double d'un esprit vif et cultivé. Sensible à la littérature et à la poésie, elle lit avidement les auteurs de son temps, accepte en hommage les nombreux sonnets et chants qui lui sont remis. La poétesse vénitienne Moderata Fonte, connue pour son ouvrage *Il Merito delle Donne* lui réservera la dédicace de son récit épique *Tredici canti del Floridoro*, saluant son érudition.

La curiosité intellectuelle de Bianca attire auprès d'elle une cour de brillants penseurs et d'artistes qui font sa joie autant que celle du prince. Le Tasse lui-même requiert une entrevue. La grande-duchesse avait pris de ses nouvelles lors de son enfermement à l'hospice Sainte-Anne. Le poète lui a adressé une série de madrigaux, espérant son approbation pour contrer les philologues de la *Crusca* qui attaquent *La Jérusalem délivrée* en prétextant un mauvais usage de la langue toscane. Bianca évite de se mêler de ce débat qui a pris une dimension quasi politique, tandis que Francesco ne tient pas à soutenir celui qui, non seulement, a voué son œuvre majeure à son rival le duc de Ferrare, mais n'a pas hésité à accuser les Médicis de tyrannie !

Tandis que les invectives pleuvent entre académiciens, le sort du jeune prince Filippo semble de plus en plus incertain. Le pauvre enfant décline d'année en année. Début 1582, il est atteint de fortes fièvres. Les médecins arrivent à enrayer le mal. Hélas, pour peu de temps. Début mars, les symptômes reprennent. Don Filippino, comme l'appelle avec affection le peuple florentin, malgré les soins prodigués par les plus grands spécialistes et la présence constante de Bianca à son chevet, décède le 29 mars, à l'orée de ses cinq ans. Le petit corps est exposé dans le hall du *palazzo* Vecchio, avant d'être inhumé dans l'église San Lorenzo auprès de Jeanne d'Autriche et de ses sœurs défuntes. Bianca est dévastée par la perte de ce petit être dont elle a été la mère de substitution. Le prince est abattu par cette mort précoce, moins pour des raisons sentimentales que politiques. Son héritier en titre disparu, qui va reprendre le flambeau de la dynastie ?

L'idée que ses frères puissent hériter de sa couronne le révulse. Cette obsession le pousse à des extrémités qui desserviront son image.

Malgré l'évidence, il proclame *urbi et orbi* que Bianca sera bientôt enceinte. La grande-duchesse s'est lancée à corps perdu dans de folles tentatives pour y parvenir. Elle consulte les praticiens, les cartomanciennes, les bonimenteurs en tout genre pour se fournir en potions miraculeuses qui lui permettront d'enfanter. Ses efforts restent vains. Ses évanouissements, sa prise de poids, immédiatement traduits comme l'annonce d'une grossesse, ne sont en réalité que des symptômes d'hydropisie, une maladie qui altère épisodiquement sa santé. À chaque signe, Francesco se persuade que le destin lui apporte la réponse qu'il attend. À chaque espoir déçu, il se mure dans un silence empreint de tristesse et d'amertume. Sa mélancolie s'accentue. Il passe de longs moments cloîtré dans son atelier, négligeant ses obligations officielles.

Deux ans s'écoulent dans une atmosphère morose. L'ambiance familiale s'alourdit. Bianca consacre l'essentiel de son temps à éviter les grognes entre Francesco et les siens, oubliant que du côté Capello, la situation devient de plus en plus alarmante. La vanité de Vettore en est la cause. Au grand dam de Bianca, son frère possède tous les défauts de son ancien mari : il est vénal, présomptueux, discourtois. Incapable d'analyser son statut, il se montre familier avec le prince et tend à se mêler des affaires de Florence, ce qui déplaît fortement aux conseillers en place. Il manœuvre pour éloigner Pellegrina de sa mère afin de promouvoir ses propres enfants. Malgré les remontrances de sa sœur, il ne restreint pas son ambition ni son train de vie et les Florentins l'accablent de pamphlets outrageants. Le grand-duc est furieux. Bianca, qui se sait peu aimée du peuple, pour ne pas dire honnie, ne tient pas à en rajouter. Un nouveau scandale éclate quand Vettore, ayant brigué un prêt auprès de son beau-frère, en augmente insidieusement le montant avant de présenter son ordre de paiement !

En découvrant ce forfait, Francesco, qui ne transige jamais quand il s'agit de ses deniers, somme ce Vénitien impudent de quitter au plus vite le sol toscan. Bianca ne s'en formalise pas. Décidément, leurs frères respectifs s'avèrent très encombrants ! Don Pietro, dont les excès se poursuivent tant sur le plan des mœurs que sur l'aspect financier, mériterait un bannissement. S'en séparer n'est pas aussi simple. Son rang de prince, son degré dans la lignée dynastique exigent des précautions. Quant au cardinal, ses introductions auprès du pape obligent à un minimum de concertation. Toutes ces réflexions empêchent le grand-duc d'agir trop impulsivement. Malgré l'attitude hostile de ses proches, il n'exclut pas de choisir le petit Antonio pour successeur. Il n'en parle pas, mais ses marques d'affection envers l'enfant sont de plus en plus explicites. Bianca est-elle à l'origine du regain d'amour paternel de Francesco envers ce fils bâtard ? C'est peu probable. Entre l'orgueil de le voir hériter d'une couronne et la fureur que cet acte provoquera au sein de la fratrie, elle a choisi son camp. Sa sensibilité politique lui conseille de s'en tenir à sa bonne fortune et de décrocher pour Antonio un titre qui lui apportera honneur et subsides sans pour autant lui adjuger le sceptre toscan. La démesure n'entre pas dans son caractère.

Devant ce casse-tête dynastique, Bianca se sent démunie. Si elle réfute l'idée de projeter son fils en haut de la hiérarchie ducale, elle ne sait quelle solution adopter pour assurer la descendance du grand-duché. Malgré ses réticences vis-à-vis de don Pietro, l'unir à une princesse royale afin qu'il engendre un fils serait une possibilité. L'intéressé s'y refuse. Il a une maîtresse qui lui convient et n'entend pas s'encombrer d'une épouse. Reste une autre solution : le cardinal ! Ferdinand, avec sa grandeur d'âme coutumière, est prêt à se sacrifier et à demander au pape de le relever de ses obligations religieuses. Délesté de son statut de prélat, il pourrait prendre femme et conforter ainsi la lignée médicéenne. Comme il n'est pas question de galvauder son état d'ecclésiastique, il remettra sa barrette cardinalice à son demi-frère Giovanni, le fils illégitime de Cosme et d'Eleonora degli Albizzi. Si le pape accepte, tout sera en ordre pour que la transmission puisse se passer en douceur.

Un raisonnement que le grand-duc rejette catégoriquement. La détestation qu'il ressent pour ce frère dépasse l'entendement. Est-ce dû aux préférences manifestées par Cosme envers son cadet ? Sont-ce la magnificence de la résidence romaine du cardinal et l'amitié que le pape lui témoigne qui le crispent ? Serait-ce tout simplement une jalousie personnelle envers ce frère sagace et affable que les Florentins lui préfèrent, et de loin ? Toujours est-il qu'avec ou sans l'aval de Bianca, Francesco persiste et signe : il fera de don Antonio son héritier !

Il envoie une missive au roi d'Espagne, le suppliant de reconnaître ce fils né hors mariage comme son successeur légitime. Philippe II n'accède pas à cette demande iconoclaste et, pour ne pas blesser le prince, confère au rejeton le titre de prince de Capestrano. Francesco, comme à l'accoutumée, passe outre la décision du grand monarque et fait voter par un conseil restreint la légitimation de l'enfant bâtard. Parallèlement à cet acte aberrant, il présente Antonio au Conseil des Deux-Cents, souhaite que dorénavant on s'adresse à lui avec le titre de Majesté et place l'enfant sur une monture altière pour traverser la ville à ses côtés et inciter le peuple à reconnaître son futur maître.

Pour Ferdinand, la coupe est pleine ! Il refuse dorénavant de se rendre à Florence et fourbit ses armes pour s'opposer à la montée sur le trône d'un être qui n'a, à ses yeux, aucun sang médicéen dans les veines. Le cardinal adhère-t-il sincèrement à la thèse de la supercherie selon laquelle Antonio est le fils d'une servante ? Il a en sa possession des documents qui attestent cet état de fait. La véracité de ces témoignages semble plus que douteuse. De cette évidence il n'a cure. La majorité des Florentins considère que Francesco a été trompé sur sa paternité. En attendant d'utiliser le dossier à charge en sa possession, le frère cadet distille à l'aide d'une petite troupe d'espions à sa solde des informations malveillantes sur sa belle-sœur, diabolisant à souhait celle qui est la seule à prendre sa défense auprès du grand-duc.

Dans ce jeu de dupes entre prétendants au trône, Bianca est une victime expiatoire. Le dénouement dépend de Francesco et c'est elle qui devient la cible de toutes les invectives ! Habituée à servir de dérivatif aux haines fraternelles, elle ne change pas de ligne de conduite et se soucie de représenter, malgré eux, la grandeur des Médicis. Elle entretient une correspondance suivie avec les épouses des souverains européens, reçoit avec distinction les hôtes prestigieux et maintient avec le Vatican d'excellentes relations. Le pape Grégoire XIII, puis après lui Sixte Quint, ne tariront pas d'éloges sur cette femme délicate qui favorise les liens entre Florence et Rome au nom du grand-duc. Paradoxalement, Ferdinand accuse de tous les maux la seule personne de la famille qui réellement s'alarme de la réputation de la lignée.

Sans forcer sa personnalité, Bianca s'est totalement investie dans son rôle de grande-duchesse. Elle en a l'éducation, la prestance et l'intelligence. Comme son mari qui maintient l'aura de ses aïeux par le biais d'un mécénat de grande ampleur, elle épaule les artistes en leur commandant des pièces de valeur. Les œuvres majeures rejoignent *i camerini della Granduchessa*, son musée personnel. Plusieurs salles sont réservées à tous ces cadeaux, dons et acquisitions qui font sa fierté. Chaque objet est répertorié, étiqueté et superbement présenté pour que le visiteur s'extasie devant tant de beauté et de raffinement. Par le truchement de l'art, celui de la diplomatie ou simplement de ses qualités personnelles, sa volonté tend vers un seul but : encenser les vertus médicéennes. Ceux qui lui reprochent d'avoir atteint les sommets par des chemins peu orthodoxes refusent d'admettre une réalité qui blesse leur orgueil : si elle n'est pas de sang royal, à l'inverse de Jeanne d'Autriche, Bianca possède tous les attributs nécessaires pour que resplendisse, à travers elle, la couronne toscane.

Chapitre 23

Une légende noire

Le silence est un ami qui ne trahit jamais.

Confucius, *Entretiens.*

Italie, années 1580-1587

Le siècle se languissait. La Renaissance flamboyante qui avait embelli la péninsule de monuments mythiques, magnifié l'expression de la beauté et vu l'éclosion d'un génie artistique inégalé s'essoufflait. L'engouement maniériste cédait la place à l'envolée baroque, la suprématie italienne dans le domaine des arts s'étiolait. Parallèlement à cette lente érosion d'une civilisation trop raffinée pour prendre la mesure d'un naufrage annoncé, la situation climatique durcissait les conditions de vie. Si le petit âge glaciaire imposait sa marque plus durement dans les pays du Nord, l'Italie n'était pas épargnée par des hivers rigoureux, suivis de périodes de sécheresse. En Toscane, à partir des années 1580, des disettes s'abattaient sporadiquement sur les campagnes, la population s'appauvrissait tandis que le système bancaire qui avait fait la gloire des grandes familles florentines se démantelait. La classe marchande autrefois active et entreprenante s'amollissait dans le confort de ses palais. Si le rayonnement intellectuel et culturel transalpin n'était pas encore éteint, les talents des jeunes générations s'exprimaient ailleurs, dans d'autres pays plus riches, plus dynamiques. Sur le terrain politique et militaire, la convoitise des grandes monarchies se détournait de ces États qui engendraient plus de soucis que d'avantages. Les atouts de la péninsule sur l'échiquier européen perdaient de leur attrait. Tant que ces nations jouaient le rôle d'arbitre entre les grandes puissances ennemies, elles gagnaient en utilité. Ce temps étant révolu, l'isolement freinait leurs ambitions. La Toscane, la plus imposante par la taille et le prestige, était en réalité la plus amoindrie en termes d'alliances.

Bianca, soucieuse de l'ostracisme dont souffre le grand-duché, met toute son expérience et ses talents de conciliatrice au service de sa nouvelle patrie. Le prince lui a confié ses inquiétudes et sa volonté d'extraire la Toscane de sa tour d'ivoire diplomatique. Le titre obtenu par Cosme qui a tant flatté l'orgueil médicéen a provoqué des réactions d'envie et de défiance. La majorité des principautés italiennes n'apprécie guère cette famille de marchands, hissée trop vite au rang de monarque. Pour amadouer les réticences, Francesco envoie ses ambassadeurs les bras chargés de présents, met ses artistes à la disposition des princes qui le souhaitent et envisage des rapprochements matrimoniaux. Avec sa sensibilité toute féminine, Bianca intervient pour aider son époux à mener à bien les négociations.

La première union avantageuse concerne Éléonore, la fille aînée du grand-duc et de Jeanne d'Autriche. Belle et raffinée, à l'image de sa tante Isabelle si tristement disparue, la jeune princesse est promise à l'héritier de la maison Gonzague, bien en cour chez les Habsbourg. Vincenzo Ier, duc de Mantoue et de Montferrat, est un grand amateur d'art et partage avec les Médicis la passion pour le beau et le rare. Ce goût commun ne peut que favoriser un accord entre les deux clans. Un problème, toutefois, soulève des appréhensions. Le prince de Mantoue a été marié une première fois à l'âge de dix-huit ans avec Marguerite Farnèse. Le couple n'a jamais eu d'enfants, d'où l'exil de cette première épouse et la dissolution des vœux nuptiaux. Une question reste donc en suspens : le duc serait-il stérile ? Le malheureux sera obligé, témoins à l'appui, de prouver sa virilité avant la noce !

La discrétion des interventions de Bianca permet de dépasser les sujets de friction, d'autant plus nombreux que la susceptibilité exacerbée des parties en présence fragilise les équilibres pour des broutilles. La dernière objection concerne le lieu de la cérémonie. Le père de Vincenzo refuse catégoriquement qu'elle ait lieu à Florence. Francesco se cabre. Il faudra toute la patience de la grande-duchesse pour obtenir son assentiment. Pendant ces mois de discussions, une personne apparaît là où elle est la moins attendue. Il s'agit du cardinal qui s'était juré de ne pas remettre les pieds dans la cité des Lys mais se voit contraint de revenir. L'enjeu est trop important pour que les inimitiés entre frères s'exposent sur la place publique. Bianca est ravie de ce revirement, même de façade. Elle espère que son enrôlement au profit de la famille sera reconnu du cardinal et facilitera leurs rapports. Effectivement, Ferdinand semble vouloir prolonger son séjour. Le 29 avril 1584, il assiste aux fêtes données en l'honneur des futurs époux à Florence, puis accompagne sa nièce Éléonore à Mantoue, pour la messe nuptiale. L'harmonie retrouvée perdure quelques mois, le temps pour Francesco de se montrer plus généreux et Ferdinand plus conciliant.

Forte de ce succès matrimonial, Bianca récidive en s'occupant de trouver un parti de qualité pour la délicate Virginia, née de l'union morganatique entre Cosme et Camilla Martelli. Grâce à son réseau d'affidés secrètement financés par ses propres deniers, elle débusque les prétendants susceptibles de convenir, sondant les entourages en toute confidentialité pour s'assurer de la valeur de la lignée. La raison d'État nécessite du doigté. Les critères diffèrent de ceux habituellement attendus d'une communion d'âmes. Les sentiments n'y tiennent aucune place, le physique ou l'âge non plus. L'essentiel se situe dans l'apparence, le prestige culturel de la famille, le poids de ses alliances européennes.

Avec l'appui du cardinal qui observe, médusé, les dons de stratège de cette belle-sœur tant exécrée et pourtant si proche de son tempérament, Bianca avance ses pions avec persévérance. Guidée aussi par les conversations entre le prince et ses conseillers, elle devine les enjeux et se trompe rarement dans ses choix. L'heureux élu se nomme César d'Este. Bien qu'il soit le fils illégitime d'Alphonse Ier, il apparaît comme un successeur potentiel du duc régnant Alphonse II. Ce dernier n'ayant aucune descendance après trois mariages successifs, le jeune César a des chances d'hériter du duché - le calcul, osé, s'avérera erroné. Il n'empêche qu'une association avec la maison d'Este avec laquelle les Médicis sont souvent en froid a l'avantage d'affermir la position de la Toscane au sein des principautés environnantes.

Les approches s'effectuent rapidement, Alphonse II étant favorable à cette entente. Tout est donc réglé, la date arrêtée au mois de février 1586. Bianca est fière de cette issue heureuse. Las, comme souvent à la cour de Florence, un obstacle se dresse au moment le plus inopportun. L'infortunée Camilla en est la cause. Depuis que Francesco a ordonné son placement au couvent de Santa Monaca, elle subit un contrôle sévère. L'aversion du prince n'a pas diminué avec les années. Dans sa hargne, il refuse d'accéder à la demande de la pauvre prisonnière qui souhaite échapper à son enfermement le temps d'assister au mariage de sa fille. Malgré les pleurs de Virginia et la désapprobation de ses proches, il s'obstine. Il faut toute l'adresse de Bianca, qui oscille entre tendresse et supplications, pour obtenir son consentement. De nouveau, l'accord du cardinal lui est précieux. Celui de don Pietro aussi. Les deux frères ont toujours critiqué la rigueur des restrictions imposées à leur belle-mère. Forte de leur aval, la grande-duchesse plaide en faveur d'un desserrement de l'étau qui entrave Camilla. Son sens de la diplomatie lui permet de démontrer à son mari l'effet fâcheux d'interdire à une mère de participer aux noces de sa fille. Les Este pourraient en prendre ombrage et le peuple s'offusquer. Si ses arguments sont entendus et la recluse libérée le temps des festivités après douze ans d'internement, Francesco la renvoie immédiatement dans son couvent. Sa vindicte contre cette femme n'aura de cesse. Il cherchera à lui interdire tout contact avec l'extérieur, arguant du comportement indécent de ses visiteurs du jour, susceptible de corrompre la foi des bienheureuses moniales !

Bianca réprouve l'attitude du grand-duc mais ne le montre pas. Sa ligne de conduite se rapproche de celle du cardinal et tous ses efforts pour l'amadouer naissent d'un espoir sincère de réconciliation. Cependant, elle n'est pas dupe. Le rejet de Ferdinand est profond et tenace. Si Francesco venait à disparaître, son sort serait scellé à l'image de celui de Camilla, peut-être plus cruellement. Seul le grand-duc la protège de la dureté du monde. Or, la violence des temps est irrépressible. Le souvenir d'Isabelle et de Leonora hante ses nuits, de même l'assassinat de Paolo Giordano Orsini, duc de Bracciano, et de sa deuxième épouse, Vittoria Accoramboni, intervenu l'année précédente. Bien que Bianca n'éprouve aucun regret pour cet homme odieux ni pour sa compagne, ces morts sanglantes l'alarment.

Depuis le meurtre perpétré par Paolo sur Isabelle de Médicis en 1576, dont le mobile était son amour pour

Vittoria, le prince Orsini vivait ouvertement avec sa maîtresse à Rome. Cette liberté de mœurs choquait la Curie. Une réprobation d'autant plus farouche que l'amante était mariée à un membre de la famille Peretti di Montalto, proche du Saint-Siège ! Afin de dénouer les chaînes de sa bien-aimée, Paolo, jamais en reste quand il s'agissait de prendre des décisions radicales, fit occire le mari encombrant. Cet acte définitif lui permit de régulariser son union en 1581, malgré l'opposition du pape Grégoire XIII. Le scandale éclata avec une virulence telle qu'Orsini et sa femme durent fuir la police papale et florentine, le grand-duc ayant apporté son appui au Vatican dans cette chasse à l'homme.

Les fuyards se réfugièrent d'abord à Venise, puis à Abano et enfin à Salo, au bord du lac de Garde, où le duc de Bracciano possédait une propriété. Le couple y vécut plusieurs années sereines, croyant que le vent de la vendetta les avait épargnés. Dramatique erreur de jugement car le nouveau pontife, Sixte Quint, élu en mai 1585, s'appelait dans le civil Felice Peretti et n'était autre que l'oncle du mari honteusement éliminé par la clique Orsini. Peu de temps après l'arrivée du nouvel occupant du trône papal, on retrouva le corps sans vie de Paolo Giordano dans sa villa de Salo. Le mois suivant, Vittoria était assassinée par Ludovico Orsini à l'instigation des frères Médicis. Le grand-duc, cette fois en accord avec son frère, le cardinal, avait tout intérêt à se débarrasser de ce beau-frère encombrant et de sa femme devenue son héritière. D'une part, ils avaient la caution du Vatican ; d'autre part, ils pouvaient, au nom de leur neveu Virginio, fils de leur sœur Isabelle et de Paolo, revendiquer les biens du disparu !

La légende noire des Médicis, forgée dès l'époque de Cosme l'Ancien et perpétuée à travers les générations suivantes, se renforce sous le règne de Francesco. Bianca, qui a investi toute son énergie dans l'espoir d'appartenir à cette lignée à la fois magnifique et maudite, navigue sur une mer houleuse. Sa détermination est admirable car les pièges sont constants. Elle se sait épiée, critiquée, enviée. Son intelligence lui a permis de se maintenir à flot malgré les eaux troubles de la vie de cour. Entourée d'une garde fidèle, elle vit le plus souvent en dehors de Florence, profitant des nombreuses villas médicéennes qui parsèment la Toscane. Pratolino et Poggio a Caiano ont sa préférence ; elle y réside avec le prince dont l'humeur s'assombrit avec l'âge. Il se lasse de ce peuple qui ne l'aime pas.

Pourtant, le grand-duc ne démérite pas sur plusieurs aspects de sa gestion. Il a pris la mesure des difficultés économiques rencontrées par son État et tente de réduire les dépenses inutiles. La flotte des chevaliers de Saint-Étienne créée par Cosme Ier pour le prestige de sa nation s'avère trop coûteuse. Il limite le nombre de navires et réoriente la stratégie de l'ordre, sans pour autant tourner le dos aux *cose di mare* si chères à son père. Son opiniâtreté à transformer Livourne en un port moderne en est l'illustration. Avec l'aide de Bernardo Buontalenti, qui compte parmi tous ses talents le fait d'être un ingénieur remarquable, il crée une ville nouvelle conçue pour faciliter les échanges commerciaux entre les pays du Levant et la péninsule. Francesco ne se sent pas redevable des rêves de grandeur de ses aïeux, il se contente d'ajuster ses ambitions à ses finances. Une politique mal comprise par ses sujets qui lui reprochent son avarice. La fiscalité s'alourdit et le peuple n'en reçoit aucun bénéfice. Les cités sujettes répugnent à se soumettre à ce prince qui ponctionne leurs richesses et refuse de tenir compte de leurs suppliques quand les caisses se vident.

Au-delà des frontières de son État, la conduite diplomatique du grand-duc manque aussi de panache. La tutelle espagnole est toujours incontournable, au grand dam du cardinal qui aimerait ouvrir la Toscane à d'autres horizons.

Aucune approche n'est envisagée, ni avec la France, malgré les liens de sang avec Catherine de Médicis, ni avec l'Angleterre. Quant à l'amitié naissante avec la république de Venise, elle s'est rapidement envenimée depuis les promesses de fidélité éternelle émises lors de la cérémonie d'octobre 1579... Seul le Vatican est un soutien loyal, étant redevable aux Médicis de participer financièrement et militairement à la lutte contre le banditisme qui sévit de nouveau dangereusement sur les terres papales.

Sur le plan personnel, Francesco se montre également avare de ses deniers. Sa pingrerie se traduit par des mesures mesquines. À la cour, on est prié de modérer le nombre de personnes travaillant au sein des palais, les soldes des domestiques sont diminuées, les revenus versés aux membres de la famille revus à la baisse. Camilla est la première à en faire les frais. Une partie des dépenses engagées pour le mariage de sa fille lui est imputée, et ses rentes détournées au profit du trésor princier ! Don Pietro est sommé de réduire son train de vie et de retourner en Espagne au service du roi pour renflouer sa bourse. Le cardinal doit également compter sur ses propres forces. Elles sont loin d'être négligeables : il vit fastueusement à Rome, sa villa sur le Pincio vaut des fortunes et sa collection d'œuvres d'art est inestimable. À travers ces décisions impopulaires et parfois arbitraires, le grand-duc se forge une réputation peu amène auprès des siens. Or, ses agissements ne sont pas dus à un excès d'avidité ; il tient avant tout à défendre le patrimoine familial malmené par la dureté des temps. Il ne supporte pas de le voir diminuer, d'où son manque de générosité. Ferdinand aurait pu le comprendre. Lui, si soucieux de son nom et de son prestige, devrait adhérer à cette sage prévoyance. Conscient de la nécessité de la politique menée par son frère, il ne supporte pas que Bianca soit la seule à échapper à ces mesures d'économie. Les largesses de son frère envers cette femme qu'il méprise et craint à la fois le révoltent et obscurcissent son jugement.

Pendant toutes ces disputes suivies de périodes de pacification, Bianca s'est retrouvée en première ligne sur tous les fronts. L'humeur du prince, de plus en plus mélancolique et irascible, réclame une surveillance constante. La grande-duchesse, qui s'était toujours tenue loin des décisions politiques, se doit d'y participer plus activement. Francesco ayant pris du recul vis-à-vis de ses impératifs et passant l'essentiel de ses journées dans son *casino* de San Marco quand il n'est pas en train de chasser sur ses nombreuses propriétés, elle devient l'intermédiaire obligée des conseillers de la cour. Antonio Serguidi, le tout-puissant Premier secrétaire du prince, Belisario Vinta ou encore Lorenzo Corboli, dont la proximité avec Bianca desservira sa réputation, viennent secrètement lui réclamer son appui. Parallèlement à ces entretiens qui se tiennent à huis clos, elle supervise l'organisation des fêtes en l'honneur des hôtes de prestige, gère les suppliques qui lui sont adressées et veille à la bonne tenue de sa maisonnée. Ces tâches qui la propulsent sur le devant de la scène renvoient à ses contemporains l'image détestable d'une femme avide de pouvoir. Une injustice que l'histoire mettra de longs siècles à réparer.

En réalité, le destin a mis entre ses mains des responsabilités qui la dépassent. Elle s'efforce d'en faire le meilleur usage. Nul ne lui en sait gré. Le prince lui-même n'a pas pris la mesure de son engagement dans la cité. Cette indifférence heurte Bianca, dont la santé décline. Elle souffre d'évanouissements fréquents et de malaises qui l'obligent à se confiner dans sa chambre. Les médecins sont incapables de trouver l'origine du mal. Les premiers temps, ils statuent sur les prémices d'une grossesse. Un diagnostic erroné mais que le prince accueille avec une joie sans limite. Il en avertit ses frères, malgré les supplications de

Bianca, qui se doute que ses espoirs d'enfantement sont révolus. Cette situation ambiguë ravive le ressentiment de Ferdinand. Don Pietro, qui rechigne à prendre la mer pour rejoindre Madrid, la surveille en permanence. La subtilité n'étant pas sa vertu première, il se précipite au *palazzo* Pitti quand sa belle-sœur s'y réfugie, pour vérifier auprès de la domesticité si cette maladie n'est pas un jeu de dupes. Depuis la naissance d'Antonio, il est persuadé que Bianca est capable de toutes les supercheries.

Cette atmosphère délétère altère le moral de la grande-duchesse, qui n'en laisse rien paraître. Son courage et sa ténacité sont à la hauteur de la fierté qu'elle ressent à porter le nom des Médicis. Le prestige de cette famille est son unique combat. Elle ne se soucie pas de mettre Antonio sur le trône ducal. Cette lubie de Francesco n'a jamais été son objectif... Pense-t-elle en son for intérieur que le seul capable de reprendre le flambeau s'avère être son pire ennemi ? L'abnégation dont Bianca fait preuve tout au long de ces années de disputes, de rivalités hargneuses entre son époux et ses frères le laisse supposer. Elle cherche à éloigner don Pietro, inapte selon son entourage à gouverner honorablement. Buveur, joueur, querelleur, incapable de gérer ses biens avec discernement, son accession au pouvoir entraînerait le pays dans les abysses. Le cardinal devient dès lors le successeur naturel s'il arrivait malheur à Francesco, or son état d'ecclésiastique lui interdit de se marier. S'il acceptait de se départir de ses obligations religieuses, l'assentiment du pape lui serait indispensable. Qu'adviendrait-il si le souverain pontife refusait de le relever de ses vœux ? Qui pourrait prendre la relève ? De toutes ces considérations, Francesco n'a cure. Choisir sa descendance le préoccupe moins que de barrer la route à ses frères avec lesquels il évite dorénavant tout contact. Penser qu'un jour il pourrait disparaître n'entre pas dans ses préoccupations. Il est dans la force de l'âge, chasse, festoie sans tenir compte de la piètre qualité de ses fréquentations, participe à des parties de *calcio* et des joutes équestres avec la vigueur d'un jeune homme.

Face à cet aveuglement, la grande-duchesse se sent démunie. Au moment où l'avenir de la dynastie est en jeu, le prince se replie sur lui-même. L'instabilité de son caractère s'accentue. Ses propres conseillers peuvent difficilement l'atteindre. Cet isolement vis-à-vis de son entourage immédiat paraît suspect aux Florentins qui accusent « l'odieuse Vénitienne » de concocter des potions maléfiques pour maintenir Francesco sous sa coupe. Les querelles intestines qui déchirent la famille défraient la chronique et alimentent les rumeurs les plus infâmes. À l'étranger, on s'esbaudit de la faiblesse du prince, de ses obsessions scientifiques, de ce couple aux relents de soufre. Ces moqueries pèsent sur l'image de la Toscane. Bianca tente d'enrayer cette descente aux Enfers avec la seule arme dont elle dispose : le soutien du Vatican !

Sixte Quint, depuis son accession à la dignité papale, entretient une correspondance régulière avec la grande-duchesse. Il lui reconnaît de nombreuses qualités, salue son intelligence et sa loyauté. Le combat qu'elle mène pour redonner à la fratrie un semblant d'unité lui paraît courageux. Il est prêt à l'aider sur ce terrain et insiste auprès du cardinal pour qu'il se montre moins récalcitrant. De son côté, Bianca envoie de longues missives à Ferdinand dans lesquelles elle l'assure de son amitié, de sa fidélité et propose ses bons offices pour le rapprocher du grand-duc. Cette obsession de renouer les liens familiaux est tout à son honneur : elle se sait rejetée par celui qu'elle tente de sauver ! Pris en étau entre son devoir envers le pontife et sa détestation envers son frère, le cardinal doit trancher. Il opte pour la réconciliation, soucieux de raffermir le blason de sa maison.

Ravalant son orgueil, il écrit à sa belle-sœur une lettre pleine de charme dans laquelle il loue les liens qu'elle entretient avec le pape et l'assure de son affection pour le grand-duc… Francesco se méfie de ce regain d'amour fraternel, mais prend conscience de la vision désastreuse de leur mésentente à l'étranger. Hormis les tendres pressions de Bianca, il subit les remontrances amicales de son cousin, Alexandre de Médicis, l'archevêque de Florence, qui prêche la clémence. Malgré ses réserves, il consent à pardonner. Les chasses reprennent en automne, le cardinal est invité à y participer. Mi-septembre 1587, Ferdinand et sa suite prennent le chemin de Florence. Les retrouvailles sont franches et civiles. Bianca a tout organisé pour que les frères se revoient dans une ambiance chaleureuse et familiale. Elle traite le cardinal avec respect, veille à son confort et supervise les fêtes données en son honneur.

Début octobre, la cour se rend à Poggio a Caiano où les dîners succèdent aux battues et aux intermèdes musicaux qui égayent les soirées. La beauté des paysages, la douceur qui émane de ce lieu enchanteur calment les ardeurs belliqueuses. L'entente et l'harmonie règnent entre les convives. Le clan, au grand complet, semble définitivement ressoudé. La gloire des Médicis se nimbe d'un halo de paix et de concorde. La grande-duchesse est rassurée. La dynastie en sortira renforcée. Elle espère que le cardinal lui sera reconnaissant d'y avoir contribué.

Épilogue

Une fin tragique

La contemplation de la destinée finale, voilà la meilleure mesure de la vie.

Saint Thomas d'Aquin.

Tous les rêves ont une fin. Ceux de Bianca vont se fracasser contre la dure réalité de l'existence. Ainsi va le monde, puissant ou misérable, chacun est condamné à une heure de sortie que nul ne peut prévoir. Prométhée aurait aimé sauver l'humanité de sa triste condition de mortel. Les dieux en ont décidé autrement.

Tout au bonheur de voir Francesco et Ferdinand deviser gaiement, vibrant d'énergie dans leur tenue de chasse, Bianca se félicite de cette réconciliation inespérée. Dans son esprit, les pièces de l'échiquier médicéen se mettent en place pour que la lignée se ranime et se perpétue. En ce 6 octobre 1587, le temps est clément, la beauté des jardins de la villa médicéenne de Poggio a Caiano éveille les sens. La nature s'enjolive de couleurs chatoyantes. L'or et le pourpre parent les bois et les futaies d'une robe automnale qui égaye les yeux et adoucit les mœurs. À la suite d'une folle équipée au cœur des forêts environnantes, le grand-duc, son frère et tout leur équipage reviennent fourbus et échauffés. Francesco a le visage rouge, le front en sueur. Retirant sa cape et son pourpoint malgré la fraîcheur de cette fin de soirée, il réclame de l'eau glacée. La différence de température provoque un léger malaise dont il se remet rapidement. Les deux jours suivants, toujours accompagné de Ferdinand et de sa cour, il se rend à sa villa de La Magia qui dispose d'un terrain giboyeux. L'ambiance est joyeuse et chaleureuse, l'entente cordiale entre les frères, prometteuse. Bianca s'en réjouit d'autant que le cardinal l'assure de son amitié. Le soir du 8 octobre, au cours du dîner offert par Ferdinand à ses hôtes, Francesco, selon son habitude, boit et mange à l'excès. La grande-duchesse, plus mesurée, profite également de ce repas pour plaire à son beau-frère.

Le lendemain de ces libations, coïncidence ou malveillance, le grand-duc est sujet à des palpitations. Suées et vomissements se succèdent. Bianca elle-même est prise de vertiges et de nausées. Ferdinand ordonne immédiatement d'isoler les malades. Cette volonté, justifiée par des raisons médicales, donne lieu à de multiples suppositions. Celle de l'empoisonnement fait rapidement son chemin. La rumeur enfle au fil du temps. Les courtisans chassés de Poggio et toujours enclins à la médisance sont trop heureux de créer la suspicion. Des affabulations naissent de ces bruits malfaisants dont la plus rocambolesque sera longuement reprise à travers les siècles. L'inimitié du peuple envers la grande-duchesse impliquait de la salir. On raconte qu'elle a confectionné un dessert dans lequel elle a introduit du cyanure. Ce gâteau, selon une coutume florentine, avait pour objet d'honorer l'invité de marque, en l'occurrence le cardinal Ferdinand. Celui-ci, méfiant, a décliné l'offre de sa belle-sœur, s'avouant repu. En revanche, Francesco pour plaire à sa femme, s'est précipité sur la pâtisserie et en a avalé plusieurs morceaux. Horrifiée, Bianca ne pouvant l'en empêcher sans avouer son crime, en a pris une part. Selon la légende, elle aurait préféré accompagner son mari dans la mort plutôt que d'être dénoncée pour son forfait !

La réalité paraît plus prosaïque, tout du moins initialement. Le diagnostic des médecins appelés au chevet des souverains conclut à une fièvre tierce. Le 11, Francesco semble se remettre et reprend ses activités au moment où Bianca doit s'aliter. Il dîne de nouveau avec son frère et son mal repart plus intensément. Il délire, transpire abondamment, se plaint de terribles crampes au ventre. Des saignées lui apportent une légère amélioration, tandis que la santé de Bianca décline. Le corps médical en déduit qu'elle est également victime d'une *malaria perniciosa*, affection qui sévit dans cette zone de marais. Malgré sa faiblesse, la grande-duchesse donne des ordres pour que son mari bénéficie des meilleurs soins. Elle aimerait le rejoindre. On lui interdit de se déplacer. Francesco la réclame. En vain... Les deux époux sont dans un tel état d'épuisement qu'il est inenvisageable de les déplacer. Ferdinand veille sur son frère et refuse toute visite. Éloignée de sa cour, la grande-duchesse a pour unique réconfort la présence de sa fille Pellegrina. Ce confinement imposé par le cardinal qui préserve jalousement le grand-duc et son épouse de tout regard extérieur étonne, voire scandalise.

Les deux proscrits soignés dans leurs appartements respectifs n'ont plus aucun échange. À la faiblesse physique s'ajoute pour Bianca la détresse morale de perdre l'appui du prince. Se sait-elle condamnée ? Ses symptômes, moins spectaculaires que ceux de son époux, lui laissent un peu d'espoir, pour quel avenir ? Si Francesco vient à disparaître, Antonio n'étant pas l'héritier légitime, le trône reviendra à Ferdinand. Ce dernier est prêt à abandonner sa barrette cardinalice pour sauver la dynastie. Paradoxalement, ce transfert de charges que Bianca avait souhaité pour maintenir la gloire médicéenne sonnera pour elle-même le glas de sa puissance. Les récentes manifestations d'attachement du cardinal ne la rassurent pas, elle devine qu'il agira avec elle comme le grand-duc avec Camilla. La perspective d'être jetée au couvent et privée de ses biens n'aide pas à son rétablissement. L'angoisse qu'elle ressent ne lui enlève pas pour autant tout courage. Elle prie ses suivantes d'aller quérir son beau-frère. L'entretien a lieu – aucune mention n'en est faite dans les annales. On peut imaginer que Bianca implore le cardinal de préserver son fils Antonio, de l'élever à la cour et de défendre son apanage. Elle est moins soucieuse pour sa fille, la comtesse Bentivoglio étant protégée par son mari. Sans doute Ferdinand a-t-il consenti à tout sans se croire obligé en rien...

Le 18 octobre, l'état de santé du grand-duc se dégrade. Malgré les supplications de Bianca, les médecins refusent de se prononcer sur les chances de survie du prince. L'ignorance est la pire des tortures. La grande-duchesse devra endurer cette omerta tout au long de son agonie. Le 19 au matin, Francesco reçoit les derniers sacrements et décède dans l'après-midi. Bianca discerne les va-et-vient dans les couloirs. Elle est seule dans sa chambre. Personne n'est venu l'avertir de la triste nouvelle. Par pitié ou peur de déplaire au futur duc régnant ? Le lendemain, 20 octobre 1587, après une nuit de souffrances, Bianca expire dans une solitude quasi absolue.

Hormis la tendre Pellegrina et quelques servantes, nul ne pleure sa disparition. Venise elle-même, qui l'avait tant encensée au temps de sa splendeur, lui ôte l'honneur d'un deuil. La République ne tient pas à froisser l'orgueil du nouveau maître de la Toscane...

Le décès du grand-duc étant acté, Ferdinand, auquel son frère agonisant avait remis les attributs de son pouvoir, se rend à Florence pour prendre possession de son duché. Les corps constitués se réunissent le soir même pour lui prêter serment de fidélité. Parallèlement, le cardinal organise des funérailles princières pour Francesco dont le corps est hâtivement transporté de Poggio à Florence. Le 20, jour du trépas de Bianca, une foule compacte accompagne le prince en sa dernière demeure. Après une longue procession à travers la cité, la dépouille de Francesco Ier de Médicis est exposée en l'église San Lorenzo sur un large catafalque brodé d'or. Vêtu de ses somptueux habits de l'ordre de San Stefano, son collier de grand-duc plaqué sur la poitrine, il recueille les ultimes hommages d'un peuple qui l'a si peu aimé. La messe solennelle achevée, le défunt est mis en bière et son cercueil glissé aux côtés de celui de Jeanne d'Autriche. Ironie de l'histoire, Francesco reposera éternellement auprès de sa première épouse tandis que la deuxième, celle qui aura été l'objet de sa passion, sera enterrée en silence, dans un lieu inconnu, chassée de la chapelle médicéenne.

La détestation de Ferdinand envers sa belle-sœur - dont celle-ci a tant souffert quand elle était en vie - prend une allure démoniaque à sa mort. Bianca *la pessima, la detestabile*, doit disparaître à jamais. Il ne se contente pas de la priver d'obsèques officielles et d'une sépulture digne d'une grande-duchesse, il prescrit que tout signe de son existence soit effacé. Ses armoiries sont recouvertes, ses initiales supprimées. Les nombreux portraits qui la représentent, preuves de l'immense amour que Francesco lui portait, sont retirés des édifices les plus emblématiques et de toutes les villas médicéennes. Le moindre signe susceptible de raviver la mémoire de Bianca est sévèrement banni du duché. Cet acharnement de la part du cardinal lui sera préjudiciable. Le pape Sixte Quint lui avait prédit qu'à la mort de la grande-duchesse, les langues se délieraient. Ferdinand n'avait pas compris cette prédiction, qui s'avérera juste. Deux morts intervenues à la suite d'un dîner offert par le frère ennemi ? La simultanéité soulève quelques interrogations. Les soupçons d'un crime fomenté à base de potions imbibées d'arsenic s'instillent durablement dans les esprits. Ferdinand avait pourtant demandé l'autopsie des deux corps afin d'obtenir le verdict des médecins. Le constat d'une crise fulgurante de malaria retenue devant témoins avait été dûment consigné dans les documents d'archives. Il n'empêche... Une expertise peut s'acheter ou se modifier en fonction du commanditaire.

La réputation du nouveau grand-duc restera entachée par cette fin tragique. L'irrépressible légende noire des Médicis en sera amplifiée. Afin d'alléger sa conscience ou pour affirmer sa grandeur d'âme, Ferdinand se montrera plus généreux envers les enfants de Bianca. L'aînée, Pellegrina, héritera de sa mère selon ses dernières volontés et sera reçue à la cour médicéenne. Le cadet, Antonio, âgé alors de douze ans, se verra initialement spolié de tous ses biens puis réintroduit dans ses droits à condition qu'il fasse vœu de célibat à sa majorité en rejoignant l'ordre de Malte. Entre-temps, le cardinal sera relevé de ses engagements religieux afin d'accomplir ses obligations dynastiques. Il épousera Christine de Lorraine, fille de Claude de France et petite-fille de Catherine de Médicis. Huit enfants naîtront de cette union, dont quatre fils ! Malgré ce renouveau, encourageant pour la lignée, la maison connaîtra au siècle suivant une lente descente aux Enfers. La consanguinité, le hasard ou la fatalité éteignirent peu à peu les feux médicéens. Jean-Gaston Ier fut le dernier du nom. Sans descendance à sa mort en 1737, la couronne revint aux Habsbourg-Lorraine. Le rêve dynastique de Ferdinand s'achevait définitivement.

In memoriam

Du fond de ses ténèbres, Bianca s'est-elle réjouie de cette fin sans éclat d'une lignée qu'elle avait tant aimée et défendue avec obstination ? S'est-elle vengée depuis l'au-delà de cette famille qui l'a honnie au point de vouloir la supprimer de l'Histoire ? Considérée par le cardinal comme l'âme damnée des Médicis, sa mémoire mérite d'être réhabilitée. Longtemps oubliée ou vilipendée, elle devrait retrouver la place qui lui revient sur la scène toscane. Son action fut discrète mais réelle. Loin d'être une intrigante mue par l'esprit de lucre, elle sut tirer profit des circonstances. Son amour pour le grand-duc Francesco Ier de Médicis fut sincère. Si elle profita de sa générosité, si elle usa de son pouvoir pour éloigner ses détracteurs, elle ne fut ni injuste ni cruelle. Bianca fut avant tout une femme de son temps qui devait user des expédients dont elle disposait : sa beauté et son intuition. Qu'elle ait été empoisonnée ou emportée par la malaria, l'incertitude demeure. Ce récit a voulu honorer une existence hors norme et redonner une sépulture – fût-elle morale – à celle qui en fut si honteusement privée.

Les origines

Festina lente[1].

Le projet Médicis

*Dans le cadre du projet Médicis (démarré en 2004), une équipe d'experts de l'université de Pise, de l'université de Florence et de la surintendance des musées florentins a étudié quarante-neuf tombes de membres de la famille Médicis (XVI*e*-XVIII*e *siècle), situées dans la basilique San Lorenzo, à Florence… Les technologies d'imagerie biomédicale les plus récentes ont été utilisées pour obtenir autant d'informations que possible sur la constitution génétique, les habitudes alimentaires, les modes de vie et les maladies de ces importants dirigeants de la Renaissance florentine.*

Faut-il laisser les morts en paix ? Voilà une question à laquelle il n'est guère aisé de répondre. Un cadavre peut s'avérer plus éloquent qu'un vivant. Le projet Médicis en est l'illustration. En s'attaquant à la lourde tâche d'ausculter quarante-neuf tombes appartenant à l'illustre famille des Médicis, grâce à un programme unique en son genre,

1. « Hâte-toi lentement. » Adage latin repris comme devise par la famille Médicis.

le corpus de connaissances d'une période historique des plus fascinantes s'est considérablement enrichi. Exhumées, manipulées, analysées, les dépouilles, ou ce qu'il en reste, ont révélé bien des secrets. Cependant, nombre d'interrogations demeurent... Les conditions de la disparition de Francesco Ier de Médicis et de son épouse Bianca Capello participent de ces nombreux mystères que les techniques modernes peinent à éclaircir.

Un décès troublant

Résoudre des inconnues à plus de quatre siècles de distance est une tâche grisante mais complexe. Abandonner les trépassés à leur obscurité serait plus humain. Probablement, mais ceux que l'histoire a maltraités ne sont-ils pas en droit de réclamer justice, de redresser certains torts, de défendre leur dignité ? Les avancées de la science font reculer les zones d'ombre. Déterrer un cadavre au nom de la vérité, c'est aussi œuvrer pour le bien commun. Rien de sacrilège dans cette quête. La mort de Francesco Ier de Médicis a longtemps suscité des doutes. Lorsque Léopold II, grand-duc de Lorraine, ordonne, en 1857, de réaménager les sépultures médicéennes, les esprits se troublent. À l'ouverture du cercueil de Francesco Ier, les témoins découvrent un organisme parfaitement momifié. Les médecins présents spéculent immédiatement sur « l'effet arsenic ». Les symptômes induits par l'absorption de cette substance provoquent le dessèchement, ralentissent la putréfaction et possèdent de réelles capacités de conservation. L'hypothèse ne sera pas explorée. Sur la base des témoignages de cette exhumation, bien plus tard, en 1937, un médecin du nom de Joseph G. Feynes évoque dans un article (« Nuovi contributi sulla morte de Francesco de Medici ») la possibilité d'un empoisonnement. La cause ne semble pas soulever les passions et le silence se referme sur cette étrange conjecture.

La controverse

Un siècle et demi après le transfert des restes des Médicis à la basilique San Lorenzo, le débat renaît de ses cendres. Deux thèses s'affrontent. Crime ou mort naturelle ? La confrontation est houleuse. Une étude parue en décembre 2006 dans le très sérieux *British Journal of Medicine*, intitulée « La mort mystérieuse de François Ier de Médicis et de Bianca Capello : un meurtre à l'arsenic[1] ? » met le feu aux poudres. Francesco Mari, du département d'anatomie, d'histologie et de médecine légale de l'université de Florence, étaye ses arguments à partir, entre autres, d'une analyse toxicologique et d'une recherche ADN effectuées sur des lambeaux de viscères. Ce matériau provient de jarres situées sous la crypte de l'église Santa Maria Assunta a Bonistallo, près de Florence. Finement répertoriées, ces bribes de tissus sont issues pour certaines d'un corps masculin, pour les autres d'une nature féminine. Comment déterminer à qui appartiennent ces funestes résidus ? Dans une lettre tirée du *Livre des mariages et des décès*, sauvegardée aux archives diocésaines de Pistoia, monseigneur Baldovinetti avait écrit : « Le jour du 19 octobre 1587, entre 4 et 5 heures du matin, mourut Son Altesse Sérénissime Francesco, Grand-Duc de Toscane, et le 20 du même mois et de la même année, mourut Son Altesse Sérénissime la Grande Duchesse de Toscane, Bianca, son épouse, et leurs viscères furent

1. Francesco Mari, Also Polettini, Donatella Lippi, Elizabetta Bertol, « The mysterious death of Francesco I de' Medici and Bianca Capello : an arsenic murder? », *British Medical Journal*, n° 333, 23-30 décembre 2006.

apportées à Santa Maria a Buonistallo dans quatre jarres. Elle décéda à 3 heures de l'après-midi. L'intervalle entre leurs décès fut de douze heures. Que Dieu leur permette de reposer en paix. »

La déduction semble évidente quant aux propriétaires des viscères incriminées. Pour en être certain, une comparaison d'ADN est menée avec des éléments récupérés sur quelques poils de barbe, un morceau de peau et un fragment d'os ayant appartenu au grand-duc Francesco. Il s'agit bien du même ADN que celui révélé par l'échantillon « masculin ». Une première étape est franchie. La deuxième paraît plus étonnante. Au terme des résultats obtenus, les différents prélèvements extraits des jarres révèlent une teneur en arsenic très élevée, or les symptômes décrits par les rapports d'autopsie de l'époque sont proches de ceux provoqués par le poison. En revanche, rien de suspect n'est détecté ni dans les poils de barbe ni dans les ossements. Malgré cette contradiction, la thèse du poison fait son chemin. Elle sera immédiatement contestée, en janvier 2007, par le professeur Fornaciari, directeur scientifique du projet Médicis, qui s'élève contre les interprétations données par Francesco Mari et son équipe...

Dans un article intitulé « Le mystère des poils de barbe[1] », il estime, d'une part, que les éléments provenant du cercueil de Francesco sont discutables : ne s'y trouvaient, en 2004, qu'un squelette et un crâne parfaitement lisse. D'autre part, selon lui, les analyses ADN ne précisent pas si elles ont été conduites dans un laboratoire spécifiquement dédié aux manipulations ADN « anciennes » et si les jarres ont fait l'objet d'un rapport archéologique permettant une datation précise de leur contenu. Enfin, l'arsenic étant régulièrement utilisé à la Renaissance pour embaumer les

1. Gino Fornaciari, « The mystery of beard hairs », *British Medical Journal*, n° 333, 29 décembre 2006.

corps, nul ne peut affirmer qu'une absorption de ce métalloïde aurait eu lieu *ante mortem*. Cette démonstration sera corroborée par un deuxième article du même auteur paru en 2010 dans *The American Journal of Medicine*, dont le titre balaye toute ambigüité : « La malaria est "le tueur" de François Ier de Médicis[1] ». Remontant aux temps anciens, le professeur Fornaciari rappelle que la malaria sévissait en Toscane de façon endémique depuis l'Antiquité et ce jusqu'à la fin de la Seconde Guerre mondiale. La présence de marais, notamment dans la basse vallée de l'Arno, rendait ces lieux insalubres. Des échantillons d'os spongieux prélevés sur une vertèbre de François Ier de Médicis et passés au crible de techniques scientifiques pointues ont permis de détecter la présence d'un pathogène, le *plasmodium falciparum*, germe du paludisme, anciennement nommé malaria. Que faut-il en penser ?

L'énigme

Certes, la thèse d'une mort induite par une pathologie contagieuse et particulièrement brutale est défendable... si ce n'est que la spécificité du paludisme est de s'infiltrer dans les tissus sans pour autant se déclarer immédiatement. On peut être porteur du gène sans en être victime. Ainsi, l'hypothèse de l'empoisonnement ne peut être totalement exclue. La haine que portait Ferdinand de Médicis à sa belle-sœur et l'ambition qu'il devait réfréner face à un frère dont il réprouvait le comportement représentent des mobiles non négligeables. À cela s'ajoute cette improbable réconciliation qui survint entre les trois protagonistes

1. Gino Fornaciari, Valentina Giuffra, Ezio Ferroglio, Raffaella Bianucci, « Malaria was "the killer" of Francesco de' Medici (1531-1587) », *American Journal of Medicine*, n° 123, juin 2010.

quelques jours avant le drame et ce dîner familial qui se révélera fatal pour Francesco et Bianca. Quand le doute s'installe, il est difficile de s'en départir. Quatre siècles n'ont pas suffi à dénouer l'énigme de ce couple de légende. « Hâte-toi lentement », telle fut la devise des Médicis. La science trouvera peut-être d'autres voies pour lever le mystère de leur disparition. En attendant, après la lecture de ce livre, chacun pourra se fier à son intime conviction...

Bibliographie

ALAZARD Florence, « Les fêtes à la Renaissance : totem et tabou », *Le Verger - bouquet VI*, 2014.

ARRIVO Georgia, *Scritture delle donne di casa Medici nei Fondi dell'Archivio di Stato di Firenze.*

BARBIER Jules, *Bianca Capello, opéra en V actes*, Calmann-Lévy, 1886.

BLAZE DE BURY Henri, « Bianca Capello, grande-duchesse de Toscane », *Revue des deux mondes*, 1884.

BORIAUD Jean-Yves, *La Fortune des Médicis. Le siècle d'or de Florence*, Perrin, 2019.

BOUTIER Jean, « Trois conjurations italiennes : Florence (1575), Parme (1611), Gênes (1628) », *Mélanges de l'École française de Rome*, tome 108, 1996.

–, « Les formes et l'exercice du pouvoir. Remarques sur l'historiographie récente de la Toscane à l'époque des Médicis (XVIe-XVIIe siècles) », *La Toscana in età moderna (Secoli XVI-XVIII). Politica, istituzioni, società : studi recenti e prospettive di ricerca*, Arezzo, 2000.

–, LANDI Sandro, ROUCHON Olivier (dir), *Florence et la Toscane. XIVe-XIXe siècle, les dynamiques d'un État italien*, Presses universitaires de Rennes, 2004.

–, SINTOMER Yves, « La république de Florence (12ème-16ème siècle). Enjeux historiques et politiques », *Revue française de science politique*, n° 64, 2016.

BOYER Ferdinand, « Les antiques de la villa Médicis du XVIe au XVIIIe siècle », *Comptes rendus des séances de l'Académie des inscriptions et Belles-lettres*, 1929.
CALLARD Caroline, « La fabrication de la dynastie médicéenne », dans *Une histoire politique de la Toscane (XIVe-XIXe siècles)*, PUR, 2004.
CASATI Charles, *Lettres royaux et lettres missives inédites relatives aux affaires de France et d'Italie*, Didier, 1877.
DAVIES Jonathan, *Culture and Power. Tuscany and its Universities 1537-1609*, Brill, 2009.
DUMAS Alexandre, *Les Médicis. Splendeur et secrets d'une dynastie sans pareille* (1845), Vuibert, 2018.
FERRIÈRE-PERCY Hector (de la), *Lettres de Catherine de Médicis*, tome V (1574-1577), Imprimerie nationale, 1895.
FORNACIARI Gino, « The mystery of beard hairs », *British Medical Journal*, n° 333, 29 décembre 2006.
FORNACIARI Gino, GIUFFRA Valentina, FERROGLIO Ezio, BIANUCCI Raffaella, « Malaria was "the killer" of Francesco de'Medici (1531-1587) », *American Journal of Medicine*, n° 123, juin 2010.
KINNEY Elizabeth C., *Bianca Cappello. A tragedy*, Hurd and Houghton, 1873.
LAUGEL Auguste, « La Correspondance de Catherine de Médicis », *Revue des Deux Mondes*, 1882.
LUGINBÜHL Yves, *La Mise en scène du monde, construction du paysage européen*, Éditions du CNRS, 2012.
LYTTON BULWER Rosina, *Bianca Capello, an historical romance*, William H. Colyer, 1843.
MARI Francesco, POLETTINI Aldo, LIPPI Donatella, BERTOL Elisabetta, « The mysterious death of Francesco I de' Medici and Bianca Capello : an arsenic murder? », *British Medical Journal*, n° 333, 23-30 décembre 2006.
MEISSNER August Gottlieb (1753-1807), *Histoire de la vie et de la mort de Bianca Capello, noble vénitienne et grande duchesse de Toscane*, Chez Maradan, 1790.
MÜNTZ Eugène, « Les collections d'antiques formées par les Médicis au XVIe siècle », Mémoires de l'Institut de France, tome XXXV, 2e partie, 1895.

NITTI Patricia et SFRAMELI Maria (dir.), *Trésor des Médicis*, catalogue d'exposition, Skira / Flammarion, 2010.
RENAUDET Augustin, « Les archives des Médicis à Florence », *Annales, Histoire, Sciences sociales*, 1953.
SANSEVERINO Julius Robert (de), *Histoire de la vie et de la mort tragique de Bianca Capello, noble vénitienne et grande duchesse de* Toscane, 1779.
SIMONIN L., « Les anciens banquiers florentins, souvenirs d'un voyage à Florence », *Revue des deux mondes*, 1873.
STEEGMANN Mary G., *Bianca Capello*, London Constable and Company, 1913.
THOMAS-ANQUETIL Achille, *Bianca Capello ou Venise et Florence au XVIe siècle* (1853), Hachette Livre/BNF, 2017.

Œuvres littéraires italiennes citées

Dante Alighieri, *La Divine Comédie*
Francesco Petrarca (Pétrarque), *Canzoniere*
Giovanni Boccaccio (Boccace), *Décaméron*
Nicolas Machiavel, *Le Prince*
Torquato Tasso, dit Le Tasse, *La Jérusalem délivrée*
Pietro Aretino, dit l'Arétin, *Sonetti lussuriosi*
Veronica Franco, *Terze Rime*
Laura Battiferri, *Premier livre des œuvres toscanes*
Tullia d'Aragona, *De l'infinité de l'amour*
Laurent de Médicis, *Canzionere*
Giorgio Vasari, *Les Vies des plus excellents peintres, sculpteurs et architectes italiens depuis Cimabue jusqu'à notre époque*
Ésope, *Les Fables*
Raffaello Gualterotti, Filipppo et Iacopo Giunti, *Feste nelle nozze del Serennissimo Don Francesco Medici Gran duca di Toscana et della Sua Serenissima sua Consorte la Signora Bianca Cappello*

Remerciements

À Muriel Beyer, notre fidèle éditrice, pour son soutien et ses conseils judicieux.

À Lize Veyrard, pour son accompagnement pertinent et bienveillant.

À César Perpignaà, pour sa disponibilité et sa réactivité.

Table

Composition et mise en pages
Nord Compo à Villeneuve-d'Ascq

CET OUVRAGE
A ÉTÉ ACHEVÉ D'IMPRIMER
SUR ROTO-PAGE
PAR L'IMPRIMERIE FLOCH À MAYENNE
EN SEPTEMBRE 2021

N° d'impression : 99013
Imprimé en France